가장 좋은 것을

너에게 줄게

가장 좋은 것을_____너에게 줄게

정여울 글 × 이승원 사진

이야기장수

———— 가장 좋은 것을
너에게 주는 마음

글쓰기란 참으로 신기합니다. 그 어떤 장치도 없이, 오직 자음과 모음만으로도 우리를 저 높은 알프스 꼭대기는 물론 저 깊은 태평양의 심해까지 데리고 가니까요. 글쓰기란 참으로 신통해서, 어제 느낀 아픔을 오늘 글자 한자 한자 속에 녹이면 더이상 어제처럼 아프지는 않게 됩니다. 때로는 강력한 진통제처럼, 때로는 달콤한 초콜릿처럼 고통을 잊게 해주는 글쓰기가 나를 견디게 했습니다. 팬데믹의 기나긴 터널 속에서 한땀 한땀 뜨개질하여 보송보송한 스웨터를 만들듯 그렇게 천천히 쓰고 또 썼습니다. 한여름에도 거리두기로 인해 마음은 더욱 추웠던 우리에게, 그 가혹한 마음의 혹한기를 견딜 수 있는 영혼의 스웨터를 떠주고 싶었습니다. 내 글을 읽으며 갑갑한 거리두기의 시간을 견디는 독자들이 나를 버티게 했습니다. 우리는 서로 얼굴을 모르더라도 오직 글쓰기만으로 서로의 가장 깊은 내면까지 가닿을 수 있습니다. 그리하여 저마다의 자리에서 아픈 시간들을 견뎌온 여러분에게 이렇게 말씀드리고 싶었습니다. 가장 아픈 시간은 이제 다 지나갔습니다. 가장 힘든 시간은 저멀리 지나갔습니다. 그러니 이제 우리 함께 가장 따스한 시간을 만나러 떠나요. 가장 아름다운 시간을 만들러 떠나기로 해요.

이 책은 팬데믹의 터널을 건너오며 제가 지난 3년간 쓴 글들 중 '지금 우리 여기에' 필요한 것들로 꾸며본 가슴 따스해지는 이야기의 컬렉션입니다. 아무리 힘든 순간에도, 우리 아직은 괜찮다고 느끼던 순간들에 대한 이야기입니다. 그 어떤 고통과 두려움이 마음을 할퀴어도, 너만 있으면 괜찮다고 느꼈던 순간들의 이야기입니다. 애써 명랑한 척하지만 사실은 극도로 내성적인 제가 말로는 털어놓기 어렵지만 글로는 쓸 수 있는 삶의 기쁨에 관한 이야기들입니다. 가눌 수 없는 슬픔이 매일 나를 공격해도, 내가 미처 다 이루지 못한 꿈들이 보이지 않는 화살이 되어 나의 심장을 찔러도, 나는 아직 괜찮다고 느끼는 순간들에 대한 이야기입니다. 내가 사랑하는 추억, 책, 음악, 그리고 내가 사랑하는 바로 당신들이 내 곁에 있으니까요.

『그때 알았더라면 좋았을 것들』부터 『비로소 내 마음의 적정 온도를 찾다』에 이르기까지 제 책의 모든 사진을 도맡아 찍어주신 이승원 작가님은 온갖 복잡한 요구사항으로 인내심의 한계를 시험하는 제 까다로운 요청을 아무 불평 없이 다 받아주었습니다. 무엇보다도 그는 예민하고 성마른 여행자인 저를, 게다가 길치이자 방향치인 저를 매번 아름다운 장소로 무사히 데려다준 인간 내비게이션이기도 합니다. 그가 없다면 저는 새로운 장소를 향해 떠나는 그 모든 여행을 매번 두려워하며 망설이게 될 것입니다.

또 한 사람, 특별한 감사의 말을 전하고 싶은 벗이 있습니다. 내게 '늘 더 새로운 글을 써달라'고 당당히 요구하는 사람, '나는 당신의 글을 아름다운 책으로 만들 자신이 있다'고 속삭이는 편집자가 있어 이 책을 무사히 만들 수 있었습니다. 그야말로 온갖 파란만장한 우리의 이야기들을 신통방통하게 한 권의 책 속으로 갈무리하는 솜씨 좋은 장수匠手이자 늠름하고 믿음직스러운 이야기장수將帥가 되어, 내가 가는 험난한 길이 항상 꽃길인 듯한 착시를 선물해주는 나의 아름다운 편집자 이연실님께 이 책을 바칩니다. 여러분이 크나큰 감동을 받았던 모든 책 뒤에는 반드시 자신의 빛을 애써 가리는 편집자가 존재합니다. 이제는 편집자들이 자신의 빛을 숨기지 않고 마음껏 눈부신 날개를 펼치는 시대가 왔습니다. 그 길

위에서 독자와 작가와 편집자는 세상에서 가장 멋진 삼총사가 되어 이 험난한 세상을 헤쳐나갈 것입니다.

※

팬데믹 이후 제가 매일 던진 질문은 이것이었습니다. 우리는 무엇으로 버티고 있는가. 무슨 힘으로 이 기나긴 고통을 견뎌내고 있는가. 생각해보니 내가 가진 가장 밝고 찬란하고 해맑은 사랑의 힘으로, 나는 매일의 고통을 버티고 있는 것이었습니다. 집밥이 먹고 싶다며 연락도 없이 갑자기 친정에 들이닥친 딸내미가 그냥 아무렇게나 냉장고에 남은 반찬과 찬밥을 먹겠다는데, 기어코 쌀을 씻어 김이 모락모락 나는 햅쌀밥을 지어내고 오래 아껴둔 굴비를 노릇노릇 구워내고 아삭하게 잘 익은 김치만을 세심하게 골라 한 보시기 썰어내는 엄마의 마음으로. 이 세상을 떠나는 마지막날 내 곁의 소중한 이에게 꼭 남기고 싶은, 우리가 가장 환하게 웃고 있는 사진과 우리의 빛나는 추억이 빼곡하게 담긴 유품을 정리하는 마음으로. 그렇게 가장 좋은 것만을 소중한 이에게 선물하고 싶은 마음으로 글을 썼습니다. 우리는 이렇게 우리 안에 있는 가장 좋은 힘과 재능과 열정을 끌어모아 한 권의 책을 정성스레 빚어냅니다. 그렇게 이 책은 만들어졌습니다. 가장 어여쁜 문장과 이야기와 사랑을 빚어내어 한 권의 책을 만든 우리들의 목소리가 여러분의 슬픔을 잠재워주기를 바라면서.

나쁜 소식이 너무 많이 들려와 걸핏하면 침울해지는 이 세상에서 그래도 알고 보면 이 세상에는 끝내 우리를 환하게 미소 짓게 하는 이야기들이 더 많음을 이야기하고 싶었습니다. 가슴에 먹구름을 끼게 하는 뉴스에 지친 당신의 어깨 위에, 우리가 정성 들여 빚고 깎고 다듬은 소중한 이야기가 지닌 따스한 환대의 에너지가 부디 가닿기를 바랍니다.

한 번도 원하는 것을 온전히 몽땅 가져본 적 없는 당신에게, 아무 거리낌 없이 단칼에 '난 당신을 원해요'라고 말한 적 없는 당신에게, 한 번도 남의 눈치를 보지 않고 '난 이 꿈을 이룰 거야'라고 말해본 적 없는 당신에게 이 책을 선물하고 싶습니다. 당신의 빛을 애써 숨겨야 하는 시간은 끝났다고. 이제 당신이 지닌 최고의 빛을 공작새처럼 활짝 펼쳐낼 시간이라고. 힘겹게 취직시험을 준비하느라, 온갖 임무를 수행해내느라, 가족 때문에, 질병 때문에, 그 모든 외적인 장애물 때문에 내가 진정으로 원하는 것을 한 번도 가져본 적 없는 당신에게 내 안에서 들려오는 가장 어여쁜 이야기들을 들려주고 싶었습니다.

이 책에 대해 마음껏 수다 떨고, 속편을 쓰고, 재잘재잘 밤새도록 이야기를 나누는 북클럽들이 수없이 많이 탄생했으면 좋겠습니다. 이 책의 꿈은 어떤 사람을 콕 집어 초대하는 것이 아니라 당신의 이름은 물론 얼굴조차 모를지라도 당신을 무조건 환대하는 것입니다. 나아가 단지 낯선 사람을 환대하는 것이 아니라 우리가 살아가는 삶, 이 못 말리게 복잡하고 예측 불가능한 삶 자체를 두 팔 벌려 기쁘게 환대하는 것이지요.

두 팔 벌려 환영받지 못한 수많은 기억들이 저를 괴롭히는 밤이 있습니다. 어떤 조직이나 모임에 다가갈 때마다 저는 제 존재의 가장 소중한 부분이 공격당하는 느낌에 괴로워했습니다. 아마 그 소중한 부분이란 바로 나의 '나다움'이었을 거예요. 조직에 적응하려할 때마다, 공동체에 내 몸을 구겨넣으려 할 때마다 나의 '모난 부분'은 결코 환영받지 못했습니다. 그런데 에세이 작가가 되고 나서는 바로 그 '모난 부분'이야말로 제 영혼의 진짜 매력임을 알게 되었습니다. 에세이는 저의 모난 부분을 대충 녹여서 네모난 세상의 틀에 꿰맞추는 것이 아니라, 저의 모난 부분을 오히려 천배로 부풀려서 더욱 본격적으로 모난 삶을 살도록 부추겼습니다. 나다움을 극대화시키는 것, 나다움의 끝까지 걸어가보는 것. 그것이 바로 에세이의 힘이니까요.

저는 권위나 위엄 같은 것을 생각만 해도 두드러기가 나거든요. 왕따당해도 괜찮아요. 전 저를 왕따시키는 사람들보다 항상 강했어요. 그걸 이제야 알았어요. 타인을 왕따시키는 사람은 자신을 충분히 사랑하지 않는 사람이니까요. 그들은 타인의 다름과 독특함을 받아들일 용기가 없는 사람들이니까요. 우리는 자신의 가장 모난 부분까지 사랑하는 사람들, 타인의 남다름을 이해할 뿐 아니라 기어코 남다른 삶을 콕 집어 살아낼 용기가 있는 사람들입니다. 제 글을 사랑해주시는 바로 여러분 덕분에 알게 되었어요. 제가 결코 혼자가 아니라는 것을요. 제 글을 사랑해주는 독자가 한 명이라도 있다면, 저는 계속 용기를 내어 쓸 수 있어요. 글쓰기는 작가만의 특권이 아니라 스스로 미숙한 아마추어라 믿는 사람의 열정적인 투쟁이니까요.

이 세상이 나를 초대해주지 않더라도 나는 용기를 내어 이 세상 속으로 성큼성큼 씩씩하게 걸어갈 것입니다. 이 세상이 나를 환대해주지 않더라도, 나는 이 세상 전체를 두 팔 벌려 환대할 것입니다.

쏟아지는 아침햇살을 온몸 가득 느끼는 초여름,
가장 좋은 것을 당신에게 선물하는 마음으로.

2부 가장 아픈 시간은 끝났다

1부

따스하고

복잡하며

구슬픈

당신에게

_____ 미안하다는 그 한마디가

왜 그리 어려웠을까

　이제는 비로소 평화로워졌다고 믿었는데, 부모님과 1년에 한 번쯤 '쾅' 부딪칠 때가 있다. 364일을 곰처럼 참다가도 365일째 호랑이처럼 '인내심의 굴'을 뛰쳐나가면, 사태가 파국으로 치닫는다. 절대로 화내지 않기로 수백 번 맹세했건만, 얼마 전 나도 모르게 그 맹세를 깨고는 부모님께 버럭 화를 낸 뒤, 수습도 못 한 채 집으로 돌아와버렸다. 부모님과 나 사이의 돌이킬 수 없는 입장 차이가 가끔씩 숨은 도화선이 될 때가 있다. 평생을 설득해도 내 편으로 넘어와주지 않는 부모님 때문에 수십 년간 속앓이를 했다. 평온의 핵심은 '바꿀 수 있는 것을 바꿀 용기'와 '바꿀 수 없는 것은 받아들이는 지혜'의 차이를 구별하는 것인데, 나는 바꿀 수 없는 것마저 안간힘을 써서 바꾸려고 하다가 분노의 구렁텅이에 빠지고 만다. 집으로 돌아올 때까지 '난 도대체 왜 이럴까' 자책하며 괴로워했지만, 미안하다는 말을 차마 꺼내지 못했다. 화가 쉽사리 사그라지지 않았기 때문이다. 무려 일주일이나 온갖 책들과 영화와 음악으로 내 화를 누그러뜨린 뒤, 비로소 내가 먼저 사과할 용기를 냈다.

우리 안에는 저마다 아름다운 자기만의 월든이 있음을 알려주는 영화 〈리틀 포레스트〉로 일단 화를 급히 가라앉히고, 머나먼 아프리카의 수단까지 가서 사랑을 실천한 이태석 신부님의 감동적인 일대기 〈울지 마 톤즈〉를 보고 펑펑 운 다음에야 분노가 가라앉았다. 그렇게 간신히 마음의 평정을 찾은 뒤, 윤가은 감독의 세상을 향한 따스한 시선이 오밀조밀하게 담긴 책 『호호호』를 읽으며 잃어버린 미소를 되찾은 뒤에야 내린 어려운 결정이었다. 무조건 내가 먼저 사과하기. 무조건 내가 먼저 미안하다고 말하기. 설령 부모님이 먼저 잘못했더라도 내가 먼저 사과하고, 내가 먼저 진심으로 다가가서 화해를 청하기. 나는 용기를 내어 엄마에게 전화를 했다. 마침 통화중이었다. 30분 넘게 통화중이라니 무슨 일이 있나 싶어 걱정하다가, 마침내 통화가 성사되었다.

"엄마, 저번에 있잖아. 내가 화내서 많이 놀랐지. 정말 미안해."

더듬더듬 힘들게 사과의 말을 꺼내면서도, 난 이런 대답을 예상했다. "됐다, 그마!"(엄마의 사투리. 별로 하고 싶지 않은 이야기를 얼버

무릴 때 주로 하는 말.) "뭐라노, 가시나!"(감정을 표현하기가 영 겸연쩍을 때 엄마가 자주 하는 말.) 이런 상투적인 대답이 우리를 다시 '보통의 관계'로 되돌려놓으리라 예상했다. 그래야 내 맘도 편할 것이었다. 그런데 엄마의 반응은 뜻밖에도 너무 격렬했다.

"네가 없으면 내가 죽었지, 나쁜 년. 네가 없으면 엄마가 어떻게 살았겠나. 걸어서 한강다리까지 얼마나 많이 갔는데. 갔다가 네 생각 하며 돌아오고. 갔다가 또 돌아오고. 네가 없었으면 엄만 죽었지, 바보야."

이 대화가 과연 70대 엄마와 40대 딸의 대화가 맞단 말인가. 대화 내용만 보면 둘 다 10대 소녀라 해도 믿을 것 같다. 받아 적어놓고 보니 유치찬란하기 이를 데 없는데, 그땐 우리 둘 다 눈물샘이 터졌다. 내가 꿈꾸는 우아하고 진보적인 부모님이 아니어서 원망스러웠던 그 모든 순간이, 엄마의 이 원초적인 악다구니 속에 스르르 녹아버렸다. 독한 저주와 지극한 사랑을 동시에 품어 안은 듯한 엄마의 문체는 항상 나의 지식을 깡그리 무너뜨린다. 난 그렇게 리드미컬한 사투리를 쓰지도 못하고, 그렇게 아무 꾸밈 없는 말로 사람을 감동시키지도 못한다. 엄마는 나보다 많이 배우지 못했지만, 나보다 뛰어난 신파적 감동의 여왕이다. 그러나 눈물이 나온다고 철철 흘릴 순 없었다. 내가 전화를 건 장소는 사람 많은 코엑스 별마당도서관 앞 만남의 광장이었으니까. 눈물을 꾹 참고 엄마를 달콤

한 말로 고이고이 달랜 뒤, 아빠를 바꿔달라고 부탁했다. 아빠한테
도 할 말이 있다고. 전화마저 안 받아줄까봐 걱정이었는데, 다행히
도 아빠의 목소리가 들렸다.

"아빠, 저번엔 내가 미안했어. 우리가 다르게 생각할 수도 있는
건데, 억지로 똑같이 생각해달라고 우겨서 미안해."

"난 아무렇지도 않다. 아빠도 미안해. 아빠가 더 미안해."

난 나의 귀를 의심했다. 75세 아버지의 입에서 '미안해'라는 말
이 나올 줄이야. 난 아빠가 날 미워하지 않기만을 바랐는데. 아빠
는 날 미워한 적이 없었구나. 난 그냥 내가 먼저 사과해버리고 털고
싶었을 뿐인데. 우리가 언제 이별할지 모르니까, 우리가 뜻하지 않
은 시간에 갑자기 이별할 때 내 지독한 분노의 말들을 기억하며 부
모님을 보내드릴 순 없기에, 모든 갈등을 덮어놓고 무조건 미안하
다고 먼저 말해야겠다고 결심했는데. 내가 단단히 토라진 마음을
붙들고 일주일간 끙끙 앓는 동안, 부모님은 영원히 돌아서셨을지도
모를 큰딸을 그리워하며 그저 미안해하신 것이었다.

경상남도 사투리를 아주 '찐하게' 구사하는 우리 부모님은 내가
전라도 출신의 남자친구를 사귈 때도 목숨걸고 반대했고, 평생 시
사건건 모든 면에서 나와 정치적 의견이 다를 때마다 얼굴이 붉으
락푸르락해지며 진노했다. 그런 부모님을 알면서도 나는 평생 우리
가 제발 조금이라도 비슷하게 생각하기를 꿈꾸어왔던 것이다. 어

쩌면 다음 선거 때도 우리는 피를 토하며 싸울 수 있지만, 지금만은 놓아드려야겠다. 아파하시니까. 나 때문에 내 부모가 아파하시니까.

오랫동안 상상해왔다. 어딘가 나와 죽이 척척 맞는 이상적인 부모님이 있다면 정치에 대해 대화하고, 내가 사랑하는 문학과 그림과 음악 이야기도 마음껏 하고, 부모님과 팔짱을 끼고 온갖 콘서트장과 미술관을 활보하는 꿈을 꾸었다. 하지만 그런 내가 얼마나 사치스럽고 허황된 꿈으로 부모님의 마음을 아프게 하는 것인지는 미처 몰랐다. 상상 속의 고상한 부모님과 루브르 미술관으로 꿈같은 여행을 떠날 시간에, 트로트 가수의 콘서트 티켓을 사드려야 했다. 부모님이 좋아하는 것들을 판단하거나 분석하지 말고, 그저 있는 그대로 인정해드려야 했다.

집에 돌아오는 전철을 타는데 그제야 참았던 눈물이 흘렀다. 마스크 안쪽에서 볼 아래로 흘러내리는 눈물을 그냥 마스크를 꾹 눌러 터프하게 닦았다. 마스크를 벗을 수는 없으니 마스크가 곧 손수건이 되었다. 내가 어설픈 화해를 머릿속으로만 도모할 동안 부모님은 애간장을 녹이며 내 딸이 영원히 돌아오지 않을까봐 걱정하셨겠구나. 난 나와 너무 다른 내 부모를 사랑하려고 의식적으로 열심히 노력하지만, 내 부모는 미처 생각하고 분석할 틈도 없이 그저 '내 새끼니까' 사랑하고 또 사랑하셨던 것이다.

'미안하다'는 말이 그렇게 아름답다는 것을 처음 깨달았다. 아빠도 미안해, 아빠가 더 미안해. 오랫동안 너무 많은 부담과 기대를 큰딸이 짊어지게 한 아버지로부터 내가 평생 듣고 싶었던 말이었다. '네가 있어서 내가 죽지 않았다'는 엄마의 말은 내 가슴을 찢어지게 했고, '미안해, 내가 더 미안해'라는 아빠의 말은 찢어진 내 가슴을 세상에서 가장 솜씨 좋은 바느질로 말끔하게 이어붙여놓았다. 엄마와 아빠는 세상에서 가장 서툰 듀엣이 되어 내 가슴을 매번 갈가리 찢어놓고 다시 놀라운 솜씨로 이어붙인다.

말이 아닌 글로만 간신히 효도를 실천하는 나는 차마 전화로는 할 수 없었던 내 마음속의 이야기를 다행히 글로는 고백할 수 있다. '엄마, 한강다리까지 혼자 걸어간 엄마 마음을 몰라줘서 미안해. 그때 같이 가서 함께 껴안고 울어주지 못해서 미안해.' '아빠, 미안하다는 말을 하면 큰일나는 줄 아는 무뚝뚝한 경상도 남자에게 기어이 그 말이 나오도록 끝까지 코너로 밀어붙여서 미안해.' 미안하다는 말이 한 번 무너뜨린 '마음의 둑'은 며칠간 도미노처럼 연쇄적으로 무너져내렸다. 그동안 미안했던 모든 일이 한꺼번에 해일처럼 밀려와 나를 혼자 울게 했다. 가진 것 없고 기댈 곳 없었던 두 사람이 키우기엔 너무 버거운, 도무지 이해할 수 없는 큰딸을 그저 받아주고 또 받아준 내 착한 부모에게 미안한 것이 너무 많은데, 미안하다는 말로는 그 쓰라린 미안함을 다 표현할 수가 없었다.

그때 그 '미안하다'는 말이 왜 우리 셋의 마음을 산산조각 내었다가 다시 이어붙였는지, 이제야 알 것 같다. '미안하다'는 말은 곧 '사랑한다'는 말을 차마 할 수 없어서 대신 꺼낸, 하나같이 아픈 우리 마음을 싸매는 대일밴드였던 것이다. 미안하다는 말은 곧 사랑한다는 뜻이었기에, 그 말이 우리를 찢어놓기도 하고 이어붙이기도 했다. 우리는 사랑하면서도 그토록 다르다. 그토록 끔찍하게 서로 다르면서도, 뭣이 좋다는 것인지 또 기어코 서로를 사랑한다. 이 모질고 독한 역설은 서로 지긋지긋하게 미워도 해보고 사랑도 해본 사람들 사이에서만 피어나는 애틋한 시간의 향기다.

서로 감당할 수 없는 차이 때문에 힘들어하는 모든 부모와 자녀, 연인과 친구들에게 나의 이야기를 들려주고 싶다. 나와 너무 다르지만 가까이 있는 사람들에 대한 사랑마저 쉽게 포기해버리면, 사람과 사람 사이의 그 무시무시한 차이를 견딜 수 없다고. 더 자주 진심을 다해 서로에게 미안하다 말하자고. 돌아보니 나와 다른 네가 자꾸만 나와 똑같은 사람이 되어주기를 바라며 행동했던 내 모든 자기중심적 행동들이 한없이 미안하다. 미안하다는 말을 꺼낼 단 한 번의 용기가 참을 수 없는 차이들을 끝내 참을 만한 것으로 만들어주기도 한다. '미안하다는 말'이 부끄러움으로 휘청일 때, '사랑한다는 속내'가 보이지 않는 목발이 되어 그토록 수줍은 나를 힘차게 붙들어준다.

때로는 미안하다는 말이 사랑한다는 말보다 더 짙은 아픔을 실어나를 때가 있다. '미안하다'는 말 속에 '사랑한다'는 뜻이 항상 숨어 있음을 깨달을 때, 우리는 직접 사랑한다 말하지 않고도 얼마든지 사랑을 표현할 수 있는 따스하고 복잡하며 구슬픈 어른이 된다.

야간자율학습이 끝나고 밤 11시가 다 되어 집으로 돌아올 때마다 엄마는 버스정류장으로 나를 데리러 나왔다. 무려 3년 동안 매일매일. 아직도, 교복 입은 학생들을 보면, 엄마와 함께 걷던 그 어두운 밤길이 떠오른다. 아빠는 우리 가족을 먹여 살리기 위해 멀리 지방으로 가서 일했고, 엄마는 어린 딸 셋을 무사히 귀가시키기 위해 매일 분투했다. 우리 부모님의 사랑은 화려하거나 세련되진 않았지만, 단 하루도 쉰 적이 없는 무시무시한 성실함으로 나를 지켜주었다.

어느 내성적인 사람의
수줍은 사랑

　아주 오랜 시간이 지나서야 비로소 말을 걸어오는 문학작품 속 캐릭터가 있다. 조연이라고 하기에는 너무 중요하고, 주연이라고 하기에는 너무 조용하여 눈에 띄지 않는 사람. 바로 『빨강머리 앤』의 매슈다. 고아 소녀 앤과 천하의 모범생 마릴라의 팽팽한 기싸움, 앤을 훈육하기 위해 엄한 벌칙을 주어도 그 벌칙마저 즐거운 놀이로 만들어버리는 앤에게 마침내 항복하는 마릴라의 사랑, 매일 기상천외한 실수를 새롭게 저지르면서도 절대로 똑같은 실수는 저지르지 않는다고 주장하는 앤의 천연덕스러움이 이 소설의 대표적인 관전 포인트다. 매번 짜릿한 두 사람의 감정 줄다리기에 비하면 매슈의 사랑은 밋밋하고 단조로워 보인다. 매슈는 처음부터 이 주근깨 빨강머리 고아 소녀에게 흠뻑 반한 것이다. 마릴라와 앤의 관계가 일촉즉발의 긴장감과 변덕스러움으로 가득하다면, 매슈와 앤의 관계는 처음부터 '항상 맑음'이었다.

'농장 일을 도울 남자아이가 필요하다'는 보수적인 생각 때문에 앤을 거부하려던 마릴라와 달리, 매슈는 가엾은 앤을 기차역에서 차마 돌려보낼 수가 없어서 일단 무턱대고 집으로 데려온다. 너무 낡아서 손잡이도 제대로 고정되어 있지 않은 너덜너덜한 가방을 들고, 영양실조에 걸린 것이 아닐까 의심스러울 정도로 앙상한 몸으로 걸어오는 빨강머리 앤. 처음엔 연민이 매슈를 붙들었지만, 이미 마차에 앤을 태워 집으로 돌아오는 그 짧은 시간 동안 매슈는 이 사랑스러운 고아 소녀의 따스함과 순수함에 홀딱 반한다. 어린 시절 『빨강머리 앤』을 읽을 때는 앤이 억울하게 누명을 쓰고 따돌림당할 때마다 눈물을 흘렸지만, 어른이 되어 이 책을 다시 읽어보니 매슈의 '잘 보이지 않는 사랑'이야말로 이 작품의 숨은 백미임을 깨달았다.

평생 여자아이들에게는 말도 걸기 싫어했던 수줍고 내성적인 매슈가 앤을 위해 일생일대의 깜짝 변신을 시도하는 장면은 특히 감동적이다. 여자 옷에는 도통 관심이 없는 매슈가 앤의 옷을 사기 위해 카모디에 있는 상점에 간다. 여자 점원에게는 말도 못 붙이던, 평생 수줍은 아저씨 매슈. 그런 그가 오직 앤을 위해 옷가게에 들어간 것이다. 그 이유는 매슈가 앤의 모습을 보며 뭔가 '이상하다'는 것을 직감했기 때문이었다. 나의 사랑스러운 앤이 왜 저렇게 초라해 보일까. 잘 살펴보니 다른 아이들은 어깨 부분을 한껏 부풀린 '퍼프소매' 원피스를 입고 있었는데, 앤만 지극히 단순하고 밋밋한 원피스를 입고 있었다. 철저한 실용주의자이자 금욕주의자였던 마릴라는 앤에게 '퍼프소매는 옷감을 낭비하는 것'이라는 생각을 주입시키며 새 옷을 사주지 않았던 것이다. 매슈는 퍼프소매가 달린 화려한 옷을 앤에게 선물하며 한없는 뿌듯함에 사로잡힌다. 아이를 위해 돈을 쓰고 교육하고 보호하는 책임은 어른인 매슈가 짊어지고 있었지만, 실제로 자신이 받은 물질적인 혜택보다 더 커다란 사랑을 되돌려주는 것은 앤이었던 것이다. 매슈는 앤을 통해 깨닫는다. '내가 사랑하는 사람이 행복하다'는 사실 때문에 비로소 내가 행복해질 수 있음을.

마릴라가 '여자아이는 불필요하다'며 고집스럽게 앤을 거부하고, '도대체 이 아이가 우리를 위해 무엇을 할 수 있는가'라는 실용적인 질문을 던지자, 매슈에게서 놀라운 대답이 돌아온다. 그애가 우리에게 도움이 안 될지도 모르지만, 우리가 그애에게 도움을 줄 수는 있다고. 우리는 그 아이를 필요로 하지 않지만 그 아이에게는 우리가 필요할 거라고 생각하는 매슈의 조용한 고백을 들으며 나는 소리 없이 울었다. 사랑이란 이런 거구나. 나에게 도움이 될 것

끝없이 펼쳐진 길을 바라보면, 매슈와 앤이 처음 초록지붕집으로 오던 길이 떠오른다. 매슈는 얼마나 조마조마했을까. 매슈와 마릴라가 꿈꾸던 건장한 남자아이가 아닌, 이 깡마른 빨강머리 소녀가 겪어야 할 슬픔을 상상하며. 하지만 아직 자신이 '잘못 도착한 이방인'임을 모르는 앤은 끊임없이 천진무구하게 조잘댄다. 처음으로 나의 집이 생겼다는 설렘을 가득 안은 채, 이렇게 아름다운 길은 본 적이 없다며. 바로 그 사랑스러운 조잘거림 덕분에 매슈는 앤에게 첫눈에 반하고 만다.

같지 않은 존재조차도 그 어떤 불평과 고민 없이 완전히 내 곁에서 품어주는 것. 내가 상대로부터 얻을 수 있는 이익이 전혀 없더라도, 내가 그를 필요로 하지 않아도 내가 그에게 반드시 필요한 존재가 되리라 결심하는 것. 태양을 향해 끊임없이 각도를 바꾸며 어떻게든 햇빛을 더 많이 쐬고 싶어하는 해바라기처럼, 오직 앤의 일거수일투족에만 관심의 안테나가 뻗어 있는 천하의 외골수, 매슈. 그의 사랑은 눈에 띄지 않기 때문에 안타깝고, 보상받으려 하지 않기에 더욱 성숙하며, 그 어떤 타인의 시선에도 휘둘리지 않기에 비로소 완벽해진다. 더 많은 사랑을 받을 자격이 있는 당신에게, 더 깊은 배려와 자비를 누릴 자격이 있는 당신에게, 그리고 더 많은 사랑을 이 세상에 베풀 힘이 있는 당신에게 매슈의 조건 없는 사랑, 화려하지 않으나 더 낮은 곳에서 빛나는 사랑을 선물하고 싶다.

이제 다시는 그런 사랑을 받을 수 없겠지

나의 다정한 스승 황광수 선생님께 보내는 편지

"이제 다시는 그런 사랑을 받을 수 없겠구나."

"넌 다시는 그 어디서도 그런 사랑은 받을 수가 없겠구나."

선생님이 세상을 떠나신 뒤, 제 마음속에서 자꾸만 떠오르던 문장입니다. 저도 모르게 자꾸만 이런 말을 중얼거리며 스스로 제 가슴을 아프게 찔렀습니다. 그러면서도 자신을 타일렀습니다. 넌 지금 네 생각만 하고 있어. 선생님이 병상에서 마지막까지 얼마나 아프고 괴로우셨을지, 그걸 생각해봐. 네가 지금 겪고 있는 상실감은 아무것도 아니야. 선생님이 더 아프셨을 거야. 넌 더 견뎌야 해. 이렇게 마음을 추슬러보았지만, 그 쓰라린 문장은 끊임없이 돋아나는 잡초처럼 시도 때도 없이 쓰라린 제 마음을 덮쳤습니다.

"넌 이제 그런 사랑을 그 어디에서도 찾을 수 없을 거야."

"그 사랑의 깊이와 넓이만큼 너의 세상은 한없이 작아져버렸어."

"너는 네가 받은 사랑을 도대체 어떻게 갚으려고 하니. 이제 선생님은 세상에 안 계신데. 정말로 다시는 볼 수 없는데."

"피 한 방울 섞이지 않았지만 아무 조건 없이 그저 해맑게 사랑과 친절만을 베풀어주는 사람. 그토록 오랫동안 고통의 가시밭길을 걸어왔으면서도 마음속에 단 한 개의 가시도 박히지 않은 그런 해맑은 마음을 가진 사람을 이 세상에서 어떻게 찾을 수 있을까."

이런 말을 나 자신에게 칼로 찌르듯이 던져놓고, 그 자리에 주저앉아 울고 싶었습니다.

그때 시인 K 선생님으로부터 문자메시지가 도착했습니다. 두 분의 따스한 우정에 대해서는 저 또한 늘 부러움의 눈초리로 바라보곤 했으니까요. 동년배만이 나눌 수 있는 어떤 기운찬 동질감 같은 것. 주렁주렁 설명과 각주를 붙이지 않아도, 그저 '이건 그렇지 않니'라고 말해도 서로 찰떡같이 알아듣는 그 동질감이 부러웠습니다. 황광수 선생님은 K 선생님을 '형수님'이라 부르셨지요. 황광수 선생님은 저와 함께 『마지막 왈츠』를 준비하는 모임을 했다고, 체력이 받쳐주지 않아 힘들었지만 그래도 참 행복했다고, K 선생님께도 소식을 전하셨다고 들었습니다. 그런 K 선생님이 저의 연락처를 수소문해 직접 연락해주신 것입니다.

파리 몽파르나스 묘지, 황광수 선생님이 좋아하시던 그곳에서 우리의 책 『마지막 왈츠』를 꺼냈습니다. 서울에서 파리로 가는 그 머나먼 길이 하늘에서는 그리 멀지 않게 느껴질 것 같아서요. 우리가 함께 한번 더 떠날 수 있다면 얼마나 좋을까. 제가 혹시나 부담을 느낄까봐 눈으로만 말씀하시던 선생님의 모습이 떠올랐습니다. 다시 한번 모시고 오지 못해서 죄송해요. 바쁘고 또 바쁘다며 한 번이라도 더 손잡아드리지 못해서 죄송합니다.

"오늘 아침 신문에서 〈살롱 드 여울〉 잘 읽었습니다. 정여울 작가의 글은 언제나 다음 글을 기다리게 합니다. 정작가의 글이 발표되면 황광수 선생이 제일 먼저 문자메시지를 보내주셨다지요. 오늘 하루 내내 정여울 작가가 전화만 쳐다본 것은 아닌지. 아, 나라도 메시지를 보내자. 황광수 선생 대신 소식을 전합니다."

"우리 부부가 참 좋아하는 작가가 바로 정여울 작가입니다. 이렇게 숨은 애독자가 있는 줄 모르셨지요? 『마지막 왈츠』 책이 나오면 따스한 밥 한끼 대접하고 싶습니다. 우리가 이렇게 황광수 선생을 추억하고 있으니 그는 우리의 추억 속에서 부활한 것입니다. 그는 오래도록 그렇게 머무를 것이라 생각합니다."

이 메시지를 받고 저는 땅바닥에 주저앉고 싶어졌지요. 슬픔 때문만이 아니라 놀라움과 고마움 때문이었지요. 저는 제가 하루종일 전화를 쳐다보고 있었다는 사실을, 그 메시지를 통해 깨달은 것입니다. 마치 반사신경처럼, 제가 신문에 글을 쓸 때마다 제일 먼저 선생님께 문자메시지가 오곤 했는데. 이젠 그 메시지가 오지 않으니 저 자신도 믿을 수가 없어서 자꾸만 전화를 쳐다보고 있었던 것입니다. 이런 시간을 가리키는 말도 있다고 하지요. 마법의 시간 magical hours이라고. 이제 그 사람이 세상을 떠난 것을 머리로는 알고 있으면서도 가슴으로는 받아들여지지 않는 시간.

마법의 시간은 자신도 이해하지 못할 행동을 하는 시간이기도 합니다. 이제 그 사람이 다시 오지 못할 것임을 이성적으로는 알지만, 그 사람의 신발도 옷도 책도 펜 한 자루도 치우지 못하는 시간. 그 사람이 혹시 다시 올까봐, 차마 그 사람의 신발만은 버리지 못하는 시간. 그 사람이 혹시라도 다시 올까봐, 돌아오자마자 나를 찾을까봐 집을 떠나기조차 어려운 그런 시간. 마법의 시간은 저에게도 어김없이 찾아와서, 뼈아픈 상실감 때문에 평온한 일상으로 돌아오기가 어려운 감정의 공황상태를 만들었습니다. 이 사실을 고백하는 것이 너무 어려웠지만, K 선생님의 그 따스한 메시지가 제 마음의 빗장을 풀었습니다. 선생님, 아주 따스한 마음을 지니신 K 선생님이 '절대로 내가 다른 사람에게는 내어주지 않으려 했던 그 자리'에 살포시 앉으려고 합니다.

정말 그 자리를 내어드려도 될까요. 참으로 정중하게, 사려 깊은 몸짓으로 제게 다가와주신 그 새로운 따스함을 향해, 고마움의 인사를 보내도 될까요. 선생님 아닌 다른 사람에게는 1밀리미터도 내어주지 않으려 했던 그 단 하나뿐인 우정의 사리를, 다른 사람에게 조금은 내어드려도 될까요. 아주 조금만, 그 눈부신 우정의 여백을 허락해도 될까요. 그분과 함께라면, 선생님에 대한 그리움을 조금이나마 더 표현할 수 있는 기회가 생기지 않을까요. 선생님은 저

선생님께 편지를 쓰며, 저에게 소중한 다른 사람들에게도 편지를 쓰기 시작했습니다. 제 곁에 남아준 사람들이 얼마나 소중한지, 그들에게 얼마나 감사하고 있는지 편지를 쓰고 싶어졌거든요. 파리의 레 되 마고 카페에서 또다른 소중한 이에게 엽서를 씁니다.

머나먼 곳, 저의 손길이 닿지 않는 곳에서 이렇게 속삭여주시는 것 같습니다.

아직은 더 그리워해도 된다고, 아직은 더 기나긴 편지를 써도 된다고, 아직은 너와 나 사이를 이어주던 우정의 끈이 끊어지지 않았다고.

제가 눈물을 흘리는 것이 아니라 눈물이 저를 흘리는 것 같은 시간이 있습니다. 선생님이 떠나신 뒤, 그런 일이 더 자주 일어납니다. 열심히 일하다가도 갑자기 울고 있는 저 자신을 발견합니다. 왜 지금 눈물이 나오는 건지 알 수 없다가도, 어느새 울고 있는 저 자신을 발견할 때마다 깜짝 놀라곤 합니다. 이제 다시 만날 수 없는 선생님을 생각하다가 정신을 번쩍 차리고 '더 많은 일을 해야 한다'고 스스로를 다그치기도 합니다. 아무데서나 눈물을 뚝뚝 흘리며 노트북 키보드를 두드리고 있는 저를 보면서, 이승원 선생님은 아무 말 없이 제 머리를 쓰다듬어줍니다. 그가 아무 말 하지 않는 것이 참으로 고마웠어요. 그만 울라고 다그치지 않고, 그만 슬퍼하라고 야단치지 않고, 아무 말 없이 제 슬픔의 옆자리를 지켜주는 그 사람이 참으로 고맙습니다. 내 곁에 있는 사람이 내 슬픔을 선명하라고 다그치지 않고, 내가 슬픔 속에 가만히 잠겨 있을 시간을 주는 것이 참으로 감사합니다.

편지를 쓰기 시작하니, 자꾸만 쓰고 싶은 사람이 늘어납니다. 파리에서 저는 지난 수년간 고마움을 표현하지 못한 제 곁의 사람들에게 편지를 쓰기 시작했어요. 저에게는 또하나의 향연, 제2막이 시작되고 있는 것일까요. 저는 향연이라는 말이 참 좋아요. 둘만으로도 엄청나게 떠들썩한 파티를 여는 기분이거든요. 파리로 가는 기차 안에서 흔들리는 기차의 진동을 느끼면서도 열심히 편지를 썼습니다. 다시 우리들의 눈부신 향연을 시작할 수 있다는 희망으로요. 선생님과의 모든 대화, 그것은 아무리 사소한 수다조차도 나에게는 찬란하게 빛나는 향연의 시간이었습니다.

_____ 내게는 결코
친절하지 않은 당신에게

슬픔과 분노가 가슴 저 밑바닥부터 마그마처럼 끓어오를 때, 떠올리는 문장이 있다.

"친절하라. 당신이 마주치는 모든 사람들은 저마다 힘겨운 전투를 치르고 있으니.Be kind. For everyone you meet is fighting a hard battle."

플라톤의 문장으로 알려져 있으나 출처가 확실치는 않다. 특히 너무 화가 나서 타인에게 미소 지을 마음의 여유 자체가 깡그리 사라져버릴 때, 이 문장을 가만히 되뇌며 스스로를 도닥인다. 나에게 상처 준 바로 그 사람도 오늘, 아니 평생 쉴새없이, 자기 나름의 힘겨운 전투를 치러왔을 거라고. 나를 비난하고 박대하며 증오하는 사람을 만날 때마다 나는 그 문장을 내 식으로 바꾸어 스스로를 토닥였다. 그럼에도 불구하고 친절하자. 나를 슬프게 하는 사람들은 내게 드러낸 저 적개심보다 천배는 더 쓰라린 남모를 고통을 견뎠겠지. 이 문장과 쌍둥이처럼 닮은 문장을 파리의 서점 셰익스피어 앤드 컴퍼니에서 만났다.

"낯선 사람을 박대하지 말라. 어쩌면 그는 변장한 천사일지도 모르니.Be not inhospitable to strangers, lest they be angels in disguise."

파리 테러 직후 파리를 방문했을 때, 어딜 가나 총을 차고 있는 경찰들 때문에 주눅이 잔뜩 들어 있던 내게 이 문장은 사막의 오아시스와 같았다. 부디 온 세상이 증오와 편견으로 가득차 있을지라도, 우리가 타인을 아무 조건 없이 반가이 맞아줄 수 있는 따스한 미소만은 잃지 않기를.

이것만으로도 위로가 안 될 때는 니체의 조금 더 독한 문장을 떠올린다.

"나를 죽이지 못하는 고통은 나를 강하게 만들 뿐이니."

나 자신에게도 친절하자. 내가 편을 들어주지 않으면 이 세상 어디에도 기댈 곳이 없을 나 자신을 위하여. 오늘도 스스로에게 친절을 베풀고 용기를 북돋우며 치열한 삶의 전쟁터로 나설 때면, 나는 그렇게 집 떠날 때마다 애착인형을 꼭 끌어안는 어린아이처럼 그렁그렁한 눈빛으로 내가 사랑한 문장들을 어루만진다. 그러면 기운이 솟고 눈물이 뚝 그치며 다시 고통을 견뎌낼 힘이 샘솟는다.

"낯선 사람을 박대하지 말라. 어쩌면 그는 변장한 천사일지도 모르니." 이 문구가 손님을 반기는 셰익스피어 앤드 컴퍼니 서점의 주인은 가난한 작가들에게 서점 문을 활짝 열었다. 과거에 이곳은 서점에 그친 것이 아니라 얼마든지 책을 빌려갈 수 있는 책 대여점이 되었다. 가난한 작가들에게 잠자리를 내어주기도 했다. 헤밍웨이를 비롯한 수많은 작가들이 이 서점의 '변장한 천사들'이었다. 천사가 아닐지라도 그녀는 기꺼이 가난한 작가들을 온 힘을 다해 보듬어주었을 것이다.

_____ 그것은
　　　　　남의 일이 아닙니다

독일에 갔을 때 시내버스에서 놀라운 장면을 목격했다. 휠체어를 탄 할머니가 버스정류장에 서 있는 것을 본 버스기사가 그야말로 전광석화 같은 속도로 버스에서 내려 휠체어가 무사히 버스에 올라올 수 있도록 승강장치를 펴기 시작했다. 승강장치는 아주 손쉽게 펼쳐졌고 휠체어를 탄 할머니는 매우 편안하게 버스에 올라탔으며 승객들의 표정은 전혀 변하지 않았다. 불과 30~40초 만에 휠체어를 탄 할머니는 무사히 버스에서 가장 편한 자리에 안착했고, 버스는 아무 일 없었다는 듯이 유유하게 출발했다. 워낙 순식간에 일어난 일이라 나는 그 버스기사가 할머니를 보고 놀란 줄 알았다. 그러나 그 신속함은 놀라움 때문이 아니라 '늘 일어나는 일'이기 때문에 나오는 자연스러운 반응이었다. 더욱 놀라운 것은 할머니가 버스기사에게 '고맙다'는 말을 하지 않는 것이었다. 할머니가 원래 과묵한 것이 아닐까 생각해보았지만, 돌아보니 '고맙다'는 말을 할 필요조차 없는 상황이 정상적인 것이었다. 버스를 탈 때마다, 지하철을 탈 때마다 고맙다는 이야기를 해야 한다면 그 또한 장애인에게 과도한 감정노동이 아닌가. 고맙다는 말을 할 필요조차 없이 그야말로 물 흐르듯 자연스럽게 비장애인과 장애인 구분 없이 누구나 대중교통을 자유롭게 이용할 수 있어야 건강한 사회다.

장애인에게는 이동권이 있다. 건강한 사람에게 당연하게 주어지는 이동권이, 장애인에게는 온갖 투쟁을 거쳐야만 간신히 얻을 수 있는 진귀한 보석 같은 것이 되어버린 사회가 과연 건강하다고 할 수 있겠는가. 법적으로는 분명히 아무런 제약이 없어야 하지만 장애인들이 버스나 지하철을 타려면 온갖 모험과 위험을 감수해야 한다. 휠체어 탄 장애인이 리프트를 타고 지하철을 타려다가 사망한 사건이 일어날 정도로 대한민국에서는 장애인이 무사히 원하는 목적지에 가는 것이 하늘의 별 따기만큼이나 어렵다. 이것은 정상이 아니다. 타인에게 일어나는 나쁜 일이 나에게도 언제든 일어날 수 있다고 생각하는 마음가짐이야말로 더 나은 사회를 향한 '좋은 사람 되기'의 첫걸음이다.

쿠바 사람들은 내가 뭔가를 물어본 적도 없는데 무턱대고 나에게 먼저 다가와 말을 걸어주었다. 3층 건물 위에서도 굳이 먼저 나를 불러내 어디에서 왔냐, 반갑다, 잘 왔다고 말해주었다. 그들로부터 배웠다. 환대는 그렇게 어려운 것만은 아님을. 온 힘을 다해 타인을 향해 웃어주는 것. 온 정성을 다해 낯선 이에게 손을 흔들어주는 것. 그것이 바로 빛나는 환대의 몸짓임을.

두 아이를 키우는 젊은 여성 화가의 생생한 우크라이나 전쟁 다큐멘터리 『전쟁일기』(이야기장수, 2022)를 읽으며, 가슴이 먹먹해졌다. 계엄령이 떨어진 우크라이나에 사랑하는 남편을 남겨놓고서, 두 아이를 데리고 불가리아로 간신히 탈출한 작가 올가 그레벤니크는 어서 빨리 평화가 찾아와 남편과 어머니를 만날 수 있기를 간절히 바라고 있다. 은행시스템이 마비되어 모아놓은 돈도 찾을 수 없었으며 기차 안에서 서서 가야 할까봐 아이들의 짐까지 버렸다. 그 머나먼 피난길에 가져갈 수 있는 것은 오직 사랑과 희망뿐이었다. 불과 두 달 전만 해도 촉망받는 작가이자 행복한 엄마였던 올가는 러시아의 침략으로 인해 하루아침에 난민이 되어 적십자 구호품에 의지하게 되었다.

전쟁은 어디서든 일어날 수 있다. 한국에서는 불과 70년 전에 일어났으며, 앞으로도 언제든 전쟁이 발발할 수 있다. '우크라이나가 우리와 무슨 상관이냐' 생각하는 이들이 있어 가슴이 더욱 아프다. 올가처럼 순식간에 전쟁난민이 된 사람들은 수백만 명이 넘는다. 전쟁은 지구상의 어떤 나라에서도 일어날 수 있다. '타인에게 일어난 나쁜 일이 나에게도 언제든 일어닐 수 있다'는 미음만이 사랑과 치유를 가능케 한다. 갑자기 화재가 일어났을 때도, 지진과 화산폭발 같은 자연재해가 일어났을 때도, 우리가 가져갈 수 있는 것은 부동산이나 주식이 아니라 서로를 향한 따스한 사랑과 배려

뿐이다. 우리가 부디 서로를 더 따스한 눈빛으로 바라보기를, 부디 서로를 더욱 열렬하게 돌보고 보살필 수 있기를.

계산하지 않을 용기, 주목받지 않을 용기

예술가가 되기 위해 필요한 용기는 무엇일까요. '이 작품이 과연 팔릴 수 있을까'라는 걱정을 내려놓고, 내 안의 눈부신 잠재력을 마음껏 꺼내 쓸 수 있는 용기. 저는 그것이 모든 창조적 작업을 꿈꾸는 사람들에게 필요한 용기라고 생각합니다. 자꾸만 '대중성의 유혹'에 시달릴 때, '더 팔려야 한다'는 강박으로 괴로워질 때마다 저는 라이너 마리아 릴케의 『젊은 시인에게 보내는 편지』를 읽습니다. 이 작품은 젊은 시인뿐 아니라 창조적 작업을 꿈꾸는 모든 사람들에게 영감을 줍니다. 그는 예술가란 무엇인가라는 질문을 향해 이렇게 대답합니다. "예술가가 된다는 것은 계산하지 않는다는 뜻입니다." 이 문장을 읽을 때마다 저는 싱그러운 전율을 느낍니다.

계산하지 않는 것이 너무도 어려워진 시대이기 때문이지요.

'사람들이 내 책을 어떻게 생각할까. 누가 내 책을 사줄까.' 이런 생각들 때문에 괴롭습니다. 하지만 그 생각을 끊어내지 않으면 좋은 책을 만들 수 없어요. '얼마나 많이 팔릴까. 이걸로 내가 얼마나 유명해질까.' 이런 생각을 하면 좋은 책을 만들 수가 없어요. 에고 ego를 잠시 내려놓아야 해요. 사회적 자아, 에고를 잠시 내려놓고 내면의 자기, 셀프self에 집중해야 하는 거죠. '나는 도대체 이 책을 왜 쓰고 싶어하지. 이 책을 써야만 살 수 있는 것인가. 이 책을 써야만 나는 진짜 나 자신에게 가까워지는 건가.' 이 모든 질문에 자신 있게 '그래'라고 대답할 수 있을 때, '이 책은 내 인생에 꼭 있어야만 해'라는 생각이 들 때 책을 쓸 수 있어요.

릴케는 말합니다. 예술가가 된다는 것은 아무것도 계산하지 않는 일이라고. "열매를 빨리 맺으려 조급해하지 않고, 봄날의 악천후 속에서도 여름이 안 오면 어쩌나 지레 두려워하지 않는 나무처럼." 이 아름다운 문장을 읽을 때마다 제 안의 욕심이 씻겨내려가는 느낌이 들어 뭉클해집니다. 봄날에는 바람이 불 때도 있고 서리가 내릴 때도 있지만, 그런 상황에서도 나무는 '여름이 올까, 안 올까' 재고 두려워하지 않는다는 거죠. 나무는 미래를 두려워하지 않아요. 그냥 현재를 견뎌요. 글쓰는 사람도, 그림 그리는 사람도, 작곡하는 사람도 그렇게 고통스러운 현재를 견뎌야 합니다. '미래에 이 책이 어떻게 될까. 인생이 어떻게 풀릴까.' 이런 걸 너무 걱정하면 현재에, 이 문장에 집중할 수 없어요. 지금 태어나고 있는 내 문장이 가장 중요한 거예요. 지금 내가 쓰고 있는 이 문장이 가장 소중한 것이기에 그 문장을 쓰는 것 자체가 나에게 가장 절실한 필연인 거죠. 내 안에서 솟아오르는 내면의 목소리가 무엇인지 잘 관찰하고 그걸 받아 적으려고 노력해보세요.

릴케는 말합니다. "여름은 기필코 옵니다. 하지만 참고 인내할 줄 아는 자에게만 찾아올 것입니다." 이제 아무것도 계산하지 말고 내 안에서 뜨겁게 끓어오르는 것들을 써보세요. 지금 바로 펜을 들고 시작해보세요.

그때는 힘들었다. 일정은 빡빡한데, 중요한 약속은 취소되고 몸은 말을 듣지 않았다. 그때 저 장면을 만났다. 알프스의 봉우리들이 볏풒처럼 펼쳐진 곳에서 한 사람이 너무도 유유히 헤엄을 치고 있었다. 그때는 저 사람이 팔자 좋게만 보였다. 난 수영도 못 하고, 저렇게 평화로운 마음도 가질 수 없을 것만 같았다. 그런데 지금은 저 장면이 더없이 아름답게 보인다. 그때는 힘든 기억이었는데 이제는 더없이 따사로운 마음으로 돌아보게 된다. 기억이란 이렇다. 끝날 때까지 끝난 게 아니다. 내 마음의 변화에 따라 기억의 모자이크는 다르게 그려진다. 지금은 다행히도 수많은 기억들이 아름답게 채색되었다.

_____ 기적은

늘 디테일 안에 있다

'누구나 쉽게 글쓰는 방법을 가르쳐드립니다' '6주 안에 책 한 권 쓰는 법' 등의 달콤한 광고를 볼 때마다 소스라친다. 그렇게 쉽고 빠르게 글을 쓴다면 결코 좋은 글이 나오지 않기 때문이다. (나는 글쓰기 훈련만 20년 넘게 했지만 아직도 계속 더듬더듬 '공부중'이다.) 이런 무작정 내키는 대로 써보기식 글쓰기 광고는 진정한 교육이 아니라 과도한 마케팅일 뿐이다. 진정으로 좋은 글쓰기를 꿈꾸는 사람이라면 이런 허무맹랑한 광고에 현혹되지 말기를. 사실 글쓰기 교육에서 진정으로 강화되어야 할 부분은 '문해력'이다. 쓰기 이전에 읽기가 중요하기 때문이다. 문해력이 전제되지 않는다면 글쓰기 교육을 아무리 열심히 해도 수박 겉핥기가 될 수밖에 없다. 한국인의 문해력이 OECD 국가들 중 최저 수준이라는 소식이 들렸을 때 망연자실했다. 그러면서도 '우리의 교육이 바뀌지 않는 한, 이 상태는 바뀌기 힘들지 않을까'라는 생각에 괴로웠다. 학력고사도 수능시험도 온갖 체험학습도 문해력을 증진시키는 데는 실패했다. 문해력을 단기간에 향상시킨다는 온갖 프로그램 또한 또하나의 허황한 마케팅이다. 문해력이란 단지 주어진 텍스트를 이해하는 능력을 넘어서서 텍스트 바깥, 즉 세상을 이해하는 능력이기 때문이다.

쓰기 이전에 읽기가 있다면, 읽기 이전에 '타인에 대한 공감'이 필요하다. 텍스트로 전달되지 않는 원초적 사랑의 느낌, 오직 살을 부대끼고 눈길을 교환하는 일상 속에서만 키워지는 세상에 대한 사랑이 있다. 비언어적 소통, 언어를 뛰어넘는 본능적 의사소통의 힘이 바로 그것이다. 최근 남녀노소 가릴 것 없이 주의력, 집중력이 떨어지는 것은 쉽게 생산하고 쉽게 소비해버리는 텍스트의 홍수 속에서 타인의 말과 글에 대한 존중이 사라져가기 때문이 아닐까.

문해력 훈련을 할 때 최악의 적은 '요약'하기다. 한 문장 한 문장 주의깊게 읽어야만 얻어지는 문해력을 그저 텍스트 한 줄로 요약해버리는 기술로 환원할 수는 없다. 아름다운 문장은 그렇게 쉽게 만들어지는 것이 아니다. 학생들은 요약하느라 혈안이 되어 있고 선생님은 주제만 파악하면 된다고 가르치면 어떻게 문해력을 기르겠는가. 문해력 향상의 최고 비결은 '그저 책을 오래오래 사랑하는 것'이다. 한 권의 책을 내 힘으로 고르고 내 힘으로 처음부터 끝까지 읽어내며, 감탄하고 사랑하고 오래오래 마음속에 간직하기 위해 한 줄이라도 독후감을 남겨두려는 마음. 거기서 사람들이 그토록 꿈꾸는 문해력은 탄생한다. 문해력을 또하나의 마케팅 대상으로 삼는 한 진정한 문해력은 키워질 수 없다. 문해력은 성공의 열쇠가 아니라 그냥 '삶'의 열쇠다. 문해력이 뛰어난 사람은 삶 속에 숨겨진 온갖 은유와 상징의 풍경들을 이해함으로써 타인의 굳게 걸어잠근 마음의 빗장마저 열어젖힌다.

이해할 수 없는 당신을 바라보고 존중하고 사랑하기 위한 가장 느리지만 가장 아름다운 길. 그 속에 문해력을 키우는 읽기와 쓰기의 비밀이 들어 있다. 문해력은 명확한 수학공식처럼 재단할 수 없으며 도저히 한 줄로는 그 비결을 요약할 수 없는, 텍스트에 대한 '사랑의 기술'이다. 그리하여 문해력을 마치 컴퓨터 프로그램식으로 항목화하려는 모든 노력은 문해력을 또 한번 상품으로 전락시키고 만다. 그것은 살 수도 팔 수도 없는 것이며 오직 읽고 또 읽고 이해하고 소중히 여기는 마음의 습관을 통해서만 길러진다.

그리하여 진정으로 풍요로운 문해력을 꿈꾸는 독자들이라면, 오늘부터 '집에 있지만 끝까지 읽지 않은 책'을 하나 골라보자. 오래된 세계문학전집이 특히 좋다. 읽고 싶은 책이 없다면 서점에 나가 소설책이나 시집을 골라 오자. 오늘부터 한 달, 눈 딱 감고 그 책을 매일 들고 다니자. 지하철에서도 엘리베이터에서도 휴대폰은 꺼내지 말고 책을 꺼내 읽자. 수첩과 연필을 들고 다니면서 어디서든 밑줄 치고 자유롭게 메모하자. 한 권의 책을 다 읽고 나서는 그 책을 다시 펼쳐 한 챕터씩 나누어 독후감을 써본다. 한 권을 다 읽고 반드시 멋진 감상문을 쓴다는 부담을 없애고 한 챕터씩 소분해서 아름다운 부분, 공감되는 부분, 놀라운 부분에 대한 자유로운 느낌을 써보자. 그것이 어려우면 멋진 대목을 가만히 필사해도 좋다. 그렇게 한 권의 책을 애지중지하며 매일 읽는 기쁨을 깨닫는 순간, 당신도 모르게 문해력은 물론 세상을 바라보는 눈 또한 훌쩍 자라 있을 것이다.

나의 문해력은 '어려운 타인의 책'을 끝내 이해하기 위한 몸부림 속에서 잉태되었다. 글쟁이로서 내 최고의 장점은 끈기뿐이다. 책이 쉽고 재미있어서 사랑한 것이 아니다. 내게 중요한 모든 책들은 소름 끼치게 어렵지만 눈부시게 아름답기에 사랑했고, 그렇게 어렵게 얻은 사랑은 결코 사라지지 않았다. 나의 문해력은 너무 어렵게 얻은 것이기에 쉽게 사라질 수도 없었다. 문학을 교육하지 않는 한 문해력 향상은 없다. 시와 소설과 에세이를 사랑하는 능력을 기르는 것이야말로 문해력을 키우는 가장 빠른 길이다. 아름다운 글 속에는 풍부한 상징과 은유가 깃들어 있고, 그 아름다움은 세상 어떤 것으로도 대체할 수 없음을 깨달았을 때, 나는 문학을 사랑하는 사람이 되었다. 문학을 사랑하는 것은 사려 깊고 풍요로운 지성과 감성의 우주 속으로 진입하는 티켓이다. 기적은 늘 디테일 안에 있다. 감동도 늘 디테일 안에 숨어 있다. 꾹 참고 끝까지 읽어야만 끝내 전해지는 마음이 있다.

_____ 창문이 있어
더욱 아름다운 세상

창문 너머로 비친 '내 마음'의 풍경

—— "그런 슬픈 눈으로 나를 보지 말아요." "창문 너머 어렴풋이 옛 생각이 나겠지요." '산울림'의 노래 중 한 구절이 저절로 흥얼거려지는 날이 있다. 추억 속의 한순간이 유난히 가슴 시린 날, 돌아갈 수 없는 과거의 시간 속 나 스스로가 문득 그리워지는 날이다. 유리창은 지금 여기가 아닌 저 너머의 세상을 꿈꾸게 하는 살아 있는 미디어다. 언제든 쉽게 접할 수 있는 아주 생범한 시 물이지만, 창문은 대낮에도 두둥실 '이 세계 너머'를 꿈꾸게 하는 몽상의 마력을 지닌 것만 같다.

　내 기억 속 아름다운 유리창 중 하나는 고등학교 시절 아버지와 창문 밖을 내다보는 것은 현대인의 본능이 되었다. 창문은 이럴 때 바깥세상에 대한 시각적 이미지를 제공함과 동시에 그 자체가 하나의 '공간'이 된다. 창문틀에 앉아 바깥을 바라보는 것, 그것은 창문을 의자이자 침대로 만드는 행위다. 창문은 이럴 때 이쪽 세상과 저쪽 세상을 연결해주는 또하나의 공간이자 미디어가 된다.

의 대화 속에서 등장했다. 아버지는 나를 조수석에 태우고 운전하다가 문득 농담처럼 이런 말을 던졌다. "왜 유리창 안에 있는 사람은 다 아름다워 보일까?" 아버지의 농도 짙은 경상도 사투리를 완전히 재현할 순 없지만, 요컨대 '유리창 저편에 있는 사람은 다 어여뻐 보인다'는 말씀이었다. 그 이야기가 오래도록 기억에 남았다. 이제는 그때 그 시절 젊고 눈부셨던 아버지의 모습마저 '유리창 저편'의 아련한 추억이 되었지만. 분명히 눈앞에 또렷이 보이지만 결코 만질 수 없는 대상의 존재를 투명하게 비춰주는 유리창. 유리창은 '다가갈 수 있음'의 가능성을 표현하는 미디어이자 '그럼에도 불구하고 다가갈 수 없음'의 금기를 표현하는 이중적인 미디어가 아닐까. 유리창 너머의 사람이 아름다워 보이는 이유는 어찌 보면 쉽게 닿을 수 있을 것 같지만, 결코 닿을 수 없는 대상에 대한 유리창 이쪽의 동경과 그리움 때문이다.

문학작품 속의 유리창 중 기억의 첫머리에 남아 있는 유리창은 바로 오 헨리의 「마지막 잎새」에 등장한다. 낙엽이 우수수 떨어지기 시작하는 11월에 접어들면서 폐병을 앓고 있는 젊은이 존시는 삶의 희망을 잃어버린 채 유리창 밖으로 보이는 나뭇잎의 개수만 하염없이 세고 있다. 존시는 자신을 간호해주는 친구 수에게 이렇게 말한다. 마지막 잎새가 떨어지면 나도 죽을 거라고. 존시의 아래층에 사는 화가 베어먼은 40년 동안 그림을 그리며 살았지만 아직 제대로 인정받는 걸작을 그려보지 못했다. 수는 노인에게 존시의 망상을 이야기하고, 정말로 존시가 마지막 잎새와 함께 세상을 떠나면 어쩌나 하는 걱정을 토로한다. 그날 밤은 비가 억수처럼 쏟아져내리고 무서운 바람이 불었다. 다음날 아침 수가 창문의 커튼을 올려보니, 신기하게도 벽돌 담벼락에 담쟁이 잎새 하나가 밤새 떨어지지 않고 그대로 붙어 있었다. 그다음날이 지나도 마지막 잎새는 여전히 담장에 붙어 있었다. 마지막 잎새에 자신의 명운을 걸었던 존시의 병세도 차츰 차도를 보이기 시작한다. 존시를 치료하던 의사는 베어먼 노인도 폐병을 앓고 있다는 사실을 알려준다. 그날 오후, 수는 존시에게 화가 베어먼 노인의 죽음을 알려준다. 그리고 담장에서 결코 떨어지지 않는 '마지막 잎새'의 비밀은 바로 베어먼 노인의 작품이었음도 밝혀진다.

존시는 유리창 너머 아스라이 사라져가는 낙엽들을 바라보며 '저 낙엽이 바로 꺼져가는 내 생명과 같다'는 은유의 상상력을 발휘한다. 병마의 고통에 사로잡힌 존시는 '떨어지는 낙엽=꺼져가는 내 생명'이라는 강박에 사로잡혀 점점 더 부정적인 쪽으로 자신을 몰아간다. 하지만 같은 낙엽을 바라보면서도 화가 베어먼은 달랐다. 그는 떨어지는 낙엽 속에서 다가오는 추운 겨울을 예비하는 나무의 강인한 생명력을 본 것이 아닐까. 나무가 그 무성한 나뭇잎을 모두 껴안은 채로는 겨울을 날 수가 없다. 나뭇잎과 열매에 대한 모든 욕심을 버리고, 자신을 최소한의 무게로 비워낸 다음에야 나무는 엄동설한을 이겨낼 채비를 마칠 수 있다. 존시는 떨어지는 나뭇잎 속에서 '몰락'만을 보지만, 화가 베어먼은 다시 태어남을 위한 사라짐, 더 나은 봄을 위한 겨울의 위대함을 본 것이 아닐까.

지금껏 한 번도 걸작을 그려본 적 없는 무명 화가 베어먼은 죽음을 앞두고 평생의 걸작을 완성한다. 그가 사력을 다해 그려낸 마지막 작품은 바로 진짜 나뭇잎과 전혀 구별되지 않는 '마지막 잎새'였다. 비바람이 몰아치는 날에도, 다음날도 그다음날도 나뭇잎 하나가 벽돌 담벽에 변함없이 붙어 있다. 존시는 그 마지막 잎새 속에서 '꺼져가는 생명'이 아니라, 그럼에도 불구하고 살아갈 힘과 용기를 잃지 않는 위대한 생명의 의지를 내면으로부터 발견하지 않았을까. 만약 그가 마지막 잎새를 그리지 않았더라면 어떻게 되었을까. 한 젊은이의 소중한 생명을 구해낸 그 살아 있는 걸작을 볼 수 있는 기회는 영원히 사라졌을 것이다. 마지막 잎새를 통해 자신의 운명을 점쳤던 한 젊은이의 목숨을 살려낸 그 그림이야말로 박물관에도 없고, 누구도 살 수 없지만, 한 생명을 구원해낸 아름다운 명작으로 거듭났다. 창문을 통해 한 젊은이는 '덧없이 사라져가는 생명의 무상함'을 상상했다면, 베어먼은 그 똑같은 창문을 통해 죽어가는 젊은이가 발견해낼 눈부신 희망을 상상했던 것이다.

대도시의 핵심적 랜드마크가 되는 커다란 마천루들에는 어김없이 커다란 유리창이 존재한다. 유리창은 이때 단지 바깥 세계와 안쪽 세계를 이어주는 역할뿐 아니라 그 자체가 '벽'이자 '형태 전체'를 이루는 공간의 구획자가 된다. 유리창은 거대한 거울이자 장벽이 되어 모든 존재를 비추고, 창공을 날아오르던 새들은 그 유리창이라는 '장벽'에 부딪혀 안타까운 생을 마감하기도 한다. 유리창은 문명의 빛을 수놓는 도구이자 문명의 어둠과 잔혹성을 상징하는 이미지를 동시에 지니고 있다.

만약 창문이 없었다면 피터팬은 웬디의 일상을 엿볼 수 없지 않았을까. 창문이 있었기에 피터팬은 웬디의 일상을 엿보고, 웬디와의 소통을 꿈꾸고, 마침내 웬디의 친구가 될 수 있었다. 창문이 있기에 사랑하는 연인들은 부모의 반대에도 불구하고 서로의 얼굴을 뜨겁게 바라볼 수 있으며, 창문이 있기에 우리는 지금 이곳이 아닌 전혀 다른 세상을 상상하고 꿈꿀 수 있다. 창문이 존재한다는 것, 그것은 아직 우리가 소통할 수 있는 눈부신 가능성이 숨어 있다는 의미다.

유리창, 우리 영혼의 스크린

―― 창문은 안이 훤히 비치지만 결코 상대방에게 닿을 수 없는 거리감을 자아내는 미디어다. 모든 것이 보이지만 아무것도 만질 수 없는 세계. 창문 저편의 사람이 무엇을 가졌는지, 누구와 함께 있는지, 무엇을 먹는지 모든 것을 생생하게 바라볼 수 있지만, 창문 밖에서는 아무것도 직접 경험할 수 없다는 것을 더욱 강렬하게 일깨워주는 세계. 창문은 때로는 차라리 벽으로 가로막혔다면 이토록 답답하지는 않았을 것만 같은, 소통을 가장한 불통의 미디어가 된다.

피터팬은 창문을 통해 웬디의 일상을 엿보고 처음으로 네버랜드 밖에서 지상의 친구를 갖고 싶은 강렬한 충동을 느낀다. 『프랑켄슈타인』의 괴물은 창문 밖에서 안쪽으로 보이는 정상인들의 세계를 훔쳐보며 '나도 저들처럼 서로 쓰다듬고 키스하고 사랑할 수 있는 존재가 되고 싶다'고 생각한다. 창문은 '남들이 보여주는 것'을 통해 '내가 가지지 못한 것들'을 상상하게 하는 부러움의 매개체인 것이다.

누군가에게는 사방이 뻥 뚫린 듯 환히 빛나는 사방의 창문이 스스로를 가두는 거대한 감옥이 되기도 한다. 『위대한 개츠비』의 대저택이 바로 그런 유리궁전의 절정을 보여준다. 개츠비는 수백 개의 거대한 유리창으로 뒤덮인 호화로운 대저택을 소유했다. 하지만 그는 자신의 소유물에서 스스로 소외감을 느끼는 듯, 파티의 주최자이면서도 파티를 제대로 즐기지 못한다. 속이 훤히 비치도록 번쩍번쩍 빛나는 유리창들은 오히려 개츠비가 '세상을 바라보는 시선'을 차단하고, '세상이 그를 바라보는 시선'만을 도드라지게 한다. 모두들 개츠비에 대해 이러쿵저러쿵 가십 퍼뜨리길 일삼지만 정작 개츠비는 누구에게도 자신의 속내를 이야기할 수 없다. 모든 것이 다 보이지만, 결국 아무것도 말해주지 않는 거대한 유리방에 갇힌 개츠비. 유리창에 비친 개츠비를 사람들은 부러워하지만, 개츠비 본인은 그 아름다운 대저택에서 어떤 행복도 느끼지 못한다. 사랑하는 여인 데이지를 되찾기 위해 수단과 방법을 가리지 않고 갑부가 되었지만, 정작 그 아름다운 대저택의 안주인으로 이미 다른 사람의 부인이 된 데이지를 데려올 수는 없었던 것이다.

이렇듯 창문은 내가 가진 것이 아니라 내가 가지지 못한 것을 일깨우는 미디어다. 언제나 창문 바깥에서 창문 안쪽을 엿보는 사람의 입장에서는, 창문은 '가질 수 없는 세계'를 상영하는 영혼의 스크린이 된다. 유리창은 내가 영원히 잃어버린 것, 내가 결코 되찾을 수 없는 것, 어쩌면 한 번도 가져보지 못한 어떤 세계를 광고하는 영혼의 스크린인 것이다.

지구상의 생물체 중에서 다른 존재에게 속임수를 써서 자신이 원하는 바를 쟁취하는 데 가장 커다란 재능을 보이는 것은 바로 인간이다. 철학자 마크 롤랜즈는 늑대와 인간의 가장 큰 차이는 바로 '사기 치는 능력'에 있다고 보았다.『철학자와 늑대』(추수밭, 2012)에서 그는 사기를 치고, 교묘하게 남을 속여넘기고, 거짓말로 남의 환심을 사는 것은 영장류의 특별한 재능이라며 인간의 교활함을 풍자한다. 유리를 통한 인간의 속임수를 알지 못하는 동물들은 곧잘 유리에 부딪혀 중상을 입거나 죽기도 한다. 유리창 없이 우리는 자동차도 운전할 수 없고 바깥도 볼 수 없게 되어버렸다. 그러나 수많은 동물들에게 유리창은 '조심해야 한다'는 것을 미리 배울 기회도 없이 부딪히자마자 그 즉시 사망해버리는 위험한 살인무기이기도 하다.

유리창은 '창문 안쪽에 사는 사람'에게는 과시와 선전의 도구이자 때로는 거대한 유리창 자체가 버젓한 자산이 되기도 한다. 널따란 통창은 바깥 세계의 조망을 향한 인간의 탐욕을 보여주기도 한다. '조망권'이라는 개념이 대중화되면서, 이제 유리창으로 바라볼 수 있는 바깥 풍경은 또하나의 사유재산으로 탈바꿈하게 된 것이다.

엿보고 관찰하고 욕망하는 유리창 너머의 풍경
—— 『프랑켄슈타인』의 괴물에게 창문은 정상적인 인간의 삶을 엿

거대한 유리창으로 이루어진 건물들은 웅장하고 세련된 느낌을 주지만, 동시에 단절감과 소외감을 불러일으킬 수도 있다. '나는 저 유리창 안쪽의 세계에 속할 수 없다'는 단절감과 거리감, '나의 세계와 저들의 세계는 전혀 다른 모습'이라는 소외감. 어떤 유리창은 '안을 살짝 엿보는 순간 더 따스하고 아늑한 느낌'을 주지만, 어떤 유리창은 '바라볼수록 그 안쪽 세계와 더 멀어지는 듯한 소외감'을 느끼게 한다. 우리는 어떤 유리창의 주인공들일까.

볼 수 있는 교양의 기회이자 교육의 산실이었다. 괴물은 열린 창문을 통해 인간들의 대화를 엿들으며 인간의 언어를 배우고, 창문 틈으로 보이는 그들의 다정한 웃음소리와 따스한 포옹의 장면을 바라보며 사랑과 우정의 소중함을 배운다. 아울러 그 모든 인간적인 행복이 결코 자신의 것이 될 수 없음을 아프게 깨닫는다.

『폭풍의 언덕』의 히스클리프에게는 유리창이야말로 죽은 연인을 만날 수 있는 유일한 미디어다. 캐서린의 유령을 향해, 창문을 통해 제발 안으로 들어오라고 절규하는 히스클리프의 모습은 김소월의 「초혼」처럼 결코 만날 수 없는 영혼을 세상 안쪽으로 불러들이는 애절함으로 독자의 가슴을 울린다. 그토록 냉정했던 히스클리프는 캐서린의 유령마저 반가워하며 제발 유령이라도 좋으니 나에게 다시 와달라고 애원한다. 모두가 두려워하는 캐서린의 유령을 향해 히스클리프는 두 팔 벌려 간청한다. 이번만은 내게 돌아오라고. 한 번만 내 곁으로 와달라고. 바라보는 사람의 가슴은 미어진다. 히스클리프의 애원은 너무도 애절하여 죽음과 삶의 경계마저 뛰어넘을 것만 같다. 히스클리프는 두려움에 떨며 구천을 헤매는 캐서린의 유령을 열린 창문을 통해 만난다. 제발 자신을 안으로 들여보내달라고 절규하는 캐서린. 제발 유령이라도 좋으니, 자신의 집으로 들어와달라고 외치는 히스클리프. 두 사람 사이에는 죽음과 삶의 경계가 삼엄하게 드리워져 있지만, 히스클리프는 끝내 그 경계를 넘어 캐서린을 다시 만나려 한다. 이 순간 눈보라가 휘몰아 치는 히스클리프의 창문은 산 자와 죽은 자의 끊어진 인연을 다시 이어주는 안타까운 매개가 되어준다.

이 세상 모든 창문들은 저마다의 목소리로 속삭인다. 당신의 작은 세상에만 갇혀 있지 말라고. 또다른 세상을 향한 궁금증을 포기하지 말라고. 어떤 창문은 분명히 굳게 닫혀 있으면서도 바깥세상을 향해 은밀한 유혹의 목소리로 속삭인다. 당신이 유리창을 깨고 이곳으로 들어올 수는 없겠지만, 유리창 안쪽의 삶을 살짝 엿봐도 좋다고. 당신과 다른 삶을 살고 있는 이들의 삶을 가만히 들여다보는 것도 때로는 즐거운 일이라고.

문학 속의 모든 창문들은 서로 다른 목소리로 아우성친다. 당신의 창문 안쪽으로 나를 들여보내달라고. 성냥팔이 소녀는 크리스마스이브마다 유리창을 통해 자신이 가지지 못한 삶을 상상한다. 당신들의 행복한 크리스마스이브로 이토록 춥고 배고픈 나를 초대해달라고. 피터팬은 속삭인다. 동심을 잃어버린 어른들의 가르침에 질식당하기 전에 한 번쯤은 이 세상 어디에도 없는 네버랜드로 떠나보자고. 히스클리프의 유리창은 외친다. 이승과 저승의 경계조차 뛰어넘어, 끝내 제자리를 찾아가는 끈질긴 사랑도 있다고.

유리창은 우리 마음을 비추는 거울이자, 유리창이 둘러싸고 있는 하나의 세상을 또하나의 거대한 극장으로 만들어주는 신비로운 무대장치이다.

창문만 창문이 아니다. 우리 마음을 비추는 모든 것은 끝내 창문이 된다. 물 위에 비친 내 모습을 바라볼 때, 나는 타인의 시선 속에 고여 있는 내가 아니라 진짜 내 마음에 비친 나를 바라본다. 누군가의 안경이나 자동차 표면 위에 어른거리는 내 모습을 볼 때도 깜짝 놀란다. 우리가 자신의 존재를 깜빡 잊을 때마다 사물들은 우리를 비추어 비로소 '우리가 여기 함께 있음'을 일깨운다.

창문 너머 머나먼 풍경을 바라보는 사람의 뒷모습은 언제나 어떤 아련한 그리움을 불러일으킨다. 이곳이 아닌 저곳을 동경하고 그리워하는 것은 인간의 멈출 수 없는 본성이 아닐까. 이곳에 존재하면서도 자꾸만 저곳을 그리워하는 인간, 여기에 존재하면서도 자꾸 저 너머 아련한 딴 세상을 꿈꾸는 것이 우리 인간의 멈출 수 없는 열망은 아닌지.

눈부신
카이로스의 시간을 위하여

　신나는 일을 할 땐, 시간의 흐름조차 까맣게 잊어버린다. 좋아하는 사람, 영화, 책, 음악과 함께하는 모든 시간은 왜 그토록 빨리 가버리는지. 그럴 땐 시계를 들여다볼 필요가 없어진다. 진정 좋아하는 일 앞에서는 아무것도 계산할 필요가 없어지니까. 반면 억지로 해야 하는 일을 떠맡았을 때는 시간이 멈춰버린 듯한 느낌에 사로잡힌다. 이런 시간의 놀라운 주관성을 가리키는 단어가 바로 '카이로스Kairos의 시간'이다. 크로노스Chronos의 시간이 분초 단위로 정확하게 측정할 수 있는 객관적인 시간이라면, 카이로스의 시간은 오직 내 마음속에서 저마다 다른 느낌과 향기로 빛나는 시간이다. 소중한 사람과 함께한다면 내 시간을 아무리 다 퍼주어도 아깝지 않은 느낌, 좋아하는 일에 몰입할 때는 평생을 다 바쳐도 모자라다는 생각이 들 때, 카이로스의 시간은 유난히 빛난다.

코로나바이러스와 어쩔 수 없이 함께해야 했던 지난 시절은 수 많은 사람들에게 너무 힘겨운 속박의 시간을 안겨주었다. 이동의 자유, 마음껏 일할 자유, 언제든 사랑하는 사람들을 만날 자유를 빼앗긴 우리에게 절실한 시간이 바로 카이로스의 시간이었다. 마음속 깊은 곳으로부터 우러나오는 희열을 느낄 수 있는 시간, 지금이 몇시인지, 밥을 먹었는지도 잊어버릴 정도로 한껏 나 자신의 기쁨에 빠져 있는 카이로스의 시간을 확보하는 것이야말로 행복의 비결이 아닐까. 나는 나에게 너무도 소중한 카이로스의 시간, 특히 '여행의 시간'을 확보하는 것이 불가능해졌기에 한동안 의기소침해졌다. 그런데 극도로 이동을 자제한 뒤 조용히 한 공간에서 지내다 보니 바쁘게 돌아다닐 때는 잘 쓰지 않던 마음의 근육을 자주 쓰게 되었다. 바로 '홀로 사유하는 시간'이 눈에 띄게 늘어난 것이다. 타인과의 만남이 극도로 줄어들자 오직 나와 집, 나의 일만이 남은 듯한 느낌이었다.

'남이 나를 어떻게 생각할까'를 지나치게 고민하지 않게 되고 '내가 나를 어떻게 생각하는가' '나의 삶을 어떻게 바꿀 것인가'의 문제에 더욱 차분히 집중할 수 있게 되었다. 사회적 거리두기가 장기화되면 외롭고 적적할 거라고 생각했는데, 오히려 '고독의 창조적 의미'를 알게 되었다. 비로소 나 자신과 온전히 마주하는 느낌. 나 자신과 아주 가까워지는 느낌. 인생에서 '나 자신'이라는 존재와 처음으로 진짜 친구가 된 느낌이었다. 오직 깊은 집중 속에서만 만날 수 있는 내 안의 핵심적인 자아와 대면하는 기분이었다. 내 무의식이 심해라면, 그 심해 가장 깊은 곳에 있는 수초 같은 생각들, 내 안의 가장 영롱한 산호초 같은 생각들과 마주하는 기분이었다. 그동안 카이로스의 시간이라 믿었던 것은 과도한 긴장 상태나 흥분 상태였을지도 모른다. 눈부신 깨달음의 순간은 바로 타인의 시선에 비친 나라는 에고의 시선을 완전히 내려놓을 때 만날 수 있었다. 때로는 사회적 자아를 모두 내려놓고 해맑은 나 자신과 만날 용기가 필요하다. 직업과 역할과 신분으로 규정되는 '나'가 아니라 '그냥 아무도 아닌 나, 아무 꾸밈 없는 나'로 지낼 시간이 필요하다. 작가라는 직업도, 정여울이라는 이름도 내려놓고, 나 자신과 온전히 만날 수 있는 시간이 내게 필요한 새로운 카이로스의 시간이었던 것이다.

코로나 사태 이후 '정말 하고 싶은 일'과 '하지 않아도 되는 일'을 나누는 기준이 훨씬 선명해졌다. '꼭 하지 않아도 되는 일'을 과감하게 정리하는 법을 배우게 되었기에 카이로스의 시간은 코로나 사태 이후 오히려 늘어날 수 있었다. 다른 사람에게 의존하지 않고 '정말 내가 하고 싶은 일'에 더욱 집중할 수 있는 용기가 생기고, 사

영적인 깨달음은 위대한 수행자들만의 것은 아니다. 일상 속에서도 이토록 아름다운 초월의 순간이 있다. 노르웨이의 달스니바 전망대에서 '세상 끝의 연인들'을 바라보며 나 또한 구름 위를 산책하는 기분이 들었다. 말하지 않아도 다 알 것만 같았다. 너만 있으면 돼. 이 세상이 우릴 사랑하는 게 분명해. 우리는 세상의 끝자락에 있는 거야. 아니, 알고 보니 세상의 한가운데였네.

교적 만남은 극도로 줄이고 나의 일에 매진할 수 있게 되었다. 아무도 몰래 피아노나 첼로를 연주하는 시간, 죽이 되든 밥이 되든 맹렬하게 읽고 쓰는 시간, 지나간 여행사진을 보며 키득거리는 시간, 아홉 살 조카와 부루마불 게임을 하며 승부욕을 불태우는 시간. 이것이 나만의 카이로스적 시간이다. 카이로스의 시간은 온전히 나 자신으로 돌아갈 수 있는 길, 타인의 삶을 엿보는 삶이 아니라 나 자신의 순수한 기쁨에 집중하는 시간이다. 머릿속에서 시끄럽게 출렁이던 잡스러운 생각들이 사라지고 오직 자 나신과 대면할 용기가 생겼다. 이것이 바로 진정한 깨어 있음의 시간이며, 카이로스의 시간이었다.

───── 세상이
날 받아주지 않더라도

이 세상이 날 받아주지 않는다는 느낌 때문에 괴로웠던 시절이 있었다. 사실 여러 번 그랬다. 20대엔 항상 그랬다. 세상은 날 받아주지 않는다고 생각하며 남들에게 이해받기를 포기한 적이 많다. 사람들은 믿지 않는다. 작가님은 모범생 아니었냐고. 하지만 겉으로만 그랬다. 그저 살아남기 위해 모범생 연기를 한 것이지, 마음속은 항상 못 견디게 쓸쓸한 아웃사이더였다. 취직도 잘 되지 않고, 선배들이나 스승늘에게 사랑받는 것도 불가능해 보었을 때, 나는 가상의 스승을 찾아 헤맸다. 세상이 날 받아주지 않는다면, 단 한 명의 스승만이라도 날 받아주기를 꿈꾸며. 그때 날 받아준 사람이 바로 지금은 돌아가신 문학평론가 황광수 선생님이었다.

영화 〈자산어보〉를 보면서 인생에 단 한 명의 진짜 스승을 만난다는 것이 얼마나 소중한 것인지를 새삼 깨달았다. '정약용의 형'으로 알려졌으나 오랜 유배생활로 그 진가가 가려진 정약전. 그는 신유박해로 인해 벼슬을 잃고 흑산도로 귀양을 떠나 갖은 고생 끝에 그 섬의 젊은 어부 창대를 만난다. 흑산도라는 머나먼 귀양지에서 아내는 물론 자식들까지 볼 수 없는 상황에서 정약전은 마음 붙일 곳이 필요했다. 타고난 문장가였으며 대학자였던 정약전이 관심을 가진 것은 바로 흑산도의 진귀한 물고기들이었다. 홍어, 가오리, 짱뚱어 등 수많은 물고기들을 관찰하여 『자산어보』를 만들면서 정약전이 가장 많은 질문을 한 사람이 바로 흑산도 어부 창대였다. 두 사람은 서로에게 스승이자 제자이자 친구인 아름다운 우정을 엮어나간다. 천주교를 끝까지 포기하지 않아 처참하게 순교를 당한 동생 정약종, 강진에 유배를 떠나 수백 권의 저서를 쓴 대학자 정약용과 달리, 정약전은 마음 깊은 곳에 아무에게도 이해받을 수 없는 저항적 사유를 지닌 사람이었다. 정약전은 임금도 필요 없는 세상, 그 누구도 신분이나 재산 때문에 차별받지 않는 세상을 꿈꾼 것으로 그려진다. 이것은 물론 영화적 상상력이 풍부하게 덧대어진 허구적 이야기에 가깝지만, 정약전의 『자산어보』를 읽어보면 창대와의 관계가 단순히 정보를 나누는 정도의 깊이를 뛰어넘은 것으로 보인다. 창대 역할을 맡아 뛰어난 연기력을 보여준 변요한의 명대사는 가슴을 울린다. "물고기를 알아야 물고기를 잡을께요. 홍어 댕기는 길은 홍어가 알고, 가오리 댕기는 길은 가오리가 앙께요." 뛰어난 어부가 아니라면 결코 알 수 없는 길, 물고기가 다니는 길을 속속들이 훤히 알고 있는 창대의 지식이야말로 논어 맹자 못지않게 진정 실생활에서 간절히 필요한 배움이었던 것이다.

무려 16년의 흑산도 유배생활은 끝날 기미가 보이지 않았다. 기다림과 절망 속에서 점점 지쳐가던 정약전은 『자산어보』 집필에 힘을 쏟았다. 정약전은 섬사람들이 먹지 않고 버리는 고기였던 아귀나 짱뚱어를 식재료로 삼게 함으로써 가난한 백성들의 구휼에 도움을 주었을 뿐 아니라, 우리나라 최초의 수산학 관련 명저로 역사에 길이 남을 『자산어보』를 씀으로써 명실상부하게 백성에게 실질적 도움이 되는 학문적 업적을 남겼다. 영화 속에서 아름답게 그려진 것은 바로 창대와 약전의 뜨거운 우정이었다. 창대는 서자로 태어나 벼슬길에 나아가지 못한 울분을 글공부로 달래고 있었는데, 약전은 창대의 설움을 알아보고 그에게 단지 글공부를 넘어 인생공부의 체험을 두둑하게 안겨준다. 복성재復性齋를 시어 심의 청소년들을 가르친 정약전은 벼슬길이 막혀도 끝내 배움과 글쓰기의 길을 포기하지 않았던 학자의 길을 보여준다. 창대는 주자학에 집착하며 서학에 물든 정약전을 경계하는데, 약전은 주자학도 서학도 그 어떤 학문도 친구로 삼을 수 있는 너른 품을 지닌 인물이었다. 약전의 말은 21세기를 살아가는 오늘날의 사람들에게도 깊은 울림을 준다. "나는 성리학으로 천주학을 받아들였는데, 이 나라는 나 하나도 못 받아들였다." "벗을 깊이 알면 내가 더 깊어진다." 창대가 벼슬아치들의 온갖 협잡과 권모술수에 절망하여 '양반 되는 길'을 포기한 뒤, 쓸쓸하게 세상을 떠난 정약전의 편지를 읽는 장면에서 눈시울이 뜨거워졌다. "학처럼 사는 것도 좋으나 구정물 흙탕물 다 묻어도 마다않는 자산玆山 같은 검은색 무명천으로 사는 것도 뜻이 있지 않겠느냐." 화려한 벼슬길이 아니라 끝내 머나먼 흑산도 백성들과 함께 살아가는 길을 선택한 창대의 마음은 바로 스승 약전으로부터 배운 '내 삶을 있는 그대로 사랑하는 마음'이 아니었을까.

내게는 억울한 귀양살이 중 세상을 떠날 수밖에 없었던 고통스러운 약전의 길이 결코 실패나 후퇴로 보이지 않았다. 그 어떤 벼슬조차 기대할 수 없어도 오직 청년들에게 글을 아는 기쁨, 배움의 기쁨을 알려주기 위해 복성재라는 배움터를 운영한 지혜로움. 그는 어디서든 자신의 지식을 타인에게 나눌 준비가 되어 있는 진짜 스승이었다. 자신에게는 아무런 대가가 돌아오지 않을 것을 빤히 알면서도 『자산어보』라는 훌륭한 연구서를 집필한 학자의 마음. 울분과 설움으로 얼룩진 창대뿐 아니라 평생 소외와 박해에 시달리던 백성들을 따뜻하게 보듬어준 약전의 마음은 21세기 현대 사회에서도 변함없이 가슴을 울리는 진정한 스승의 마음이었다. 이 영화를 보며 나는 새삼 깨달았다. 세상이 나를 알아주지 않더라도, 아무도 날 이해하지 못하는 것 같은 고독과 절망에 시달릴 때조차도, 결코 세상을 향한 배움과 사람에 대한 사랑의 열정을 멈추지 말자고. 진정한 스승은 학교에만 있는 것이 아니라 그 어떤 상황에서도 배움을 포기하지 않는 열정이 있는 자리에 머물기에.

약전과 창대가 그저 성공가도만 달렸다면 이 영화가 이토록 따스한 감동으로 다가오진 않았을 것이다. 황광수 선생님은 내게 세상 바깥에도 또다른 세상이 있음을 보여주셨다. 세상이 날 받아주지 않더라도, 아무리 머나먼 저 세상 바깥에서도 내가 행복하고 재능 있으며 좋은 사람임을 깨닫게 해주는 사람. 언젠가는 나도 그런 스승이 되고 싶다. 그 누구의 이해도 대접도 받지 못했을 때조차도 홀로 글을 쓰고 서당을 열며 흑산도 청년들을 가르친 정약전처럼. 세상이 날 받아주지 않았을 때 세상 바깥을 떠돌며 시름시름 앓던 내 어깨를 붙들어준 황광수 선생님처럼. 나는 그들이 세상 밖에 있어서 좋았다. 저 냉혹한 세상이 날 받아주지 않더라도, 나를 끝내 이 따스한 세상 속에 있게 만드는 사람. 그가 나의 진짜 스승이기에.

2부

가장

아픈

시간은

끝났다

_____ 그네가 없는

동네에서 산다는 것

어린 시절 '그네가 있는 놀이터'는 나에게 눈부신 로망이었다. 안타깝게도 우리 동네엔 그네가 있는 놀이터가 없었다. 심지어 학교에는 철봉과 정글짐만 가득했다. 철봉과 정글짐밖에 없는 학교 운동장은 썰렁하기 그지없었다. 마치 만두소 없는 만두피 같았다. "에이, 정글짐은 재미없는데." 나는 투덜거리면서 동화책이나 텔레비전에 나오는 그네 타는 장면을 마치 천상의 유토피아라도 되는 듯 홀린 눈빛으로 바라보았다. 친척집에 들렀다가 발견한 그네가 있는 놀이터는 말 그대로 천국이었다. 낯선 곳에서 그네만 발견하면 집으로 돌아오려 하지 않았다. 어른이 되어서야 그네 있는 놀이터가 자리잡은 동네에 정착한 나는 아이들 없는 틈을 타 몰래 그네를 타며 벅찬 기쁨의 미소를 짓기도 했다. 아이들이 보면 부끄러우니까. 다 큰 어른이 그네를 향한 집착에서 벗어나지 못하는 것을 보면 아이들이 얼마나 우스워할까. 나는 하늘 높이 올라가는 그네에 몸을 싣고 몰래 꿀이라도 훔쳐 먹은 아이처럼 은밀한 미소를 지었다. 그런 나를 본 친구는 혀를 끌끌 찼다. "그 흔한 그네가 그렇게 좋더냐? 무슨 그네 하나를 목숨걸고 타냐?" 머쓱했지만, 그래도 좋았다. 그네가 힘차게 창공을 향해 날아오를 때마다, 내 몸과 마음도 온갖 근심을 내려놓은 채 하늘 높이 도약하는 것만 같았다. 그 순간 나는 지상의 모든 슬픔을 그네 아래에 내려놓고 하늘 높이 날아오르는 힘찬 새 한 마리였다.

왜 그토록 그네에 집착했을까. 내 눈에는 그네가 세상에서 가장 평등한 놀이기구 같았다. 물론 나의 어린 시절에는 그네조차 없는 동네가 많았지만. 그래도 그네는 놀이공원의 바이킹이나 롤러코스터처럼 돈을 내지 않고도, 무료로 하늘 높이 날아오를 수 있는 최고의 놀이기구였다. 요즘은 아파트 단지마다 그네 있는 놀이터가 많아져서 참 좋다. 그네를 전혀 소중히 여기지 않는 아이들이 야속할 정도다. 무릇 그네란 서로 더 오래 타겠다며 싸우는 맛이 있어야 하는데. 그런데 알고 보니 그네에 한 맺힌 사람은 내 주변에도 많았다. 나의 제부는 아파트 단지의 그네를 타면서 『나의 라임오렌지 나무』의 주인공 제제처럼 슬프도록 환한 미소를 지었다. 왜 그렇게 슬픈 미소를 짓는가 했더니, 제부도 어린 시절 그네 있는 동네에 사는 애들이 그렇게 부러웠단다. "지금이라도 그네 탈 수 있으니, 행복해요?" 행복하단다. 무지무지 좋아 죽겠단다. 우리 자매들은 그 어린애 같은 미소에 깔깔 웃으며 '그네가 뭐라고 이렇게들 한이 맺혔냐'며 서로를 위로해준다. 내 동생은 스무 살 때 그네를 처음으로 타봤단다.

그래서인지 우리 세 자매들은 그네를 탈 수 있을 때마다 거의 사생결단이라도 하듯이 1분이라도 더 타겠다며 안달을 한다. 나이 마흔이 넘어서도 이러니 어린 시절의 콤플렉스는 그렇게 쉽게 없어지는 것 같지가 않다. 그럼에도 다행인 것은 '콤플렉스를 함께 나누는 것'에는 특별한 온기가 서린다는 점이다. 단옷날 맵시 있게 한복을 떨쳐입고 그네를 타는 춘향의 펄럭이는 치맛자락을 바라보며 달콤한 사랑의 환상에 빠지는 이몽룡처럼, 우리는 그네를 타는 사람들만 봐도 아름답고 낭만적인 분위기를 한껏 느껴볼 수 있는 것이다. '그네도 없는 동네에서 살다니' 동정하는 친구들의 시선이 슬펐던 어린 나는, 이제 '그네만 바라보고 있어도 행복한 어른'이 되었다. 그네를 별로 신기하지 않게 바라보는 아이들을 보면 '요즘 아이들은 그네만 있어도 거기가 바로 천국이라는 걸 모르는구나' 싶어 안타까워진다. 우리가 남몰래 겪었던 각자의 콤플렉스를 이렇게 모여서 수다를 떨며 공유하니, 그것은 더이상 혼자만의 슬품이 아니라 우리 모두가 함께 보살펴야 할 어린 시절의 내면아이가 되었다. 그네가 그토록 타고 싶었다는 제부가 그날따라 한 뼘 더 친해진 느낌이 들었다. 콤플렉스를 거리낌 없이 나눌 수 있는 사이, 그런 사이야말로 진정한 우정이 싹트는 관계가 아닐까. 한때는 뼈아픈 콤플렉스였던 것이 이제는 가슴 시린 추억이 되었다.

나의 작업실 옥상에서 바라본 노을. 처음엔 정이 들지 않았는데, 이 노을을 발견한 날 이 동네와 사랑에 빠졌다. 대단한 특색은 없지만, 가끔씩은 떠들썩하고 어린이집 앞의 벚꽃이 무지하게 아름답고 노을 지는 저녁 풍경은 어디다 내놓아도 남부럽지 않은 곳. 나에게 이 동네를 사랑할 이유를 준 저녁노을.

_____ 아무도 사랑해주지 않은

아이의 죽음

계모의 학대로 비좁은 여행용 캐리어에 갇혀 미처 제대로 살아
보지도 못한 삶을 마감해야 했던 아홉 살 소년의 뉴스를 본 뒤 좀
처럼 잠을 이루지 못했다. 발육부진 상태에서 굶기를 밥먹듯 했을
그 아이의 무참한 배고픔, 아무도 나를 사랑해주지 않는다는 절망
감, 집안에 사람들이 분명히 있는데도 그들 중 누구에게도 도와달
라고 외칠 수 없었을 그 아이의 고립감을 생각하니 잠을 이룰 수가
없었다. 얼마나 외로웠을까. 얼마나 두려웠을까. 얼마나 아프고 또
아팠을까. 우후죽순 터지는 아동학대 사건들을 접할 때마다 우리
사회는 아이들을 위한 배려와 존중이 너무 부족하다는 생각에 가
슴이 아프다. 아이들의 고통은 단지 어린 시절의 나쁜 기억으로만

끝나지 않는다. 끝나지 않는 마음의 상처를 고백하는 어른들의 대다수는 '어린 시절의 트라우마'라는 늪으로부터 여전히 자유롭지 않다. 범죄로 이어지는 아동학대가 아니더라도, 어린 시절의 상처 때문에 '행복을 느끼지 못하는 어른'으로 자라는 사람들이 얼마나 많은가. 아이들이 남몰래 겪는 아픔은 곧 우리 사회의 가장 치명적인 아킬레스건이다. 우리 사회는 지금부터라도 아이들의 아픔에 귀 기울이기 위한 모든 노력을 아끼지 말아야 한다.

어린 시절에 커다란 상처를 입은 사람들은 마음속에 '아무도 나를 이해하지 못한다'는 뿌리깊은 편견을 지워내기 어렵다. 어차피 사람들은 날 이해하지 못할 거야, 날 좋아해주는 사람은 없을 거야, 난 미움받는 게 당연해. 이런 부정적인 생각이 쌓이다보면 눈앞에서 나에게 잘해주는 사람들조차도 믿지 못하게 된다. '저 사람이 나에게 잘해주는 것은 뭔가 다른 목적이 있어서일 거야'라는 의심이 자라면, 사랑받을 수 있는 기회는 물론 사랑할 수 있는 기회까지 놓쳐버리게 된다. 내가 실수하고 내가 잘못해도, 나를 무조건적으로 사랑해주는 사람이 이 세상에 단 한 명이라도 있는 사람은 삶을 향한 마지막 희망의 끈을 놓치지 않을 수 있다. 학내는 사기혐오로 이어지고, 자기혐오는 자기징벌을 가져오며, 자기징벌은 곧 타인을 향한 끝없는 불신으로 치닫는다. 누구도 사랑할 수 없는 상태, 세상을 부정적으로 바라보는 시각은 사랑받지 못한 어린 시절의 고통으로부터 시작되는 경우가 많다.

중학교 교사로 일하고 있는 내 친구에게 '요새 아이들은 뭘 좋아하냐'고 물어보았다. 우리 때와 달리 아이들은 뭔가 새롭고 신기한 것들을 좋아하지 않을까 싶어서였다. 그랬더니 놀라운 대답이 돌아왔다. 학부모는 변했지만, 아이들은 변하지 않았다는 것이다. 교사를 존중하지 않고 교사에게 너무 많은 것을 바라는 학부모들이 많아졌지만, 아이들은 예나 지금이나 똑같다고 한다. "예뻐해주세요." "선생님, 저를 많이 예뻐해주세요." 아이들이 선생님께 바라는 신학기의 소원으로 가장 많이 적는 메모라고 한다. "예뻐해주세요"라는 그 짧은 문장을 듣는 순간, 내 마음속에서 불에 덴 듯 아픈 상처가 되살아났다.

전교생이 다 보는 운동장 한가운데서 내 등짝을 사납게 후려치던 담임선생님의 얼굴이 떠올랐기 때문이다. 나를 때리고, 괴롭히고, 폭언을 일삼던 초등학교 4학년 담임선생님께 내가 가장 하고 싶었던 말도 어쩌면 그것이 아니었을까. 제발, 저를 미워하지 마세요. 예뻐해주세요. 아이들은 정말 예나 지금이나 똑같다. 똑같이 순수하고 똑같이 애틋하다. 문제는 어른들의 이기심, 어른들의 분노가 아이들을 망치고 있다는 것이다. 처음 보는 담임선생님께 대뜸 아무런 거리낌 없이 "예뻐해주세요"라고 메모를 남길 수 있는 그 아이들의 천진무구함이 어린 시절 그 누구에게도 완전히 이해받지 못한다는 절망감에 빠진 내가 누구에게도 하지 못했던 말이었음을 이제야 깨닫는다. 그 모든 말, 그때는 차마 하지 못했던 말들이 그 절절하고 꾸밈없는 단 한마디에 담겨 있었다. 예뻐해주세요. 저를 많이 사랑해주세요. 제 곁에 있어주세요.

우리는 이제부터 아이들이 차별받지 않는 세상, 아이들이 학대받지 않는 세상을 만들기 위한 전쟁을 치러야 하지 않을까. 우리가 포기하지 않고 '아이들의 행복을 얻기 위한 투쟁'을 멈추지 말았으면. 두려움에 사로잡힌 아이들의 표정을 읽는 혜안, "집으로 갈게요"라고 말하면서도 사실은 집에 있는 부모를 가장 두려워하는 아이들의 말 못 할 슬픔을 알아보는 사려 깊은 마음이 바로 그 투쟁의 시작이다. 여행가방에 갇혀 고통뿐인 삶을 마감한 아홉 살 소년의 말 없는 외침 또한 그것이 아니었을까. 예뻐해주세요. 저를 버리지 말아주세요. 저를 사랑해주세요. 제 곁에 있어주세요.

_____ 잃어버린
　　　　통장의 역사

　나는 걸핏하면 물건을 잃어버린다. 작은 소지품들은 저마다 발
이 달렸는지 곧잘 내 곁에서 영영 사라져버린다. 어린 시절 일기장
조차 제대로 간수하지 못해, 못내 아쉬운 마음으로 '그때 내가 과
연 무슨 이야기를 썼을까' 하고 궁금해한다. 다행히도 머릿속에 남
아 있는 추억이 잃어버린 사물의 역사를 되돌려준다. 잃어버린 우
산들만 합쳐도 우산 가게를 차릴 수 있을 것만 같지만, 유독 안타
까운 것은 내 잃어버린 통장들이다. 통장은 단지 입출금내역의 기
록이 아니라 매우 정확한 '사건의 기록'이기도 하기 때문이다. 일기
는 감정 때문에 기억을 왜곡할 수도 있지만 통장은 그야말로 도저
히 부인할 수 없는 진실을 알려주니까. 누군가에게 돈을 빌려준 내

역, 월세나 전세금이 정확하게 빠져나간 날짜, 온갖 공과금과 세금이 무사히 빠져나간 흔적까지도. 통장은 내 모든 일상의 디테일을 낱낱이 기억하고 있었다. 그래서일까. 통장을 보면 '그때 무슨 일이 있었는지' 사진처럼 선명하게 떠오르곤 했다.

그런데 내 잃어버린 통장의 역사 첫머리에는 뜻밖에도 아픈 기억이 있다. 첫번째 통장을 만들러 가는 날은 왠지 설레고 기쁜 날이었을 것 같은데, 그 첫번째 통장의 추억은 난데없는 설움으로 얼룩져 있다. 아홉 살이나 열 살쯤이었을까. 나는 어디선가 '통장을 만들어야 돈을 저축할 수 있다'는 이야기를 듣고 무작정 은행으로 직진했다. 신분증도 없는 나에게 어떻게 통장을 만들어줄 수 있었겠는가. 어른들에게는 신분증이 있다는 것을 몰랐던 시절이다. 그 시절의 나는 나만의 통장을 만들어야 '사람대접'을 받을 수 있다는 생각에 사로잡혀 있었다. 돈이 뭔진 몰라도 '자유를 향해 떠나는 티켓'과 비슷한 것이라 생각했던 듯도 하다. 엄마 허락도 안 받고 무작정 은행에 가서 통장을 만들겠다고 비장하게 결심했던 그 순간은 미치도록 설렜다.

나는 은행 창구 앞에서 한참이나 기다렸지만 직원은 나와 애써 눈을 마주치려 하지 않았다. 그녀를 기다리던 손님들도 다 업무를 마치고 떠났고 이제 마지막 손님인 나만 남았는데도, 나에게 전혀 말을 걸어주지 않았다. 그녀의 침묵과 차가운 표정이 너무 무서워서 "저기요, 통장 만들러 왔는데요"라는 말도 꺼낼 수가 없었다. 그녀의 침묵과 냉대가 분명 '너는 내 손님이 아니야, 너 같은 아인 상대하고 싶지 않아'라는 메시지를 분명히 전달하고 있었기 때문이다. 오랜 시간이 지나 생각해보니 첫번째 통장을 '만들기도 전에 잃어버린 느낌'의 뿌리를 알 것 같았다. 바로 '어린아이라는 이유만으로 존중받지 못했다'는 상처와 두려움이 싹트는 순간이었기 때문이다. 그 직원에게 어린이는 손님이 아니었던 것이다.

그분이 어린 나에게 친절하게 일러주었다면 얼마나 좋았을까. 일부러 내 눈을 피하고 고집스럽게 눈을 내리깔며 차가운 기운을 보낼 에너지를 아껴서 3초만 나를 바라봐주었다면. 얘야, 신분증이 없으면 통장을 만들 수 없어. 다음에 부모님과 함께 오너라. 이렇게 두 문장만 말해주었다면 얼마나 좋았을까. 내 기억 속의 '첫번째 잃어버린 통장'은 사실 만들지도 못했던 통장, 세상에 존재할 수도 없는 통장이었던 것이다. 나는 그 일로 인해 '어린이의 감정도 존중받아야 한다'는 생각을 하게 되었다. 나는 지금도 낯선 어린이에게 존댓말을 한다. '꼬마야'라고 부르지 않는다. 아이의 감정과 존재 자체를 존중해주고 싶기 때문이다.

잃어버린 통장의 역사 중 두번째는 중학생이 되어 만든 통장에 기록되어 있다. 그 통장에 꼬박꼬박 용돈을 모으는 것은 얼마나 중요한 일이었는지. 나는 2년간 열심히 모은 돈으로 내 생애 첫 오디오를 샀다. 매일매일 새로운 LP 디스크를 올려놓고 음악의 감성을 키우는 시간은 인생에서 매우 소중한 체험이었다. 한 달에 2만 원씩 적금을 부어서 마련한 나만의 오디오는 내게 '마치 어른이 된 것 같은 성장의 기쁨'을 최초로 가르쳐준 사물이었다. 중학생 시절의 그 통장을 잘 간수해둘걸, 아쉬운 마음이 든다. 하지만 나만의 통장이 생기는 기쁨을 처음으로 알려주었던 그 통장, 한 달에 한 번씩 꼬박꼬박 열심히 용돈을 모았던 그 통장은 너무도 또렷한 추억으로 남아 내 마음에 각인되어 있다.

내가 잃어버린 세번째 통장은 '마지막 종이통장'이다. 온라인뱅킹을 시작하면서 자연스럽게 종이통장을 쓰지 않게 된 것이다. 그러면서 서랍 깊숙이 넣어둔 마지막 종이통장의 행방이 묘연해졌다. 이제 너무 오랫동안 종이로 된 통장을 안 써서 통장정리를 하면 책 몇 권 분량이 나올 정도로 두꺼워질 것이다. 더이상 입출금통장을 종이에 인쇄하지 않는 지금, 이제 나는 휴대폰이나 컴퓨터로 통장의 거래내역을 확인하지만, 가끔 종이통장의 그 따스한 느낌, 마치 아주 작은 책처럼 내 인생을 일목요연하게 정리한 것 같은 그 통장의 질감이 그리워진다.

이상하게도 잃어버린 통장의 역사를 정리하다보니 가슴에 아릿한 통증이 느껴진다. 그 이유를 이제야 알겠다. 이 글을 쓰면서 깨달았다. 모든 통장에는 저마다 피할 수 없는 상처의 무늬가 새겨져 있음을. 돈을 벌기 위해 몸부림치던 시간의 아픔. 어렵게 번 돈을 효율적으로 쓰지 못하고 헛되이 써버린 듯한 안타까운 느낌. '월급은 통장을 스쳐지나갈 뿐'이라는 유머러스한 한탄을 우린 모두 '웃픈' 심정으로 이해한다. 하지만 그 모든 괴로움에도 불구하고 우리가 또다시 잃어버린 통장의 역사를 더듬는 까닭은, 내 마음속의 통장정리가 바로 '내가 지금 이곳에 살아 있음을 뜨겁게 확인하는 일'이기 때문이다. 내가 바지런히 생을 꾸려가고 있다는 사실의 확인. 삶을 아름답고 향기롭게 가꿀 수 있는 기회가 아직은 남아 있다는 희망. 바로 그것이 내 잃어버린 통장의 역사를 더듬어보며 느낀 애틋한 기쁨이다.

•

_____ 당신은 '미투Me, too'를
오해하고 있다

 타인의 슬픔에 격한 공감을 표현하는 언어에는 필연적으로 수많은 상처의 흔적들이 스며 있다. 당신이 아프니 나 또한 아프다는 것, 당신이 지금 느끼는 슬픔이 내가 과거에 느꼈던 슬픔과 똑같다는 것을 표현하는 따스한 공감의 언어가 바로 '미투'다. '미투운동'이 본격화되기 시작한 뒤, 내 마음속에는 이제 다 잊은 줄로만 알았던 상처의 역사들이 수천 개의 블록으로 이루어진 도미노처럼 와르르 연쇄적으로 무너져내리기 시작했다. 어자아이들의 지마를 들추며 '아스케키'라는 괴상한 비명을 지르던 남자아이들, '아스케키'가 너무 싫어서 바지를 입고 나가면 바지마저 벗겨버리고 깔깔거리며 박수를 쳐대는 남자아이들의 잔인한 미소가 떠올랐다. 지하철에서 잠깐만 졸아도 어느새 몸을 더듬던 옆자리 남성의 음흉한 손길, 매트에서 앞구르기를 가르친답시고 대놓고 모든 여자아이들의 엉덩이를 차례차례 만지던 체육 선생님, 문제풀이를 도와준답시고 여학생들의 귓불이나 머리카락을 만지작거리며 치근대던 수학 선생님, 세미나 뒤풀이를 한답시고 노래방에 가서 여학생들에게 '블루스'를 추자며 끈적끈적한 눈길을 보내던 교수와 선배들. 한 편의 글에 나열하기도 벅찬 그 수많은 악몽들이 일제히 소리를 지르며 깨어났다. '미투'라는 두 글자와 함께.

이제 와서 상처를 치유할 수도 없고 뒤늦게 복수를 할 수도 없으니 차라리 잊어야지, 곱씹어 생각하면 나만 손해지, 내가 운이 나빴던 거야. 이런 식으로 스스로를 포기시키며 그저 꼭꼭 감춰두기만 했던 수많은 상처들이 '미투'라는 마법의 주문과 함께 불려나와 일제히 기지개를 켜기 시작했다.

'미투 운동'이 본격적으로 확산되기 시작했을 때, 나는 본능적으로 이 운동을 '나도 당신의 슬픔과 분노에 공감합니다'라는 뉘앙스로 이해했다. 미투 고백에는 피해자의 억울함을 호소하는 의미도 있지만 '당신 혼자서만 싸우는 것이 아니다, 나 또한 당신의 싸움에 동참하겠다'는 의지를 표현하는 느낌이 더 강하다. '당신은 피해자일 뿐 결코 당신의 잘못이 아니다, 자책하지 말라'는 의미도 들어 있다. 그런데 얼마 후 미투를 '나도 당했다'로 번역하는 기사들을 보고 흠칫 놀랐다. 미투를 '나도 당했다'라고 규정해버리면, 그것은 미투 운동의 진정한 본질을 왜곡하는 것이 아닐까. '나도 당했다'라는 번역에는 피해자의 억울함, 가해자의 악행에 대한 폭로의 의미가 더 강하게 묻어 있다. '나 또한 당신의 아픔에 공감합니다'라는 느낌을 통해 숨죽이고 있는 다수의 피해자들에게 강한 연대를 호소하는 설득의 의미가 사라져버리는 것이다. 미투의 핵심은 공격적 폭로가 아니라 연대와 공감의 표현이다. 가해자를 심판대에 세우는 것도 중요하지만, 다시는 그런 일이 일어나지 않도록 어린아이들부터 철저히 성교육을 시키는 것도 중요하다. 성교육의 내용에는 '이성과의 모든 접촉을 경계하고 조심해야 한다'는 식의 강박관념이 아니라 '모든 사랑의 표현에는 본질적으로 존중과 배려가 포함되어 있어야 한다'는 더 깊은 공감의 메시지가 들어가면 좋겠다. 미투 운동은 단순한 폭로와 고발에 그쳐서는 안 된다. 미투는 궁극적으로 더 용감한 행동, 더 따스한 공감, 더 적극적인 치유를 지향해야 한다.

이것은 본질적으로 남성 대 여성의 싸움이 아니다. 폭력과 편법을 써서라도 권력을 유지하려는 사람들 vs. 폭력을 당했음에도 불구하고 결코 굴하지 않은 사람들 사이의 싸움이다. 우리가 저항할수록 세상은 분명 더 좋아진다. 미투는 멈출 수 없는 저항의 불길이다. 아무리 피해 여성을 음해해도, 아무리 잔인하고 비겁한 악성 댓글로 여성의 자존감을 위협해도, 미투 운동을 상징하는 흰 장미의 물결은 점점 더 확산될 것이다. 당신이 여성이라는 이유로 견뎌온 모든 착취와 폭력과 부당함이 끝날 때까지, 당신이 남성이라는 이유로 합리화해온 모든 막말과 성희롱과 성폭력이 끝날 때까지. 미투, 그 단순하면서도 마법 같은 공감과 연대의 불길은 결코 꺼지지 않을 것이다.

평범한 광고지만 그 문장이 무척이나 따사롭다. 함께한다면 뭔가 달라질 거예요. 함께
해봐요, 그러면 분명 예전과 다른 세상이 펼쳐질 거예요. 나는 이 문장을 혼자서 조금
씩 의역해보며 헤벌쭉 웃고 있었다. "왜 또 실실 웃어?" "실없는 여울." 내 짝꿍의 놀림
을 받았지만, 그마저도 행복했다. 먼지 풀풀 날리는 린던 피카딜리 서커스역에서, 우리
는 함께 있음의 소중함을 깨달았다.

_____ 어젯밤 꿈
          이야기

꿈속에서 내가 가끔 버스기사로 등장할 때가 있다. 얼마 전에도 거대한 버스를 운전하는 꿈을 꾸었다. 놀랍게도 꿈속에서 나는 졸음운전을 하며 어두운 터널을 통과하고 있었다. 꿈이었기에 망정이지 실제 상황이라면 얼마나 무서웠을까. 다행히도 내가 졸음운전을 시작하자마자 누군가가 내 등을 따스하게 두드려 잠을 깨웠다. 꿈속의 손길은 너무나도 부드러웠다. 야단치는 손도 아니고, 충격요법으로 깜짝 놀라게 하는 손도 아니고, 너무나 부드럽고 따스하고 커다란 손이 내 등을 어루만졌다. 나는 꿈속에서 승객들에게 망신을 당하지도 않고 민폐도 끼치지 않은 채 아주 빨리 잠에서 말끔히 깨어나 무사히 운전을 계속했다.

현재 내 상황을 은유하는 꿈인 것 같았다. 나는 많은 손님을 태운 버스기사처럼 여러 일에서 아주 막중한 책임을 맡고 있고, 꿈속의 운전기사처럼 극도의 피로감을 느낀다. 그 졸음은 수많은 책임감으로부터 벗어나고 싶은 내 무의식의 방어기제가 아니었을까. 도망이야말로 스트레스를 피하는 최고의 방어기제니까. 하지만 꿈속의 따스한 손길은 말하고 있었다.

이 버스는, 네 인생은 결코 멈춰서는 안 돼. 부디 깨어나려무나. 더 무시무시한 경고를 받기 전에, 네가 스스로 멈출 수 있을 때. 슬픔과 피로로 가득한 지금의 상태를 끝내야 해. 너 자신을 책임감 있게 주슬러서 인생이라는 이름의 이 버스를 무사히 운전해내야 해. 꿈속에서 내 등짝을 실제 상황처럼 따사롭게 어루만지던 손은 어쩌면 내 무의식의 에너지가 아니었을까. 너는 깨어나야만 해. 반드시 그 몽롱한 정신 상태에서 깨어나 네 삶을 똑바로 이끌어가야 해. 맑게 깨어 있는 영혼으로 인생의 새로운 새벽을 맞아야 해. 하지만 너를 야단치기 싫어. 너는 그동안 충분히 눈치보며 야단맞으며 살았으니까. 조용히 깨어나자꾸나. 자, 지금부터 다시 네 인생이라는 버스를 멋지게 운전해볼까.

이렇게 '깨어남'을 향해 급브레이크를 밟지 않고 부드럽게 연착륙할 수 있도록 내 무의식은 내 의식을 향해 간절한 메시지를 보내고 있었던 것이 아닐까.

꿈속에서 나는 한 번도 본 적 없는 낯선 길을 걷곤 한다. 사막의 한가운데서 홀로 걷기도 하고, 어느 나라인지도 알 수 없는 곳에서 신나게 차를 몰기도 한다. 꿈속의 방랑이 무섭지만은 않다. 꿈속의 내가 현실의 나를 향해 손을 내밀어 따스한 조언을 해주고 있음을 느끼기 때문이다. 너는 이 길을 통과해야 해. 해낼 수 있어. 이 사막만 통과하면 반드시 눈부신 오아시스가 펼쳐질 거야.

거절에 서툰 당신에게 보내는 편지

그때 차마 하지 못한 말은 무엇인가요.

가장 털어놓기 어려운 말은 무엇인가요.

여러분이 가장 하기 어려운 말은 무엇인가요.

저는 이런 말이 어렵습니다. "일요일엔 휴대폰을 꺼둡니다." "그 일은 내 능력 밖이야." "네 결혼식에 못 가." "밤 10시가 넘으면 전화하지 말아줘." "우리 이제 그만 만나." 이런 말은 누구에게나 꺼내기 어렵지요. 하지만 우리가 자신을 지키기 위해 꼭 필요한 말이기도 합니다. 우리가 사랑하는 사람들에게도 꺼내기 힘든 말이 있습니다. "엄마, 우리집 비밀번호는 못 가르쳐줘." "여보, 내 이메일 비밀번호는 묻지 말아줘." "아들, 엄마도 때로는 휴식시간이 필요해." "딸, 엄마 책 읽을 때는 말 시키지 말아줘." 사랑하는 이들에게 '나의 한계'를 설정하는 일은 더더욱 어렵습니다. 이런 말들은 꺼내기 어렵지만, 그것을 상대방에게 이해시켰을 때 비로소 '진짜 나 자신'이 된 느낌입니다. 타인의 요구에 가로막혀 내가 하고 싶은 일들을 하지 못했던 경험, 있으시지요? 나 자신보다 타인을 더 돌보다가, 정작 내가 진짜 하고 싶은 일에 도전할 에너지가 고갈되어버린 경험도 있으시지요? 저도 그렇습니다. 제가 심리학을 공부한 이유는 이렇게 걸핏하면 타인을 돌보느라 나를 지키지 못하는 나 자신을 구해내기 위해서였습니다.

현대인은 참으로 이기적인 것처럼 보이지만, 사실은 자신을 진정으로 돌보는 법을 제대로 알지 못합니다. 저도 그런 사람이었지요. 자기를 제대로 돌보지 못하는 내 문제의 뿌리가 무엇일까, 과거로 거슬러올라가보았습니다. 원하는 것을 제대로 말하지 못하고, 원하는 것을 말했을 때의 실패를 지나치게 두려워하게 된 나의 이 소심함은 어디서 비롯된 것일까요. 그 뿌리에는 엄마와의 삐걱거리는 관계가 있었습니다. 엄마와 행복한 관계를 맺지 못했기 때문에 나는 모든 사람과 건강한 관계를 맺지 못했습니다. 그걸 인정하기가 너무 싫어 오랫동안 방황했습니다. 하지만 엄마를 원망하는 마음을 내려놓고, '엄마의 상처 입은 내면아이를 내가 돌봐드려야겠다'

거절이 힘들 때마다 사진 속 인물처럼 머리를 싸매고 고민하게 된다. 나는 왜 이렇게 심지가 단단하지 못한 걸까. 나는 왜 이렇게 타인의 시선에 휘둘리는 걸까. 그러다가 문득, 지금보다 더 어려운 선택의 기로에 서면 어떡하나 하는 걱정이 고개를 든다. 지금 단호하게 거절하지 못하면, 다음에는 더 어려운 부탁을 받을 것이 분명하다. 구할 수 있을 때 나를 구하자. 미래에 더 커다란 선택의 기로에 설지도 모를 나를 구하자. 나는 메일함을 열어 정중한 거절의 편지를 쓰기 시작한다. "안타깝지만, 참석이 어렵습니다."

는 생각을 하니 놀라운 변화가 찾아왔습니다. 스스로도 아직 성숙한 어른이 되지 못한 채로, 젊은 나이에 세 딸의 엄마가 되어 고군분투해야 했던 엄마의 트라우마가 보이기 시작한 것입니다. 엄마 또한 누군가 자신을 이해해줄 사람을 간절히 찾고 있었다는 사실을, 어린 저는 미처 몰랐던 것입니다.

엄마는 저를 키울 때 제가 워낙 사달라는 것, 해달라는 것, 가르쳐달라는 것이 많아서 속상하셨다고 합니다. 엄마는 제가 원하는 것을 거의 해줄 수가 없었거든요. 장난감이나 동화책을 사주지 않으면 길가에 주저앉아 펑펑 우는 여섯 살 딸아이 때문에 엄마는 저에게 화를 내고 홀로 집에 돌아와 눈물지었습니다. 엄마의 형편으로는 나의 모든 호기심과 배움의 열망을 채워줄 수 없었던 것입니다. 엄마는 가난했고 어렸고 사회생활의 경험이 거의 없었습니다. 결혼도 출산도 육아도 엄마에게는 모두 처음이었고, 모든 것이 낯설기만 했습니다. 그런 엄마에게 '나, 큰딸의 탄생'이라는 사건이 일어나버린 것이지요.

저는 키우기 힘든 아이였다고 해요. 원하는 것이 너무 많았으니까요. 지나치게 호기심이 많은 아이, 하고 싶은 것도 배우고 싶은 것도 많은 아이, 꿈도 많고 탈도 많고 슬픔도 눈물도 많은 아이. 저는 그런 아이였어요. 엄마는 저를 키우기가 너무 힘들어 몇 달 동안 머나먼 할머니 댁에 보내기도 했습니다. 그때의 상처가 아직도 기억납니다. 엄마가 너무 미워서, 할머니에게 저는 이렇게 말했다고 합니다. "할머니, 날 아빠에게 보내버려. 엄마 말고, 꼭 아빠에게 보내줘." 아프고 서러울 때 무조건 엄마부터 찾는 다른 아이들과 달리 저는 다급하게 아빠만을 찾았습니다. 아무리 힘들어도 절대로 엄마를 찾지 않았습니다.

엄마를 무서워하고 원망했던 그 철없는 여섯 살 아이를 지금 다시 만날 수 있다면 저는 이렇게 말해주고 싶습니다. "애야, 엄마를 원망하지 마. 엄마도 너를 키우기가 너무 어려웠던 거야. 엄마도 아직 엄마가 될 준비가 되지 않았던 거야. 네가 좋은 딸이 될 준비를 하지 못했던 것처럼." "여울아, 모든 것을 다 해내지 못해도 괜찮아. 넌 언젠가 엄마와 아주 잘 지내게 될 거야. 너는 언젠가 엄마와 아주 좋은 친구가 될 거야. 그리고 넌 반드시 작가의 꿈을 이룰 거야. 넌 결국 네가 원하는 삶을 향해 한발 한발 다가갈 거야."

돌이켜보면 제가 여섯 살 때 우리 엄마는 지금의 나보다 훨씬 어렸습니다. '아이가 원하는 것과 엄마가 해줄 수 있는 것' 사이의 경계를 정하지 못해 항상 우울해하고 답답해하던 불쌍한 우리 엄마에게도 이렇게 말해주고 싶습니다. "애야, 딸에게 모든 것을 다 해주지 못해도 돼. 너의 능력을 탓하지 마. 너는 네가 줄 수 있는 최선의 사랑을 주기만 하면 되는 거야. 너는 그냥 딸을 사랑하기만 하면 돼. 그리고 딸이 원하는 것만 생각하지 말고, 네가 살고 싶은 삶을 살렴. 너의 인생을 사는 것이 결국 너의 딸에게도 큰 도움이 된단다."

그러나 성인이 된 나는 반대로 '내가 엄마에게 해줄 수 있는 것과 없는 것' 사이의 경계를 정하느라 진땀을 흘렸습니다. 엄마의 자랑스러운 큰딸이 되기 위해 평생 노력했던 나는 몇 년 전 그 '어여쁜 큰딸'과 영원히 이별했습니다. 엄마의 자랑스러운 큰딸이 아니라 그냥 나 자신으로 살기 위하여 엄마와 나 사이에 경계를 그었습니다. "엄마, 나 이제 엄마가 원하는 딸 말고 내가 원하는 내 모습으로 살게. 그래도 괜찮지?" "난 엄친딸도 아니고 슈퍼우먼도 아니고 그냥 평범한 여울이야. 그냥 이런 나라도 엄마는 괜찮은 거지?" 엄마는 무척 서운해했지만, 어쩌면 홀로 뒤돌아서 또 한번 우셨을지도 모르지만, 그래도 웃으며 '괜찮다'고 하셨습니다. 우리는 그렇게 서로에게 너무 많은 것을 기대하던 '공의존co-dependence'(서로가 서로에게 의존하여 독립하지 못하는 상태)의 사슬로부터 풀려나 각자 가장 아름다운 삶을 개척해나가고 있습니다.

저는 상처를 연구하는 사람이 됨으로써 더 나은 사람이 되고 싶었습니다. 상처로 무너지지 않고 상처로 인해 더 좋은 사람이 될 수 있는 길을 찾고 싶었습니다. 저는 심리학을 공부하며 제 마음속에 짙은 안개처럼 드리워 있던 우울의 정체를 깨달았습니다. '나 자신을 향한 기대치'는 물론 '이 세상을 향한 기대치'의 경계가 명확하지 않았던 것입니다. 너무 많은 능력과 재능을 나 자신에게 바라고, 너무 많은 인정과 사랑을 이 세상에 기대함으로써, 나는 나 자신을 필요 이상으로 괴롭히고 있었던 것입니다. 저는 이제 '여기까지만 해도 행복한 거야'라는 경계를 그어보기로 했습니다. 나는 내가 사랑하는 사람들에게 존중받을 권리가 있으며, 내가 사랑하는 일에 열정을 쏟을 의무가 있으며, 그 이상의 것에 욕심내지 않기로 결심합니다. 그 이상을 바람으로써 나 자신을 괴롭히는 자기혐오의 제스처를 멈추기로 합니다. 바로 이것입니다. 자기혐오를 멈추고 자기 공감의 따스함을 회복하는 것. 그것이 바로 심리학의 아름다운 쓸모입니다. 심리학을 배우며 저는 비로소 '바꿀 수 없는 것을 받아들이는 지혜'와 '바꿀 수 있는 것을 바꾸는 용기'를 바로 내 안에서 발견합니다. 우리는 전지전능하지 않다는 것을 깨닫는 것. 상대도 모든 것을 다 해결할 수 없다는 것. 아무리 사랑해도 우리는 서로를 다 이해하고 존중할 수 없다는 것. 다만 우리의 한계 내에서 최선을 다할 뿐이라는 것을 이해할 때 트라우마는 녹아내리기 시작합니다. 부디 당신이 상처로 인해 무너지지 않고 상처를 응시하다가 마침내 그 상처조차 아름답게 끌어안음으로써 성장하는 사람이 되기를.

카디프에서 내게 "빵은 사진 찍는 것이 아니라 먹는 것이다"라고 속삭인 할머니의 포근한 미소를 보니 엄마가 생각났다. 엄마의 요리에 감탄할 때마다 나는 푸념했다. "엄마, 내가 하면 왜 이 맛이 안 나지?" 엄마는 일부러 나에게 요리를 가르치지 않았다. 어쩌다 부엌에 들어가서 기웃대기만 하면 엄마는 화를 내며 '공부하라'고 채근했다. 그땐 엄마가 유난스럽다고 느꼈다. 이제야 안다. 그 유난스러움은 딸이 평생 자기만의 일을 갖기를 바랐던 엄마의 간절함이었음을. 이제는 엄마의 손맛을 정말로 배우고 싶다. 요리 또한 삶의 소중한 기쁨임을 알기에.

_____ 우리,

어쩔 수 없는 동물

영어 단어를 찾아보다가 가끔 골똘히 생각에 잠길 때가 있다. 'scar'라는 단어는 정말로 '상처'라는 뜻에 잘 어울린다. '스카'라고 발음하는 순간 정말 마음속에 생채기가 나는 느낌이다. 'leave a scar'는 상처를 남긴다는 뜻일 수도 있고 상처로부터 떠난다는 뜻으로 쓸 수도 있겠구나. 리브 leave 는 남긴다는 뜻인 동시에 떠난다는 의미도 갖고 있으니까. 흉터를 남길 것인가, 흉터를 떠날 것인가. 상처를 남기며 살아갈 것인가, 상처로부터 해방되어 살아갈 것인가.

사람도 마찬가지이다. 끝없이 상처를 남기는 사람이 있고, 끝없이 상처를 치유하는 사람이 있다. 나는 후자가 되고 싶다. 어쩔 수 없이 상처를 줄 때가 있다면, 세상에서 가장 빠른 속도로 달려가 그에게 사과할 수 있는 용기를 지닌 사람이 되고 싶다. 상처받기 쉬운vulnerable 사람이지만 결코 상처 때문에 마음을 닫아버리는 사람이 되고 싶지는 않다. 충격에 약한fragile 사람이지만, 바로 그렇기에 다른 사람이 충격받지 않게 좀더 조심해서 말하고 섬세하게 배려하는 사람이 되고 싶다.

우리는 어쩔 수 없는 동물이다. 욕망하고 움직이고 실수하고 공격하며 상처받는 존재. 식물들은 수동적으로 보이지만 우리 동물들보나 훨씬 덜 소비하고 훨씬 덜 사고 치며 훨씬 덜 상처받는다. 우리가 식물보다 더 자주 상처 입는 것은 어쩌면 우리에게 끊임없이 움직이고픈 열망이 있기 때문이 아닐까. 끝없이 움직임으로써 더 많이 상처받는 존재. 그러나 끝없이 움직임으로써 또 새롭게 상처를 치유하는 길도 더 맹렬하게 개척하는 존재가 바로 우리, 어쩔 수 없는 동물들이다.

_____ 소중한 걸 잃을 때마다
                    나는 더 강해졌다

헨리 데이비드 소로는 늘 열심히 읽고 쓰는 사람이었다. 하지만 그의 글쓰기가 비약적으로 발전하는 순간은 따로 있었다. 바로 뼈 아픈 상실감에 빠져드는 시간이었다. 그에게 글쓰기는 '내게 아무 것도 남아 있지 않다'고 느낄 때마다 이 가혹한 세상을 향해 던지는 간절한 화살이었다. 누군가를 쏘아 맞히는 화살이 아니라 누군가의 마음에 공감과 이해의 노크를 하기 위한 따스한 영감의 화살이었다. 특히 소중한 사람을 잃어버릴 때마다 그의 글쓰기는 고통 속에서 더욱 뜨거운 승화의 순간을 맞았다. 글을 쓰는 시간은 사랑하는 사람의 죽음으로 괴로워하던 소로가 새롭게 부활하는 시간이었다. 영혼의 쌍둥이와 같은 큰형 존이 죽었을 때, 그의 정신적 의지처였던 아버지가 돌아가셨을 때. 사랑하는 엘렌으로부터 청혼을 거절당했을 때. 바로 그런 뼈아픈 상실의 순간, 소로의 글쓰기는 눈부시게 비약한다.

소로에게 진정한 문학이란 소총에서 총탄이 발사되듯 멈출 수 없는 힘으로 분출되는 에너지였다. 1859년 12월, 소로는 도망친 흑인 노예를 안전한 곳으로 몰래 피신시킨 뒤 생각에 잠긴다. 흑인 인권을 위해 온몸을 바쳐 싸운 투사 존 브라운이 잔혹하게 처형당한 뒤의 일이었다. 소로는 존 브라운에 대한 안타까움과 존경심, 그를 죽음으로 몰아간 백인 우월주의자들에 대한 분노로 인해 고통스러운 시간을 보내고 있었다. 부낭한 세상을 향한 분노는 소로로 하여금 엄청난 표현의 에너지를 분출하게 했다. 그것은 밑으로 가라앉는 에너지가 아니라 위로 분출하는 에너지였다. "신은 왜 존 브라운을 지켜주지 않았나요?" 아이들은 어른들에게 그렇게 물었다. 브라운은 살아서는 고독한 투사였지만 죽어서는 노예해방운동의 성인聖人이 되었다. 소로는 진정한 문학이란 책상에 앉아서 사전을 펼치고 열심히 책만 파고드는 글쓰기가 아니라 소총에서 총탄이 발사되듯 저절로 뿜어져나오는 것이라 믿었다.

1855년 이후 몇 년 동안 소로는 들판에 여기저기 떨어진 울퉁불퉁한 야생사과에 대한 에세이에 몰두하고 있었다. 그는 상품으로 팔려나갈 수 없는 야생사과, 흠집투성이에다가 못생긴 야생사과가 그 투박한 겉모습과 달리 자연의 눈부신 축복을 증언하는 아름다운 존재임을 깨달았다. 돈을 내지 않아도 되며 농장에서 힘들여 재배하지 않아도 되는 야생사과는 소박한 산책자 소로에게 매번 훌륭한 식량이 되어주었다. 또한 야생사과는 돈으로 사고파는 상품이 아니기에 더욱 소중한 존재들을 떠올리게 했다.

소로는 야생사과가 바로 자신을 닮은 존재라고 느꼈다. 이곳의 토착 품종이 아닌 존재, 낯선 숲속에 잘못 들어선 존재. 「야생사과」라는 아름다운 에세이를 쓰면서, 소로는 과수원에서 애지중지 키워진 사과가 아니라 허허벌판에서 제멋대로 자란 야생사과의 생장 과정에서 자신과 닮은 점을 발견했다. 연한 어린잎은 금방 소들에게 먹히지만, 스스로를 보호하기 위해 더욱 뻣뻣해지고 뾰족한 가시로 무장한 가지들이 자라나면서 야생사과는 점점 강인해진다. 20년쯤 지나면 그 어떤 적들도 함부로 손댈 수 없는 강인한 새싹이 흥에 겨워 하늘을 향해 뻗어나간다는 것이다. 숲의 침입자로 시작된 야생사과의 인생은 결국 숲에 완벽하게 적응함으로써 어느덧 숲의 일부가 된다. 소로는 생각한다. 야생사과의 싹은 고결한 소망을 가슴 깊이 품은 채 자신만만하게 자신만의 고유한 열매를 맺는다고. 야생사과의 울퉁불퉁한 겉모습에서 이토록 눈부신 영혼의 새싹을 발견해내는 것은 소로의 개성이기도 했다. 그 어떤 적들도 손댈 수 없는 내부의 씨앗을 간직한 야생사과. 그것이 바로 헨리 데이비드 소로의 영혼이었다.

소로가 묘사하는 야생사과는 처음에는 재배종이었다가 점점 방치되고 버려지면서 야생의 들판에서 적응해가는 존재였다. 그러니까 훌륭한 집안에서 자라 하버드 대학을 졸업한 엘리트였던 헨리 데이비드 소로가 거친 들판에서 온갖 천재지변과 주변의 악성 루머를 이겨내면서 마침내 '월든 호수의 상징'이 되기까지의 성장스토리가 바로 이 야생사과의 이야기였던 것이다. 처음에는 야생사과가 아니어서 어칠비칠 쭈뼛쭈뼛 주변 상황에 적응을 못하다가 점점 강인해지고 사나워지고 때로는 공존하고 조화를 이루면서 마침내 그 어떤 적들도 해칠 수 없는 강인한 사과로 자라난다. 소로의 「야생사과」를 읽으면서 내 안에도 그런 강인한 야생의 에너지가 아직 남아 있기를 간절히 원했다. 도시화되어버린 존재, 어딜 가도 일단 안전부터 생각하는 존재, '거기는 너무 위험하지 않을까'라는 생각 때문에 새로운 탐험을 두려워하는 나로부터 벗어나 거친 들판의 무시무시한 예측 불가능성 속에서도 당당하게 뿌리내리는 야생사과를 닮은 존재가 되고 싶었다 원래는 다른 재배종 사과와 나름없는 흔한 사과였지만, 거친 숲에서 다른 모든 생물들과 함께 살아가면서 그 어떤 비바람에도 굴하지 않는 강인한 야생의 힘을 지니게 되는 그런 소로의 사과가 되고 싶었다.

여행을 하다보면 갑자기 길을 잃은 듯한 느낌에 사로잡힌다. 내가 왜 여기에 왔을까. 도대체 여긴 어디일까. 지도 위의 장소가 아니라 내 마음이 머물고 있는 자리가 궁금해질 때. 과연 무엇을 찾으러 이토록 낯선 장소를 헤매는가. 그 순간 아름다운 장면이 눈앞에 펼쳐진다. 눈부신 은발의 할머니가 책 속에 푹 빠져 있는 모습. 지금 여기가 어디인지 전혀 중요하지 않은 듯한 순수한 몰입의 순간. 아, 나는 저렇게 아름다운 사람을 찾으러 이곳에 온 것이구나. 비로소 잃어버린 마음의 좌표를 찾은 나는 다시 미소 지으며 방랑의 길을 떠난다.

어린 시절 소로는 형과 인디언 흉내를 내며 놀이에 열중하다가 땅바닥에서 화살촉 하나를 발견한다. 소로는 형과 인디언 놀이에 흠뻑 빠져 있다보니 어느새 그 화살촉이 그저 알 수 없는 인디언의 유물이 아니라 마치 살아 있는 노인에게서 직접 선물받은 현실의 사물처럼 느껴졌다고 한다. '그런 건 미신이야'라고 치부해버린다면, 상상력의 길은 닫혀버린다. 헨리는 멈추지 않는다. 자신의 환상을 미신으로 치부하지 않고, 그 아름다운 상상력의 힘을 글쓰기의 재능으로 승화시킨다. 헨리는 일기를 씀으로써 그 모든 상상을 현실로 만든다. 그렇게 어린 헨리는 작가의 길을 걷기 시작했다. 아직 책을 내지는 않았지만 그 어린 시절 '글을 씀으로써 내 상상을 현실로 만들겠다'고 결심한 그 순간, 헨리 데이비드 소로는 그의 주변 사람들과 전혀 다른 길을 걷기 시작한 것이다. 남들에게는 그저 스쳐지나가는 잠깐의 환상이 헨리에게는 아주 결정적인 인생의 전환점이 된 것이다.

작가가 된다는 것은 마음속에 '글쓰기의 방, 상상력의 방'이 생긴다는 것이다. 그 보이지 않지만 분명히 존재하는 환상의 공간에서는 그 누구도 작가를 방해할 수 없다. 소로가 아주 어린 시절부터 자기만의 공상을 글로 표현하는 일에 열정을 쏟으면서, 그는 이미 작가의 길을 걸어간 것이다. 마음속에 그 누구도 침투하지 못할 풍요로운 상상의 방을 만드는 것. 가슴속에 그 누구도 빼앗지 못할 열정의 씨앗을 뿌리는 것. 그리하여 수십 년 후에 『월든』이 되고 『시민 불복종』이 될 위대한 사유의 씨앗이 이미 그 어린 시절에 뿌려지기 시작했다.

당신은 왜 자꾸 아픔을 숨기는 건가요?

　어린 시절 반려동물을 두 번이나 가슴 아프게 잃었습니다. 한 마리는 어미였고, 한 마리는 새끼였습니다. 어미 보현이가 교통사고로 죽고, 1년도 채 지나지 않아 보현의 딸 복실이도 뱃속에 어린것들을 품은 채 세상을 떠났습니다. 어미 보현은 자꾸만 목줄을 풀고 혼자 신나게 뛰어놀러 나갔다가 교통사고를 당했고, 딸 복실은 어디가 어떻게 아픈지도 모른 채 우리 가족이 자고 일어나니 벌써 세상을 떠난 상태였습니다. 두 마리 모두 아름다운 갈색털에 윤기가 좌르르 흐르는 날렵한 치와와였습니다.

　보현이는 목줄을 너무 세게 매어놓으면 낑낑거리고 괴로워했습니다. 불쌍한 마음이 들어 느슨하게 풀어주면 어느새 제 마음대로 동네 산책을 나가는, 정말 자유로운 영혼을 지닌 강아지였습니다. 복실이는 아파도 아픈 시늉을 하지 않고 조용히 아픔을 참기만 하는 성격이라 도대체 뭐가 문제인지 알 수가 없었습니다. 그때 강아지들의 마음을 알 수 있었다면 얼마나 좋았을까요. 우리를 사랑하는 줄로만 알았던 그 어여쁘고 유순한 강아지들이 왜 자꾸만 집밖으로 뛰쳐나가는지, 왜 아파도 아무런 기척도 내지 않는 것인지, 우리가 알 수 있었다면 얼마나 좋았을까요.

제가 어릴 때는 동네에 동물병원이 하나도 없었습니다. 강아지의 마음까지 알 수 있다는 생각조차 하지 못했습니다. 그냥 사랑스럽고 귀엽기만 했지 그들이 어떤 생각을 하는지는 짐작하지 못했던 것입니다. 템플 그랜딘과 캐서린 존슨의 『동물과의 대화』(언제나북스, 2021)를 읽으며, 나는 그때 강아지들의 마음을 잘 읽어내지 못했다는 것, 충분히 그들을 존중해주지 못했다는 것을 가슴 저미게 깨달을 수 있었습니다.

자폐아로 태어나 차별과 냉대를 극복하고 세계적인 동물학자로 성장한 템플 그랜딘은 영화로도 그 인생 이야기가 널리 알려졌습니다. 영화 〈템플 그랜딘〉의 여주인공 역할을 한 배우 클레어 데인즈는 이 영화로 아카데미 여우주연상을 받았지요. 이 영화 속 실제 인물인 템플 그랜딘은 40년간 동물의 행동과 심리를 연구하면서 인간과 다른 방식으로 아픔과 기쁨을 비롯한 온갖 감정을 표현하는 동물들의 보이지 않는 마음을 밝혀냈습니다. 인간에게는 아주 미미하거나 알아채기도 어려울 정도의 미세한 자극이 동물에게는 커다란 자극이 될 수 있다는 것. 온도든 냄새든 빛이든 물기든 아주 작은 변화만으로도 어떤 동물들은 커다란 심리적 자극이나 충격을 받을 수 있다는 것. 나아가 '인간의 눈'으로 동물들을 바라봐서는 안 된다는 것을 알게 되었습니다.

동물을 의인화해서 바라보는 것은 동물들에게뿐만 아니라 인간들에게도 도움이 되지 않는다고 합니다. 착한 개와 나쁜 개가 따로 있다는 식의 사고방식 또한 지극히 인간 중심적입니다. 이 책을 통해 알게 된 모든 것이 가슴 아프게 다가왔습니다. 자폐인으로 태어나 다른 사람보다 소리나 촉각에 매우 예민한 반응을 보이는 템플 그랜딘은 자신이 앓고 있는 자폐증이 오히려 동물들을 이해하는 데 도움이 되었다고 고백합니다. 다른 사람들에게는 아주 작은 소리일지라도 자신에게는 마치 천둥번개가 치는 것처럼 크게 들리는 소리들. 다른 사람들이 그저 반가움으로 가벼운 포옹만 해도 자신은 심각한 고통을 느낀다는 것입니다. 이 모든 사실이 '남다른 감각'을 타고난 자폐인의 시선으로 바라본 또다른 세싱의 모습인 것처럼, 동물들도 보통의 인간들과는 매우 다른 감각으로 세상을 바라보고 있습니다.

훈련을 통해서 동물을 길들일 수 있다는 생각도 지극히 인간 중심적인 것입니다. 훈련을 잘 시키면 동물들을 통제할 수 있다는 생각 또한 동물에게 반발심을 키울 수 있지요. 훈련을 통해서 잘 복종시키면 동물을 훌륭하게 통제할 수 있다는 생각은 틀렸으며, 오히려 인간의 입장에서 과도하게 길들인 동물들은 공포와 불안을 내면화하여 인간에 대한 깊은 반감을 가질 수도 있다는 것입니다.

템플 그랜딘은 말합니다. 자폐인과 동물은 일반인은 미처 느끼지 못하는 감각까지 모두 느낄 수 있다고. 자폐인들은 소리에 대해 매우 예민한데, 그들이 아주 작은 소리만 들어도 체감하는 고통은 일반인이 태양을 똑바로 오랫동안 쳐다보았을 때 느끼는 고통과 비슷하다고 합니다.

이 책을 읽다가 고양이가 고통을 숨기는 이유에 대해 비로소 조금이나마 알게 되었습니다. 고통을 표현하면 자신의 약점을 들켜 더 강한 동물에게 공격당할 수 있기 때문이라고. 어쩌면 나의 어린 시절을 함께했던 강아지가 고통을 숨겼던 것은 주변의 다른 존재에게 공격당할지도 모른다는 공포 때문이 아니었을까 생각하니 가슴이 너무 아팠습니다.

동물이 표현하지 않아도 그 숨겨진 고통을 알아낼 수 있을 정도로, 우리는 동물을 사랑하고 존중하고 면밀히 관찰해야 합니다. 사람의 마음 또한 그렇지 않을까요. 한사코 '나는 괜찮아, 난 행복해'라고 주장하는 착한 사람들의 눈빛 뒤에 숨은 공포와 불안을 알아채는 것, 그것이 진정한 마음돌봄의 시작이 아닐까 생각해봅니다. 우리 모두가 자신 곁의 약한 존재들, 내 곁의 아픈 존재들의 마음을 더욱 예민하고 섬세하게 알아차리는 마음공부를 멈추지 않기를.

우리 부디 서로에게 더 자주 더 따스한 눈빛으로 물어보기로 해요. 아픈 곳은 없나요? 자꾸만 괜찮다고 하던데, 정말로 괜찮은 건가요? 괜찮지 않아도 괜찮으니, 그 무겁고 쓰라린 마음의 등짐을 나와 함께 짊어질 수는 없나요?

_____ 그 상처는

나를 죽일 수 없어

'부캐릭터'라는 새로운 트렌드는 페르소나persona를 창조적으로
활용하는 현대인의 지혜를 보여준다. 하나의 고정된 페르소나로 만
족할 수 없는 현대인이 자신이 꿈꾸던 새로운 페르소나를 창조하
여 '부캐릭터'로 만드는 것이다. 하지만 부캐릭터가 반드시 창조적
이고 긍정적인 역할을 하는 것만은 아니다. 부캐릭터를 악용하거나
조작하고, 상업적으로 과도하게 이용하는 일도 가능하기 때문이
다. 페르소나는 본래 '가면'이라는 뜻으로, 자신의 그림자를 숨기
고 살아가는 현대인의 모습을 비판적으로 성찰한 심리학자 칼 융
의 개념이다. 스위스의 심리학자 칼 융은 프로이트의 정신분석이
지나치게 인간의 억압된 성적 욕망 개념에 사로잡혀 있는 것을 비

판하고, 인간의 의식 차원에서 표현하지 못한 수많은 잠재력을 인간의 무의식에서 찾아야 한다고 생각했다.

페르소나는 타인에게 보여주는 내 모습이다. 그렇다보니 얼마든지 연기와 조작이 가능하다. 특히 페르소나는 콤플렉스나 트라우마를 숨기기 위해 화려하게 조작될 수도 있다. 인간의 뿌리깊은 원형은 눈에 보이는 성격이나 인격, 즉 페르소나만으로는 찾을 수 없다. 오히려 페르소나는 사람이 자신의 원형을 숨기기 위한 무기가 될 수도 있다. 페르소나의 반대편에 있는 것으로 융 심리학에서는 '그림자shadow'를 이야기한다. 융 심리학에서 '그림자'는 '숨기고 싶은 또다른 나'다. 페르소나가 남들에게 보여줄 수 있는 나라면 그림자는 남들에게 숨겨야만 할 것 같은 부끄럽고 끔찍한 내 모습이다. 그림자 속에는 트라우마와 콤플렉스, 지우고 싶은 아픈 기억, 아무도 몰랐으면 하는 나의 어두운 면들이 모두 포함된다. 하지만 융 심리학의 혁신성은 바로 이 '그림자와의 고통스러운 만남'이 좋은 것이라고 주장하는 데서 시작된다. 콤플렉스와 트라우마가 아무리 힘들고 고통스러울지라도 내 그림자와 '직면confront'하는 것이야말로 최고의 지식이 될 수 있다. 자신의 상처를 매일 대면할 수 있는 용기를 가진 사람은 자신의 상처에 공격당하지 않을 수 있기 때문이다. '나는 이런 콤플렉스가 있어, 나는 이런 트라우마가 있어, 하지만 그 상처와 고통은 나를 죽일 수 없어'라는 자기인식이 생길 수 있는 것이다. 즉 페르소나는 그림자를 숨기고 은폐하는 데는 유용하지만, 그림자와 대면하고 그 그림자를 극복하기 위해서는 던져버려야 할 가면이기도 하다.

그렇다면 페르소나와 그림자 사이의 거리는 가까운 것이 좋을까, 먼 것이 좋을까. 페르소나를 과도하게 꾸밀수록 그림자는 더욱 소외된다. 페르소나가 화려하고 복잡해질수록 그림자는 더욱더 짙어진다. 즉 우리의 겉모습을 화려하게 치장할수록 우리가 숨기고 있던 마음의 상처는 더욱 깊은 병이 된다. 페르소나를 화려하게 치장한다는 것은 마음을 속이는 일이기 때문이다. 그보다는 마음을 열고 있는 그대로의 나로부터 다시 시작하는 것이 좋다. 페르소나가 에고(사회적 자아)에 가깝다면, 그림자는 셀프(내면의 자기)에 가깝다. 에고가 얼마든지 용의주도하게 나 자신의 진짜 모습을 숨기고 아무 문제 없는 척 늘 괜찮은 척 연기를 할 수는 있지만, 셀프만은 속일 수 없다. 셀프는 에고가 숨기고 있는 내 진짜 모습을 완전히 알고 있는 유일한 목격자이기 때문이다. 에고가 아무리 화려하게 페르소나를 포장해도, 셀프의 그림자는 치유되지 못한 채 남아 있다. 그렇다면 진정한 치유의 길은 무엇일까. 에고가 셀프의 목소리에 진정으로 관심을 기울이는 것이다. 예컨대 셀프가 꾸는 꿈은 고흐처럼 열정적인 화가가 되는 것인데, 에고의 현실은 공무원 준비를 해야 하는 상황이라면 어떨까. 에고는 겉으로는 아주 모범적으로 공무원 시험 준비를 하고 있지만, 마음 깊은 곳의 셀프는 고통받고 있다. 더구나 자신이 진정으로 원해서가 아니라 부모님이나 주변의 강요 때문에 시험 준비를 하고 있다면, 셀프의 그림자는 더욱 짙어진다. 지금 당장 화가가 될 수 없을지라도, 예컨대 하루에 두 시간은 꼭 그림을 그리기 위해 어떻게든 시간을 낸다면 어떨까. 셀프의 그림자는 그때부터 존중받는 느낌, 위로받는 느낌을 가질 것이다. 현실과 이상 사이의 거리를 좁히기 위해 끝없이 노력하고 애쓰는 에고의 노력이야말로 셀프의 그림자를 구해낼 수 있다.

나의 경우는 '완벽한 강의를 해야 한다'는 것이 큰 부담감이었다. 뭔가 탁월한 능력을 지녀야 한다는 오랜 강박관념이 나의 페르소나를 더욱 경직되게 만들었다. 화려한 수사학과 완벽한 강의를 위해 마치 고도로 훈련된 연기를 하는 느낌으로 강연에 임했다. 하지만 그렇게 연기하는 내 말끔한 페르소나를 내 마음 깊은 곳에서는 받아들이지 못했다. 왠지 그렇게 멋지게 연기하는 것은 '진짜 나'의 모습이 아니라는 생각이 들었다. 나는 나의 문제가 '능력 부족'이라고만 생각했다. 하지만 더 큰 문제는 '페르소나의 화려한 연기를 바라보고 있는 셀프의 그림자'였다.

나의 그림자는 나의 페르소나를 좋아하지 않았다. 아무 문제 없는 척 능수능란하게 강의하려는 나의 페르소나를 나의 그림자는 가로막고 있었다. 그건 너의 진짜 모습이 아니잖아. 그냥 사랑하는 사람에게 이야기하듯이, 소중한 사람들에게 너의 진솔한 이야기를 들려주듯이, 그렇게 자연스럽게 강의하면 어떨까. 나의 그림자가 나의 페르소나를 향해 던지고 싶은 메시지는 바로 그것이었다. 이제 나는 굳이 강의를 멋지게 해내기 위해 과도하게 페르소나를 포장하지 않는다. 평소에 말하듯이, 친구에게 솔직하게 나의 속 깊은 이야기를 들려주듯이, 100명 앞에서도 한 사람에게 이야기하듯이, 그렇게 정직한 내 모습을 있는 그대로 보여주는 강의를 한다. 알고 보니 진짜 문제는 내가 뛰어난 말솜씨나 현란한 유머감각을 가지지 못한 것이 아니었다. 나의 콤플렉스는 '나는 발표공포증이 있다'는 강박관념이었고, 그 콤플렉스를 끝내 벗어나지 못할까봐 두려워하는 마음이 내 그림자를 장악하고 있었다. 이렇게 마침내 오랫동안 자신을 괴롭혔던 결정적인 문제와 만나는 과정을 융 심리학에서는 '그림자와의 대면'으로 본다. 그림자를 대면할 수 있는 용기를 지닌 존재야말로 '개성화'의 주인공, 즉 진정한 자기 자신을 찾아 마음의 기나긴 여정을 떠날 수 있는 전사가 될 수 있다.

MBTI 적성검사 같은 것에 너무 매달리지 않아도 좋다. '내 그림자와의 대면'은 일상 속에서도 가능하기 때문이다. 그 첫번째 훈련은 '내가 가장 행복한 때'와 '내가 가장 불행할 때'를 구분하는 능력이다. 나를 힘들게 하는 사람들과는 최대한 거리를 유지하고 스스로를 보호하는 힘을 길러야 한다. 또한 나의 능력을 확장시키는 데 도움을 주는 사람, 나에게 영감을 주는 사람에게는 나 또한 도움과 영감을 주어야 한다. 타인과 잘 지내는 것도 중요하지만 '나 자신'과 잘 지내는 것 또한 중요하다. "그렇게 착하고 명랑한 사람이 알고 보니 우울증이라잖아요." "그는 수십 년간 우울증을 숨겼답니다." 이런 일이 가능한 것은 페르소나의 연기력이 그만큼 우리의 그림자를 가리고 있기 때문이다. 내가 아프다는 것을 인정하는 것, 내가 아프다는 것을 타인에게 말할 수 있는 용기가 오히려 치유에 도움이 된다. 인정하는 순간은 고통스럽지만, 인정 이후에 나를 도와주는 사람들이 훨씬 많다. 또한 모든 정신적 문제에서 치유의 첫걸음은 '내가 아프다, 내가 힘들다'는 것을 인정하는 자기인식으로부터 시작된다는 점을 잊지 말아야 한다.

그렇다면 페르소나는 꼭 넘어서야 할 장애물이기만 할까. 그렇지는 않다. 현대인이 과도하게 꾸민 페르소나로 인해 자신의 그림자를 스스로도 인정하지 못한 채 살아가고 있다는 것을 비판하기 위해 융은 페르소나의 부정적인 모습을 많이 지적했다. 하지만 '나를 치유하는 페르소나'도 있다. 부캐릭터를 정말 만들고 싶다면 '나를 치유하는 페르소나'로 만들어보자. 평소의 제1페르소나가 미처 표현하지 못한 잠재력을 실현하고, 평소의 내가 미처 실험하지 못한 재능을 펼칠 수 있는 부캐릭터를 창조해보자. 나는 평소에는 극히 내성적이고 소극적이지만, 낯선 나라에서 여행자가 되면 매우 쾌활해지고 발랄해진다. 아무에게나 길을 묻고, 모르는 모든 것을 어떻게든 알기 위해 적극적으로 움직인다. 친구들은 이런 나를 '과다 텐션 여울'이라고 놀려댄다. 그 놀림조차도 재미있다. 화나지 않는다. 가끔씩 과도한 기쁨에 허우적거리는 나는 내가 특히 사랑하는 페르소나이니까. 이런 제2의 페르소나가 나의 뿌리깊은 우울을 치유해준다는 것을 오랜 시간이 지난 뒤에 알게 되었다. 우리가 저마다의 자리에서 자신의 짙은 그림자를 치유할 수 있는 '제2의 페르소나'를 창조할 수 있기를.

_____ 그림자로 인해
더욱 아름다운 빛

자신의 환경을 탓해본 적 없는 사람이 있을까. 우리 모두 저마다 마음에 들지 않는 배경이나 조건을 탓해본 기억이 있을 것이다. 경제적 어려움, 부모와의 불화, 자신의 꿈을 응원해주지 않는 사람들, 그 모든 것이 우리의 앞길을 막은 적도 있을 것이다. 하지만 삶을 드라마틱하게 만들어주는 것은 바로 그 그림자와의 전투다. 콤플렉스와 트라우마 같은 마음의 그림자들이 우리를 공격할 때, 그 싸움을 극복하게 해주는 것은 '이 그림자와의 전투에서 나는 반드시 승리할 수 있다는 믿음'과 '나를 둘러싼 사랑에 대한 믿음'이다. 그림자를 단순히 표출하는 것이 아니라 승화하는 것도 중요하다. 부정적인 감정을 단순하게 다 드러내버리면 '표출'이 되지만, 아픔과 슬픔조차도 잘 간직하고 있다가 적절한 순간에 아름답게 표현한다면 그것은 '승화'가 된다. 고흐의 불꽃같은 그림들이 여전히 사랑받는 이유는 아픔을 단순히 표출하지 않고 아픔을 승화시킬 수 있었던 고흐의 용기와 재능 때문이었다.

고흐는 자신을 이해하지 못하는 부모 때문에 커다란 트라우마를 안고 살았다. 남들이 이해하지 못하는 독특한 정신세계를 보여주는 고흐의 그림을 '창조적'이라고 생각하기는커녕 '미쳤다'고 생각하는 부모라니. 고흐의 아버지는 아들을 '정신병원으로 보내야 한다'며 화를 내곤 했고, 고흐는 그때마다 깊은 상처를 받았다. 하지만 고흐는 아픔에 굴하지 않고 그 아픔을 아름다운 예술작품으로 승화시켰다. 아버지가 세상을 떠났을 때 고흐는 〈성경이 있는 정물〉이라는 그림에서 아버지의 성경과 자신이 좋아하는 에밀 졸라의 소설을 나란히 배치시킨다. 그런데 그 빛깔과 형태의 대비가 재미있다. 아버지의 성경이 거대하지만 다소 어둡고 칙칙하게 표현되어 있는 데 비해, 고흐가 아끼는 소설은 매우 싱그럽고 환한 노란색으로 표현되어 있는 것이다. 여전히 아버지의 어두운 그림자가 느껴지지만 고흐는 이 그림을 그린 이후 아버지의 오랜 그늘로부터 벗어나기 시작한다. 아버지의 사랑과 인정을 받지 못했지만, '이제 나는 나만의 길을 걸어갈 것이다'라는 용감한 출발의 선언이 바로 이 그림이었던 것이다. 이런 것이 바로 그림자를 극복하는 힘, 그림자조차 승화시키는 인간의 아름다움이다.

고흐가 만약 모두가 이해하는 쉽고 어여쁜 그림, 사실적이고 바람직한 이미지들만을 그렸다면, 그는 결코 우리의 눈을 찌르는 듯한 〈해바라기〉와 우리 마음속에서 불꽃놀이를 벌이는 듯한 〈별이 빛나는 밤에〉를 그릴 수 없었을 것이다. 남들에게 인정받는 그림, 세상에 널리 유행하는 잘 팔리는 그림을 그렸다면, 고흐는 자신의 상처를 승화시켜 궁극의 아름다움을 추구하는 기적 같은 그림들을 그릴 수 없었을 것이다. 창조성의 비밀은 바로 그림자를 극복하는 용기에서 우러나오는 것이다. 고통을 있는 그대로 표출하고 화를 참지 못하고 그때그때 터뜨려버린다면, 그것은 승화가 아니라 표출에 지나지 않는다. 하지만 고흐는 부모님께 그토록 냉대를 받았음에도 불구하고 부모님을 향한 사랑과 존경을 포기하지 않았다. 그의 그림과 편지 곳곳에서 '그럼에도 불구하고 나는 부모님을 사랑한다'는 애틋한 표현의 흔적이 남아 있다. 고흐가 귀를 자른 뒤 입원했을 때도 한 번도 찾아오지 않은 무정한 어머니였음에도 불구하고, 고흐는 어머니의 초상화를 너무도 사랑스럽고 환하게 그렸다. 고흐는 분노 속에 살았지만 그 분노를 사랑으로 갚았다.

고흐의 광기나 우울 때문에 천재성이 발현된 것이 아니라 오히려 광기나 우울을 극복하고 더 큰 사랑, 더 큰 우정으로 자신의 예술세계를 만들어낸 것이 고흐의 진정한 재능이다. 때로는 가족이

반짝이는 것들을 바라보느라 문득 그 모든 빛 너머에는 그림자가 있음을 잊어버릴 때가 있다.

그럴 때마다 나는 그림자를 딛고 일어선 과거를 떠올린다. 그 어두운 시간을 통과해왔잖아. 너를 비난하던 사람들은 결국 너를 쓰러뜨리지 못했잖아. 그들의 공격은 널 더 강하게 만들었을 뿐이잖아. 그렇게 그림자의 시간이 나를 위로할 때가 있다. 우리는 우리가 견뎌온 그림자로 인해 더욱 빛난다.

지긋지긋한 그림자처럼 느껴지지만, 가족이야말로 나의 트라우마가 시작되는 지점이고, 나의 그림자를 극복할 용기 또한 가족에 대한 온갖 복잡한 감정에서 잉태된다.

그림자를 품어 안는 삶의 아름다움은 '빛을 당연하게 여기지 않는 겸허함'에서 시작된다. 뉴욕의 브로드웨이 극장가에서 팬데믹의 기나긴 터널을 뚫고 마침내 2년 만에 첫 공연을 시작하게 되었을 때 한 배우가 이렇게 말했다.

"더이상 이 무대를 당연하게 여기지 않겠습니다."

평소에는 매일매일 출연할 수 있었던 바로 그 무대가 때로는 지긋지긋했지만, 팬데믹으로 인해 '아무리 서고 싶어도 결코 무대 위에 설 수 없었던 2년'이 그들에게 무대의 소중함을 가르쳐주었던 것이다. 우리의 행복은 결코 당연하지 않다. 그림자를 극복해낸 사람만이 빛의 소중함을 온몸으로 받아들인다. 때로는 당신의 그림자가 당신을 위협하는 것처럼 보일 것이다. 당신의 콤플렉스, 트라우마, 슬픈 기억이 인생의 발목을 잡는 것처럼 느껴질 수도 있다. 하지만 끝내 우리의 삶을 아름답게 만드는 것은 그림자를 품어안는 용기, 그림자를 극복하는 희망, 그림자로 인해 더욱 찬란하게 빛나는 우리의 사랑이다.

_____ 아름다운 매듭짓기,
　　　　눈부신 엔딩 크레디트를 꿈꾸며

　연말이 다가올 때마다 '올 한 해는 어떻게 마무리지어야 할까'
고민하게 된다. 그런데 아름다운 매듭이란 어떤 것일까. 저마다의
한 해, 365일을 영화로 만든다면 우리는 어떤 '엔딩 크레디트'를 만
들 수 있을까. 우선 각본과 연출을 과연 나 자신이 한 것일까, 질
문을 던져본다. 타인의 뜻에 따라 내 삶이 좌지우지된 것은 아닐
까. 타인의 의견을 반영하되 '내가 만들어가고 싶은 삶의 스토리'
가 지닌 큰 틀을 따랐다면, 그것만으로도 기쁠 것 같다. 공간을 정
리하는 것도 어렵지만, 시간을 정리하는 것은 더욱 어렵다. 공간은
눈으로 볼 수 있기에 무엇이 문제인지 금방 포착할 수 있지만, 시간
은 기억과 해석이 필요하기에 더욱 정리하고 매듭짓기가 어렵다. 그

렇다면 마치 시간을 공간처럼 정리하고 가꿀 수는 없을까. 달력이
나 스케줄러가 미래의 시간을 눈으로 확인하는 방법이라면, 일기
를 비롯한 각종 날짜별 글쓰기는 과거를 정리하고 매듭짓기에 좋
은 방법이다. 내가 권하는 아름다운 매듭짓기의 방법은 바로 '감사
일기'를 쓰는 것이다. 하루하루 '오늘 나를 행복하게 한 사람들, 나
에게 벌어진 사건 중 감사한 일'을 정리하다보면, 평범했던 365일이
그 어느 하나 눈부시지 않은 날이 없음을 알게 된다. 일기가 부담
스럽다면 '한 해를 정리하는 감사의 편지'를 써보는 것도 좋다.

　내가 사는 아파트에는 지난 10년 동안 한결같이 복도와 계단을
청소해주시는 아주머니가 있다. 우리는 만날 때마다 누가 먼저랄
것도 없이 반갑게 인사한다. 언제나 나뭇잎 하나, 전단지 스티커 하
나 남김없이 깔끔한 복도와 계단을 바라보면, '저분처럼 나 또한 열
심히 살아야겠다'는 생각을 저절로 하게 된다. 단지 직업이기 때문
만이 아니라, 이 일을 정말로 소중히 여기신다는 것을 느낄 수 있
다. 그분을 볼 때마다 '나는 나의 일을 얼마나 사랑하고 소중히 여
기는가'를 되돌아보게 된다. 어쩌다 복도나 계단이 조금이라도 어
지럽혀져 있으면, 내가 얼른 치우게 된다. 혹시 아주머니가 어디 편
찮으신 건 아닌지 걱정스러워지는 것이다. 그러다 며칠 뒤에 환하
게 웃는 얼굴로 다시 나타난 그분을 보면 그제야 안심이 된다. 미

주알고주알 안부를 물어보면 곤란해하실까봐, 그저 담백하게 안부를 묻는다. "잘 지내시지요?" "잠깐 몸살을 앓았는데, 이젠 가뿐해요. 걱정해주셔서 고마워요. 오늘도 좋은 하루 보내세요!" 항상 나의 수줍은 인사보다 더 길고 다정하게 대답해주시는 그분을 볼 때마다 마음이 따스해진다.

아침에 문을 열고 나갈 때마다 내 집 앞은 항상 깨끗하고, 저녁에 집으로 들어올 때마다 내 집 앞은 가지런히 청소가 되어 있다는 것. 그것만으로 내 삶은 축복받은 것임을 가르쳐주신 그분께 올해는 꼭 감사편지를 드려야겠다. 내 인생의 주연은 '나'이겠지만, 우리의 삶을 풍요롭고 아늑하게 만드는 데 도움을 주는 분들은 수없이 많다. 화려한 스포트라이트가 비추지 않는 곳, 누구도 소리내어 칭찬해주지 않는 곳이야말로 우리가 감사편지를 보내야 할 아름다운 장소가 아닐까.

나 자신에게도 연말에는 감사편지를 보내고 싶어진다. 점점 복잡해지는 사회에서 다채로운 역할과 페르소나를 연기하는 우리 자신을 위해 저마다의 '부캐'에게도 안부를 물어주는 것이 어떨까. 나의 주요 캐릭터는 '글쓰는 사람, 작가'이지만, 글쓰지 않을 때의 나는 누군가의 딸이자 언니이고 친구인 동시에 귀여운 조카들의 이모이기도 하며, 인문학 강사이거나 글쓰기 선생, 언제 어디로든 떠나고 싶은 여행자이기도 하다. 어떤 친구를 만나는가에 따라 전혀 다른 페르소나를 보여주기도 하고, 조카들을 만날 때는 완전히 아무런 힘도 없는 '조카바보'가 되어버리고 만다. 그런 내 안의 조연들이 있기 때문에 평소 나 자신의 모습을 안정감 있게 유지할 수 있는 것이 아닐까.

내가 가장 사랑하는 나의 '부캐'는 여행자다. 글을 쓰기 위한 여행이 아니라, 그저 여행 그 자체를 사랑하는 여행자. 사실은 여행자라기보다는 거의 방랑자에 가까운 또하나의 나를 사랑한다. 아무런 실용적인 필요가 없다 하더라도, 내가 한곳에만 붙박여 갑갑하게 지내는 도시인이 아님을 깨닫게 해주는 여행의 체험은 늘 소중하다. 코로나로 인해 잃어버린 나의 소중한 '부캐', 유쾌한 여행자의 캐릭터를 되찾고 싶어진다. 여행자가 될 때 나는 평소의 나보다 훨씬 명랑하고 해맑고 덜 진지해진다. 과도한 진지함 때문에 항상 심각한 고민을 달고 사는 나는 '그저 잠시 지나가는 사람'으로서만 나를 봐주는 낯선 사람들의 가벼운 친절이 그립다. 너무 많은 책임감에 짓눌려 사는 우리들은 잠시나마 '부캐'의 도움을 받아 스스로를 구원해온 것은 아닐까. 그런 의미에서 우리는 우리 안의 수많은 조연과 '부캐'에게도 박수를 보내야 하지 않을까.

한 해의 아름다운 매듭짓기를 위해 또 한번 돌아봐야 할 것은 '성취'와 '실패'의 의미를 차분히 해석하는 일이다. 잘한 것에 대해서는 다시 곱씹어보며 행복을 느끼지만, 실수나 실패에 대해서는 돌아보고 싶지 않은 우리 마음. 팬데믹 시대를 겪어오면서 움츠러든 현대인의 마음은 불안과 우울에 더욱 취약해지기 쉽다. 하지만 더 아름다운 매듭짓기를 위해서는 성공에 자만하지 않고 실패에 주눅들지 않는 균형감각이 필요하다. 성공은 남들에게 잘 드러나지만 실패는 세련되게 숨길 수 있기 때문에 우리는 실패를 자기 자신에게도 숨겨버리는 경향이 있다. 한 번도 실패 따윈 하지 않은 것처럼 실패를 모른 척하는 것이다. 하지만 실패 속에 진정한 내 모습이 투영되어 있는 경우가 많기에, 그 뼈아픈 실패의 그림자마저도 끌어안을 때 우리는 진정으로 아름다운 엔딩 크레디트를 만들 수 있지 않을까. 실패한 일들이 나를 끝없이 괴롭힌다는 생각, 나는 정말 지지리도 운이 없다는 생각, 나는 왜 좋은 환경을 타고나지 못했을까 하는 부정적인 생각으로부터 벗어나야 비로소 '아름다운 감사의 말들'이 떠오르기 시작한다. 아직 눈부신 햇살을 맞이할 수 있는 아침이 남아 있다는 것, 사랑하는 사람을 그리워할 수 있다는 것, 소중한 사람들을 아끼고 사랑할 수 있는 기회가 남아 있음에 감사하는 것. 그것이야말로 아름다운 매듭짓기이며, 우리의 삶을 빛내주는 주연과 조연과 감독 모두를 빛내는 찬란한 엔딩 크레디트일 것이다.

3부

우리가

서로를

돌볼 수만

있다면

아무도 주눅들지 않는, 누구도 초라하지 않은

나의 소중한 독자 M에게

　왜 이토록 연락이 뜸한가요. 저는 M씨가 잘 있는지, 무슨 힘든 일이 있는 것은 아닌지 남몰래 걱정하고 있답니다. 내가 새로운 강의를 할 때마다 자주 와주었던 M씨, 너무 열심히 강의를 들어주어서 내가 그 눈빛에 의지하면서 강의할 수 있도록 이끌어주었던 당신의 소식을 자주 들을 수 없으니 안타깝습니다. 당신의 다정한 이메일을 저도 모르게 기다리고 있었나봐요. 당신의 편지를 읽고 있으면 저는 비로소 안심이 되었어요. '나의 글이 누군가에게 정말로 가닿고 있구나'라는 믿음, '나의 글과 강연이 누군가에게 정말로 도움이 되고 있구나'라는 기쁨을 느끼게 해준 당신의 편지 덕분에 저도 모르게 커다란 응원을 받고 있었거든요.

오랫동안 연락이 없으니, 마음이 여린 M씨가 어딘가에서 많이 힘들어하고 있는 것은 아닌지, 깊은 외로움에 빠져 있는 것은 아닌지 걱정하게 됩니다. 저의 걱정이 부디 지나친 기우이기를 바랍니다. M씨의 안부가 너무 궁금한 나머지 제 쪽에서 먼저 용기를 내어 편지를 보내기로 했습니다. 하지만 너무 놀라진 말아요. 이 편지에는 걱정거리만 가득한 것은 아니랍니다. 이 편지에는 저의 따스한 안부와 '우리가 함께 나누었다면 참 좋았을 것들'에 대한 푸짐한 수다가 들어 있을 테니까요.

요새 저는 '공간의 아름다움'에 대해 자주 생각합니다. 아름다우면서도 편안한 느낌을 주는 장소, 누구는 받아들이고 누구는 밀어내는 차별의 느낌을 주지 않는 장소, 애써 누군가 손짓하며 반가워하지 않아도 공간 자체가 나를 한껏 안아주는 듯한 느낌을 주는 장소를 찾아 헤매고 있었던 것입니다. 제가 작업실을 만들었던 이유도 소규모 독서모임이나 격의 없는 세미나를 하기 위해서였거든요. 하지만 코로나 시대가 시작되면서 그 어떤 모임도 편안하게 주최할 수가 없었답니다. '이제 좀 괜찮아지나' 싶어서 작은 모임을 결성할 때마다 확진자가 늘어서 모임 자체가 취소되는 경우가 한두 번이 아니었지요. 그러다보니 이제는 오프라인 공간보다 안정적인 온라인 공간에서 '여울의 살롱'을 만들고 싶다는 생각을 하게 된 것입니다.

　포털 사이트에 꾸려진 '살롱 드 뮤즈'는 작지만 아늑한 저의 공간이자 '여울의 독자들'이 언제든지 놀러올 수 있는 자유로운 공간이기도 하답니다. 사실 여울의 독자들이 아니어도 됩니다. 책을 사랑하는 사람, 여행을 사랑하는 사람, 타인의 이야기를 들어줄 마음의 여유가 있는 사람이면 된답니다. 언젠가 진정한 위드 코로나 시대가 되면, 혹은 마침내 코로나의 영향에서 자유로워지면, 여울의 살롱은 온라인을 넘어 실제 공간에서도 열릴 거예요. 맛있는 음식과 향기로운 차 혹은 커피, 우리가 함께 사랑할 것임에 분명한 책들, 감미로운 음악, 그리고 무엇보다도 제가 초대하고 싶은 사람들이 옹기종기 모여 하루종일 책에 대한 수다를 떠는 그런 살롱이지요. 그런 공간이 만들어진다면 제일 먼저 M씨를 초대하고 싶어요. 저를 때로는 저보다 더 아껴주시는 독자들을 제일 먼저 초대해서 여울의 '살롱 드 뮤즈' 오프라인 모임을 결성하고 싶어요. 그땐 아무리 바쁘셔도, 아무리 여러 가지 복잡한 사정이 있어도 꼭 와주셔야 해요!

　이런 생각을 하게 된 데에는 당신이 저에게 던져준 물음이 커다란 역할을 했습니다. 언젠가 저에게 이런 편지를 보낸 적이 있었지요. 저의 북클럽이 서울 시내의 호텔에서 열린 적이 있는데, 그때 간절히 오고 싶었지만 그 장소가 너무 화려한 호텔이라는 이유 때문에 마음을 접었다는 M씨의 편지를 잊을 수가 없어요. 저도 사실 행사 전에 많은 걱정을 했거든요. 나의 강연은 누구나 편안한 마음으로 찾아올 수 있어야 하는데, 도서관이나 서점이나 학교가 아닌 호텔에서 강연이 열린다면 혹시라도 마음이 편치 않을 독자들이 있지 않을까 하고요. 하지만 출판사에서 어렵게 섭외해준 장소였기에 거절하기가 힘들었어요. 저를 위해 오랫동안 애써준 정말 좋은 분들이었기 때문에 '북클럽 장소가 너무 고급스러운 호텔이라 마음이 살짝 불편하다'는 이야기를 차마 꺼낼 수가 없었거든요. 그날 저는 여느 때처럼 열심히 강연하고 북토크를 했지만, 어딘가 마음이 불편했어요. 그 호텔은 누구나 편안한 마음으로 놀러오는 장소가 되기에는 '벽'이 느껴졌기 때문입니다. 아니나다를까 며칠 후 당신의 편지를 받았지요. 그제야 저는 제 마음속 어색함과 불편함의 진원지를 알게 되었어요. 격의 없는 장소, 차별이 느껴지지 않는 장소, 누구에게나 편안함을 줄 수 있는 장소로 나의 독자들을 초대해야 한다는 것을 깨달은 것이지요. 그리하여 당신은 저에게 '살롱 드 뮤즈'의 영감을 준 사람이랍니다. 당신이 나의 뮤즈였던 것이지요.

당신은 나에게 이런 편지를 보냈지요. "화려한 곳에 가서 괜스레 주눅들고 초라함을 느끼지는 않을까. 내 안에는 그런 곳에서 진짜 초라한 나를 들키지 않으려 안간힘 쓰는 내가 있기에, 그렇게 초라함을 가리려 애써온 저이기에 그곳이 어려웠구나 싶었습니다." M씨의 단어 하나하나가 날카로운 바늘이 되어 제 심장을 찌르는 것 같았습니다. 그런데 그 보이지 않는 바늘의 이름은 '공격'이 아니었어요. 그 보이지 않는 바늘의 이름은 '죄책감'이었어요. 왜냐하면 당신이 나의 마음을 아프게 한 것이 아니라, '내가 나도 모르게 당신의 마음을 아프게 한 것이 아닐까'라는 죄책감이 저를 아프게 한 것이거든요. 다시 한번, 정말 미안해요. 다음에는 좀더 편안한 마음으로, 그 누구도 그런 걱정 없이 마음 놓고 방문할 수 있는 곳으로 북토크나 강연 장소를 정하겠습니다.

누구나 말없이 안아주는 듯한 장소를 만드는 것. 그것은 제 오랜 꿈이기도 합니다. 그런 곳에서 글쓰기 세미나를 하고, 북토크를 하고, 낭독회를 하고, 밤새도록 책과 영화와 미술과 음악에 대해 우리 함께 수다를 떨 수 있으면 좋겠어요. 여울의 '살롱 드 뮤즈'는 온라인에서도 얼마든지 우리들만의 '향연'을 펼칠 수 있으리라는 꿈을 실현하는 장소랍니다. 저의 지나친 진지함 때문에 우리 독자들이 댓글을 많이 남기지 않는 것이 아닐까 살짝 걱정이 되기도 합니다. 격의 없는 농담, 귀여운 이모티콘과 재치 넘치는 비속어가 가득한 문장도 얼마든지 환영하니 언제든지 댓글을 달아주세요. '살롱 드 뮤즈'는 M씨를 비롯한 저의 모든 독자들을 위해 언제나 열려 있는 따스한 공간, 어엿한 장소가 될 것입니다. 부디 당신이 이곳에서 이 세상의 폭풍우를 피할 안식처shelter from the storm를 찾기를 바랍니다. 이곳에 있을 땐 당신이 아무런 상처도 받지 않았으면 좋겠어요. 이곳에 있을 땐 당신이 모든 아픔을 내려놓고, 무거운 책임감의 신발을 내려놓고 편안히 쉬어가면 좋겠습니다. 나의 소중한 친구여, 부디 다정한 안부를 전해주세요.

이역만리 한복판에서 우리네 재래시장 좌판의 따스함을 발견하다. 런던의 버러마켓Borough Market은 초고층 빌딩숲 한가운데 자리한 먹거리 시장이다. 아무리 영어를 못해도 괜찮다. '이것 좀 먹어보고 가라'는 몸짓을 너무도 분명하게 던지는 따스한 상인들 덕분에 모든 언어적 장벽이 허물어지니까. 저 몸짓은 어쩌면 저렇게 전 세계에서 똑같이 통용되는 걸까. 상인들이 "한번 잡숴봐"라고 우리말로 속삭이는 듯한 즐거운 착각으로, 외로움도 추위도 잊었다.

_____ 그럼에도 불구하고

　　　　포기할 수 없는 따스함

　　코로나 전파와 감염이 극심할 때 마스크를 단단히 쓰고 온갖 우려 속에 수능시험을 본 응시자들을 생각하면 가슴이 아프다. 일생일대의 시험을 본다는 것만으로도 긴장 백배의 순간인데, 코로나 바이러스 감염에 대한 걱정으로 점심조차 마음놓고 먹지 못했을 응시생들을 생각하니 더욱 가슴이 아려온다. 시험시간에 늦을까봐 발을 동동 구르는 학생들을 배달용 오토바이로 태워주신 분, 버스를 놓쳐 사색이 된 수험생을 경찰.ㅇ토바이로 에스코트해준 경찰관, 방역 때문에 수험생들을 향해 응원구호도 외칠 수 없게 된 상황에서 그야말로 조용히 마음으로만 응원해야 했던 모든 분, 무엇보다도 온갖 역경을 딛고 무사히 시험을 치러낸 응시생들에게 따스한 위로를 보내고 싶다. 시험장 앞에서 딸을 내려주며 꼭 껴안아주는 한 아버지의 사진을 보니 나도 모르게 눈물이 왈칵 쏟아졌다. 코로나 시국으로 모든 사회적 관계가 자꾸만 단절되어가는 상황에서, 그럼에도 불구하고 우리가 지켜야 할 따스함이 무엇인지 생각해보게 되었기 때문이다.

오래전 수능시험과 본고사를 보던 시절, 나 또한 수많은 사람들의 도움을 받았다. 수능시험 날 손목시계를 깜빡하고 집에 두고 온 나를 위해 감독관 선생님은 자신의 시계를 아무 망설임 없이 선뜻 풀어 나에게 빌려주었고, 창문으로 스며드는 햇살이 너무 눈부셔 시험지가 잘 보이지 않자 흰 종이를 창문에 붙일 수 있게 허락해주기도 했다. 본고사 면접을 기다릴 때는 날씨가 무척 추웠는데, 건물 밖에서 오들오들 떨고 있는 나를 본 한 교수님이 자신의 연구실로 들어와 기다리라며 일면식도 없는 나에게 따뜻한 차와 담요를 제공해주었다. 따스한 교수님의 미소, 너무도 달콤했던 핫초코의 맛, 처음 보는 낯선 수험생에게 덜컥 연구실 문을 열어주신 그 환대의 마음을 평생 잊지 않고 살아야겠다고 결심했던 순간이었다.

감염에 대한 공포가 확산되니, 공식적인 만남의 자리에서도 좀처럼 마스크를 벗지 않는 사람들이 늘어나고 있다. 일 때문에 어쩔 수 없이 사람을 만나야 하는 경우에도 서로 마스크를 벗지 않고 일하다보니, 몇 번을 만나도 얼굴 한번 제대로 못 본 채 마스크 위의 두 눈만을 보게 되는 경우도 생긴다. 가장 안타까운 것은 '간절히 보고 싶은 사람들'을 거의 볼 수 없다는 점이다. 얼마 전 나를 유난히 따르던 한 후배에게 이런 메시지를 받았다. "작가님, 보고 싶어요. 코로나가 잦아들면 뵐 수 있겠지 하며 참고 또 참았는데, 또 언제 뵐 수 있을지 요원하기만 하네요." 재택근무를 주로 하다보니 외출빈도가 더욱 낮아지고 사람 만나는 일도 줄어든다는 후배의 메시지 속에는 짙은 외로움이 배어 있었다.

사람과 사람 사이의 접촉이 점점 줄어들다보니 애정과 호감을 표현하는 작은 몸짓조차 망설이게 된다. 악수를 하려다가 손을 주머니에 집어넣게 되고, 포옹을 하려다가 멈칫하게 된다. 이다음에 모든 상황이 좋아지면 그때 내 다정함을 회복해야지, 이런 생각을 자꾸 하다보니 어쩔 수 없이 마음이 움츠러든다. 나는 얼마 전에 헨리 데이비드 소로의 『월든』과 버지니아 울프의 『자기만의 방』을 완독하는 온라인 강연을 진행했는데, 처음으로 사람들의 이름을 마치 출석 부르듯 하나하나 불러보았다. 이름을 불러주는 것만으로도, 화면 속에 비친 얼굴들을 세심히 바라보는 것만으로도 우리는 한층 가까워진 느낌이었다. 온라인 강연에서는 마스크를 벗어도 되니 정말 오랜만에 사람들의 표정을 마음 편히 바라보게 된다. 이렇듯 급박한 상황 속에서도 그럼에도 불구하고 따스한 소통을 꿈꾸는 사람들은 더 많아진 것만 같다. 시험 걱정, 감염 걱정, 그야말로 온갖 걱정을 머리에 잔뜩 이고 시험을 보러 들어가는 딸을 두 팔 벌려 꼭 안아주는 한 아버지의 사진을 보고 눈물이 왈칵 쏟아진 것은 바로 나 또한 누군가를 따스하게 꼭 안아주고 싶은 소망을 너무 오랫동안 억눌렀기 때문이었다. 엄마 아빠를 꼭 안아드린 지 참 오래되었고, 간쓸개도 빼줄 것처럼 친했던 모든 사람들도 도대체 얼굴을 본 지가 언제인지 한참 헤아려보게 된다. 코로나 정국 속에서 그럼에도 불구하고 수많은 사람들의 배려와 온정 속에서 무사히 치러진 수능시험은 나에게 일깨워주었다. 그럼에도 불구하고 포기할 수 없는 따스함, 다정함, 친밀함이 있다는 것을. 우리에게는 아직 더 많은 따스함, 더 깊은 친밀함, 더 짙은 연대감이 필요하다는 것을.

2019년 프랑스에서 총파업 시위에 참여한 아빠와 딸의 모습을 보았다. 둘의 뒷모습이 어찌나 다정하고 어여쁜지, 눈을 뗄 수가 없었다. 그래도 명색이 총파업 시위인데, 모두들 그 얼마나 다정한지, 얼마나 평화로운지. 그것은 총파업이 '솔리다리테Solidarité'—함께 있음, 연대감, 따스한 공존을 향하고 있었기 때문이 아닐까. 대중교통이 마비되었지만 그 누구도 불평하지 않고, 총파업에 참여한 수많은 사람들을 응원하고 격려해주던 파리 시민들의 모습이 너무도 정겹고 아름다웠다.

_____ 포기하지 않고
　　　　　　너를 보듬을게

　인문학 강연을 할 때 가장 기쁜 시간은 독자들의 눈빛이 바뀌는 순간이다. 고민 많은 눈빛을 숨기지 못하는 독자들이 내 강연을 듣는 동안 뭔가 깨달은 느낌을 받는 순간. 강연을 들으며 '삶을 이렇게 바꿀 수 있겠구나' 하는 희망을 가질 때, 나 또한 커다란 보람을 느낀다. 한 번의 강의만으로 독자의 눈빛이 바뀔 때도 있지만, 여러 번 만나며 서서히 힘겹게 변화하는 사람을 볼 때 더욱 뿌듯하다. 간절히 무언가를 배우고 싶지만 마음속에 '난 어차피 안 될 거야' 하는 장벽이 너무 높아 자신도 모르게 자꾸 포기해버리는 사람들이 많기 때문이다. 이렇게 '아무리 노력해도 바뀌지 않는 사람의 마음' 때문에 고민에 빠졌을 때, 내게 영감을 준 사람이 바로 심리학자 알프레트 아들러다. 인간이 혼자가 아니라 더불어 살아감으로써 더 나은 존재로 바뀔 수 있다는 희망을 보여주는 심리학이 바로 아들러의 개인심리학이다.

나는 최근에 『논어』를 다시 읽으면서 공자와 제자들의 이야기가 아들러 심리학과 매우 잘 어울린다는 것을 깨달았다. 공자의 제자 중에서 아들러 심리학의 '협력'이라는 개념의 중요성을 온몸으로 증언하는 인물은 바로 '자로'다. 자로는 처음 공자를 만났을 때 그를 우습게 보고 공자를 때리려고까지 했던 무뢰한이었다. 가르침 따위는 필요치 않다고 믿던, 도무지 그 누구의 가르침에도 길들지 않을 것 같은 자로가 공자의 회유에 넘어가는 장면은 언제 읽어도 감동적이다. 자로를 처음 만났을 때 공자는 물었다. "자네는 무엇을 좋아하는가?" 자로의 대답이 기막히다. "나는 긴 칼을 좋아한다네." 누구라도 당황스러웠을 것이다. 긴 칼을 좋아한다고 단번에 대답하는 사람의 마음속에는 얼마나 많은 폭력의 기억이 숨어 있었을까. 공자는 겁먹지 않고 태연하게 말한다. 그런 것을 물은 것이 아니라고. 그대가 원래 잘하는 것에 학문을 더한다면, 아무도 그대를 따를 자가 없을 것이라고. 자로는 빈신반의하며 말한다. 학문이라는 게 나에게 도대체 무슨 도움이 되겠느냐고. 학문의 효과를 의심하는 자로의 반항심 짙은 표정이 저절로 상상된다.

공자는 온갖 비유를 들어 친절히 일러준다. 간언하는 신하가 없으면 임금이 실정하고, 미친 말을 몰 때는 채찍을 놓을 수 없으며, 나무는 목수의 먹줄이 닿아야 곧아지며, 사람은 타인의 비판을 들어야 비로소 성장한다고. 배움을 추구하고 질문을 중시하는 사람이 된다면, 더이상 바랄 것이 있겠느냐고. 자로는 여전히 잘난 척하며 이렇게 말한다. 남산의 푸른 대나무는 누군가 잡아주지 않아도 스스로 곧으니, 그 대나무를 잘라 화살로 쓰면 가죽과녁을 뚫어버리지 않느냐고. 그러니 굳이 학문을 배울 필요가 있느냐고. 자신이 남산의 푸른 대나무처럼 곧고 완벽한 존재라고 생각하는 자로의 자만심이 하늘을 찌른다. 공자는 포기하지 않고 자로를 보듬는다. 그 푸른 대나무를 잘 다듬어 깃털도 달고 쇠촉도 달아 날카로이 연마한다면, 더 깊이 가죽을 뚫을 수 있지 않겠느냐고. 그제야 자로가 무릎을 꿇고 두 번 절하며 삼가 가르침을 받겠다고 선언한다. 그들은 그렇게 세상에 둘도 없는 스승과 제자가 되었다.

사람은 정말 안 바뀐다는 생각 때문에 절망을 느낄 때가 있다. 그럴 때마다 나는 자로와 공자의 에피소드를 생각한다. 그들의 기적 같은 인연을 생각하면 미소가 번진다. 누구에게도 곁을 내주지 않을 것 같은 거친 반항아 자로가 공자의 너그러운 가르침으로 훌륭한 인재로 거듭난 것만이 변화는 아니다. 가르칠 제자들은 많았지만 고민을 털어놓을 친구는 없었던 공자에게 든든한 말벗이 되어준 것도 바로 자로다. 다른 제자들이 공자를 스승으로만 바라볼 때 자로는 용감하게 스승의 잘못을 꼬집어 말할 줄도 알았고, 지혜롭지만 늘 외로운 공자의 고민을 상담해주기도 했다. 함께 어우러져 살아간다는 것은 이렇듯 서로가 서로를 변화시키는 일이다. 아들러 심리학은 콤플렉스를 극복하여 끝내 더 나은 존재가 될 수 있는 인간의 힘, 특히 '협력'을 통해 더 나은 존재가 될 수 있는 가능성을 믿는다. 우리가 진정으로 서로를 포기하지 않는다면, 끝내 서로를 더 나은 방향으로 변화시킬 수 있다는 뜨거운 믿음. 끝이 보이지 않는 팬데믹의 기나긴 터널을 함께 건너는 바로 우리에게 필요한 절실한 믿음이다. 변화가 느리고 전망은 보이지 않더라도, 우리 부디 서로를 향한 간절한 희망을 포기하지 말기를.

월급도 벼슬도 권력도 없이 공자는
어떻게 제자들을 항상 곁에 있게
만들었을까. 손주들을 사랑스럽게
바라보고 있는 저 할아버지의 눈
빛에 해답이 있다. 한없는 사랑으
로 보듬어주는 넉넉한 어른의 눈
빛. 네가 무슨 사고를 쳐도 내가 보
듬어 안겠다는 단단한 결심. 스페
인 산티아고에서 만난 천사들의 바
지런한 몸짓을 바라보며, 나도 모
르게 저 따스한 할아버지의 미소
를 가만히 따라해보았다.

_____ 기차,

또하나의 여행지

여행 마니아가 되기 전에는 기차를 교통수단으로만 생각했다. 출발지와 목적지만이 중요한 여행에서는 기차가 교통수단에 지나지 않는다. 하지만 여행을 좋아하게 된 이후 나는 여행의 목적지만큼이나 과정을 중시하게 되었다. 여행의 과정조차 아름다운 여행, 출발 시간부터 도착 시간까지도 소중한 여행의 의미를 알게 된 후, 기차는 나에게 또하나의 어엿한 여행지가 되었다. 기차 자체가 하나의 오롯한 장소로 거듭난 것이다. 기차 안에서 우리는 생각보다 많은 것들을 해낼 수 있다. 책을 읽거나 글을 쓸 수도 있고, 휴대폰이나 노트북으로 영화를 볼 수도 있으며, 하염없이 창밖을 내다보며 풍경에 취할 수도 있다. 빠르게 지나치는 창밖 풍경을 바라보며 아름다운 음악을 홀로 들으면 세상에서 가장 멋진 콘서트장에 온 느낌도 든다. 이어폰 하나만 있으면 기차 안도 훌륭한 콘서트장이 된다.

내가 기차라는 또하나의 장소 안에서 가장 좋아하는 몸짓은 '음악을 들으며 글쓰기'다. 신기하게도 기차 안에서 글을 쓰면 그동안 막혔던 생각의 물꼬가 활짝 트이는 기분이다. 막혔던 글쓰기의 자물쇠가 확 풀려버리는 느낌이다. 어딘가로 떠나면 자동적으로 새로운 아이디어가 떠오르기 때문인 것 같다. 지방 강연이 있을 때 나는 KTX를 자주 이용한다. 강연 준비를 하면서 음악을 듣고, 또 음악을 들으면서 글쓰며 가다보면 부산까지도 금방 도착하는 듯하다. 기차 안에서 시시각각 변화무쌍하게 펼쳐지는 바깥 풍경을 보면서 글을 쓰면 마치 기차 소리가 정겨운 노동요처럼 들리기도 한다. 집에서 골머리를 쥐어짜며 작업했다면 훨씬 오래 걸렸을 집필 작업을 기차 안에서는 좀더 빠르고 경쾌한 느낌으로 해내기도 한다. 강연을 위한 여행이지만 그럼에도 어딘가로 떠난다는 설렘이 글쓰기라는 노동을 좀더 재미있고 보람차게 만들어준다. 기차라는 '글쓰기의 장소'가 나를 좀더 안락하게, 좀더 편안하게 '마감'이라는 눈부신 목적지로 데려다주는 느낌이 든다.

외국에 갔을 때도 기차여행은 나에게 영감을 불러일으켰다. 나에게 아름다운 추억을 안겨준 기차는 바로 유럽의 야간열차였다. 유럽의 밤열차는 생각했던 것만큼 쾌적하진 않았지만 낭만과 노스탤지어가 가득했다. 약간의 불편함에서 오히려 낭만도 나오는 것 같다. 침대도 딱딱하고 씻기도 불편하고 덜컹거림도 만만치 않지만, 바로 그렇기 때문에 기차여행의 묘미를 깊이 생각해보게 된다. 덜컹거리는 열차 속에서 잠들기는 쉽지 않기에, 처음 유럽의 밤열차에 탄 사람들은 오랫동안 뒤척인다. 책도 읽고 음악도 듣다가, 그래도 지루하면 마음이 맞는 사람끼리 수다를 떤다. 영화 〈비포 선라이즈〉처럼 낯선 사람에게 마음을 열고 마침내 사랑에 빠질 수도 있는 곳, 본의 아니게 낯선 사람과 옆자리에 앉아 장시간 '여행의 동반자'가 될 수도 있는 것이 기차의 매력이다.

나의 첫번째 여행기 『내가 사랑한 유럽 TOP10』(홍익출판사, 2014)의 글들도 기차 안에서 쓰였다. 지금도 기억나는 내 책 속의 문장이 있다. "유럽의 밤열차는 내게 그리워하는 법을 가르쳐주었다." 낯선 도시의 밤열차 안에서는 왠지 그동안 당연하게 여기던 그 모든 것이 그리워지고 애틋해지고 아련해지기 마련이니까. 『내가 사랑한 유럽 TOP10』에는 독일이나 프랑스의 기차 안에서 쓴 원고도 포함되어 있고, 한국의 KTX 열차 안에서 쓴 글도 들어 있다. 기차 안에서는 더욱 낭만적이고 열정적이며 영감에 빨리 도달하는 나 자신을 만나게 된다. 기차는 여행자의 설렘을 더욱 키우고, 마치 심장박동처럼 생생하면서도 규칙적인 진동을 통해 신기한 안정감도 느끼게 한다. 안정감과 역동성을 모두 다 가지고 있다는 것이 기차여행의 또다른 매력일 것이다.

'목적지에 얼마나 빨리 도착하느냐'가 아니라 '목적지에 얼마나 즐거운 마음으로 갈 수 있는지'를 고민하는 당신이라면. 때로는 목적지마저 잊어버리고 그 여행의 과정 자체를 매 순간 즐길 수 있는 당신이라면. 그런 당신에게라면, 기차는 단순한 교통수단이 아니라 어엿한 여행의 장소가 되어줄 것이다. 기차는 단지 탈것이 아니라 휴식의 장소이며 문화의 장소이고, 나아가 아름다운 여행의 장소가 될 수 있다. 당신이 여행의 과정 그 모든 것들을 하나하나 즐길 마음의 여유만 있다면. 당신이 시간의 바다 위에서 즐겁게 춤출 준비만 되어 있다면. 여행을 진정으로 사랑하는 당신에게, 기차는 단지 거대한 교통수단이 아니라 향기로운 여행의 장소로 거듭날 것이다. 내게 달리는 기차는 아늑한 카페이자 설렘 가득한 작업실이었으니.

아, 내가 비로소 떠나왔구나. 그토록 그리고 또 그리던 그곳에 정말 왔구나. 그 놀라운 사실을 깨닫는 순간은 바로 기차를 타고 설렘으로 가득한 또다른 여행자를 바라볼 때다. 고개를 빼꼼히 내밀고 온 힘을 다해 바깥세상으로 몸을 내미는 소녀를 바라보니 그제야 실감이 났다. 아, 내가 비로소 이토록 머나먼 쿠바로 떠나왔구나. 목적지만큼이나 목적지를 향해 기차를 타고 가는 시간 자체가 아름다운 여행이었다.

_____ 비울수록

오히려 채워지는

여행에서 돌아올 때마다 꼭 사오는 것이 있다. 바로 그 지방에서 나는 차茶다. 녹차는 물론 각종 허브차와 그 지방의 독특한 차들까지 이것저것 담다보니 항상 여행용 트렁크가 비좁은 것을 한탄하곤 한다. 올여름 유럽에 다녀오면서는 더욱 안타까운 마음이 더해졌다. 요기티yogi tea라 불리는 요가 수행용 차의 맛을 알아버렸는데, 맛이 하도 다양해 다 담을 수가 없었던 것이다. 요가도 못하면서 요가 수행자들의 차를 향한 짝사랑을 불태우는 나는 참 게으르지만 욕심 많은 차 마니아인가보다. 혼자 글을 쓰거나 책을 읽는 시간이 많다보니 차는 살아 있는 친구처럼 다정한 존재가 되어버렸다. 찻잔이나 접시 같은 각종 티웨어에도 관심이 많지만 공간도 많당이 떨어지는 것이 아니라 카페인이 떨어질 때가 있다. 뭔가 각성이 필요해. 그러나 자극적인 커피가 아닌 조금 부드러운 각성이 필요할 때, 나는 찻잎을 우려 홍차를 만든다. 녹차도 좋고 보이차도 좋다. 잘 익은 오렌지빛으로 서서히 물들어가는 찻잔을 바라보는 순간 벌써 기분이 좋아진다. 찻잎이나 찻잔을 파는 가게만 보면, 방앗간을 지나치지 못하는 참새처럼 눈을 반짝거린다.

이 차지하고 가격도 만만치 않아 늘 차만 잔뜩 사오곤 한다.

차는 한 통 한 통 없어질 때마다 허전함보다는 뿌듯함이 더 커진다. 무언가 없어질수록 무언가 채워지는 신기한 물건이다. 아무리 예쁜 옷이라도 입으면 입을수록 조금씩 닳아가고 먹는 음식도 한 번 먹으면 끝이지만, 차만은 그렇지 않다. 차를 마시면 마실수록 영혼에 쌓여가는 시간의 흔적을 더 깊숙이 느낄 수 있다. 차가 조금씩 없어질 때마다 마음은 오히려 부자가 된다. 차를 마시는 시간은 이곳에 있으면서도 저곳을 상상하게 만드는 힘을 준다. 여행의 추억을 떠올리면서, 그때 그 시간의 향기를 담고 있는 차를 마시면, 힘든 이 시간을 견딜 수 있는 용기가 샘솟는다. 선물로 받은 차 또한 그런 마력을 지닌다. 찻물이 가득 담긴 다기 위에 그 사람의 얼굴이 거울처럼 비친다. 아, 그분이 내게 이 차를 선물해주셨지. 그렇게 누군가가 선물한 차를 마시면, 지금 여기 없는 그 사람을 이곳으로 초대해 함께 차를 마시는 기분이 든다.

차는 이렇게 시공간의 다양성을 극대화한다. 우리가 한 번에 경험할 수 있는 시간과 공간은 오직 하나뿐이지만, 차는 낭만적이고 친밀한 손길로 추억의 시공간은 물론 미지의 시공간까지 우리 마음에 연결해준다. 김소연 시인은 『마음사전』(마음산책, 2008)에서 이렇게 말했다. 밥이 사람의 육체에 주는 음식이라면 차는 사람의 마음에 주는 음식이라고. 밥보다 차를 더 즐기는 사람이라면 분명히 마음이 발달한 사람이라고. 차는 그렇게 우리의 몸뿐만 아니라 마음을 돌보는 감각을 키워주는 넉넉한 스승이다. 딱히 할 일은 없어도 "차 한잔 하고 가세요"라고 말할 줄 아는 여유는 언제나 마음을 따스하게 데워준다. 차 한잔의 여유가 있는 사람. 그는 곧 당신의 헛헛한 마음을 채워줄 풍요로운 곳간을 여는 소중한 열쇠를 쥐고 있는 사람이 아닐까.

_____ 대접받지 않아도

괜찮습니다

몇 년 전 무인카페에서 문득 예상을 뛰어넘는 편안함을 느꼈다. 무인카페라면 당연히 불편할 줄 알았는데, '아무도 특별한 일을 할 필요가 없다'는 사실이 그토록 편안하게 다가올 줄은 몰랐다. 아주 간단하게 차를 마실 수 있는 최소한의 장비들을 갖추어놓고, 찻값도 손님이 알아서 내도록 유도한 무인카페였다. 찻값은 평균 2천 원 정도였고 주인은 하루에 두 번만 들렀다. CCTV도 없었다. 하지만 무사히 잘 운영되고 있었다. 물론 인적이 드문 시골이라 가능한 일일 수도 있지만, 많은 돈을 벌기를 바라지 않는 소박한 주인과 많은 대접을 바라지 않는 손님들 사이에 뜻밖의 공감대가 있었다. 서로 전혀 만나지 않아도 따스한 공감대가 생길 수 있다니. 무릎을

탁 치게 되는, 뜻밖의 수요와 공급의 일치점이었다. 게다가 사람이 없는데도 아주 따스하게 환대를 받는 느낌이 들었다.

아무도 특별대접을 받을 수 없는 곳. 나는 이 점이 무척 편안하게 느껴졌다. 차를 만드는 법도 어렵지 않았고, 주어진 설명서대로 따르고 양심에 따라 돈을 내기만 하면 그 누구의 감정노동도 필요 없이 향기로운 차 한잔의 시간을 만끽할 수 있었다. 오히려 사람이 없기에 아무 말을 할 필요가 없어서, 다른 곳에서는 느낄 수 없는 고즈넉함이 느껴졌다. 이렇게 무사히 운영되는 무인카페가 도시에서도 보편적으로 가능해진다면, 많은 카페 주인들이 필요 이상의 감정노동에서 해방될 수 있지 않을까. 끊임없는 '진상 손님'의 불합리한 요구에 시달릴 필요도 없고, 주인은 카페의 기본재료들만 잘 챙겨놓고 하루종일 자신의 또다른 행복을 찾는 일을 할 수도 있지 않은가. 모두가 과도한 노동과 필요 이상의 서비스로부터 자유로워진 후의 평화로움, 그 고요함이 문득 포근한 이불처럼 내 몸을 감쌌다.

물론 이런 무인카페가 대중화되기 어렵다는 것을 나도 안다. 하지만 무인카페로 인해 '대접받지 않는 편안함'에 대해, '대접하지 않는 자유로움'에 대해 생각해볼 수 있었다. 우리는 편안하고 친절한 서비스에 길들여 있지만, 서비스가 없는 곳이 서로를 더욱 편안하게 해줄 수 있다는 생각이 들었다. 친절한 서비스에 길들여버리면, 친절한 서비스가 없는 곳에서 과도한 억울함이나 분노를 느낄 수 있다. 하지만 서비스용 친절은 자본주의 사회에서 학습된 습관일 뿐, 모든 문화권에서 우대하는 가치는 아니다. 어디서나 매끄러운 친절 서비스를, 그야말로 입안의 혀처럼 요구사항을 다 들어주는 서비스를 기대해서는 안 된다. 진정한 환대는 서비스를 위한 친절도, 돈을 받기 위해 계산된 친절도 아니다. 친절을 넘어선 환대는 마음 깊은 곳에서 자연스럽게 우러나올 때 비로소 타인의 마음도 편안하게 해줄 수 있다.

오래전 스위스의 한 호텔에서 쪽지 한 장으로도 마음 깊은 곳의 친절을 표현할 수 있음을 배웠다. 호텔 로비에는 언제든 커피와 핫 초코를 만들어 먹을 수 있도록 보온병에 따뜻한 커피와 우유, 초콜릿 가루를 준비해두었고, 그 곁에는 크루아상도 준비되어 있었다. 사람들은 '설마 무료는 아니겠지'라는 생각으로 안내문을 자세히 보는데, 그곳에는 "투숙객 모두에게 무료"이며 마음껏 즐기라는 내용이 담겨 있었다. "다이어트 따위는 다 잊어버리고 마음껏 달콤한 디저트의 천국을 경험하라"는 문장이 사람들을 미소 짓게 했다. 여행자들은 피로와 배고픔이 절정에 달했을 때 숙소를 찾기 마련인데, 그런 여행자들의 노고를 생각하여 따스한 마음이 담긴 간식과 메모를 준비해놓은 사람들의 정성이 듬뿍 느껴졌다. 친절은 꼭 무조건적인 미소와 과도한 존댓말로 이루어질 필요가 없다. 이렇게 메모 한 장만으로도 따스한 배려를 느낄 수 있으니.

과연 진정한 친절이란 무엇일까. 이런 의문에 휩싸일 때면 나는 언제나 이 문장을 곱씹는다. "친절하라. 당신이 마주치는 모든 사람들은 저마다 힘겨운 전투를 치르고 있으니." 바로 이것이 우리가 진정 필요로 하는, 마음 깊은 곳에서 우러나오는 친절의 모습이 아닐까. 내가 오늘 처음 만난 사람이, 내게 아무 말 하지 않을지라도 사실 마음속으로는 격심한 전쟁을 치르고 있음을 이해하는 것. 그의 '어디선가 대접받고 싶은 마음'을 향해 친절이라는 효율적인 서비스를 제공하는 것이 아니라, 깊이 상처 입은 그의 마음을 알아보고 그의 존재 자체에 진심 어린 환대의 마음을 가지는 것. 그것이 내가 꿈꾸는 진정한 친절의 유토피아다.

_____ 넷플릭스로
'윈터링wintering'중입니다

  요즘 커플들이 헤어지면 가장 먼저 삭제하는 것이 바로 넷플릭
스를 함께 보는 공동프로필이라고 한다. 연인이었을 땐 한 계정을
사용하며 요금을 나누어 냈지만, 헤어지면 넷플릭스에서도 갈라서
야 하니까. 그만큼 넷플릭스는 단순한 스트리밍서비스를 넘어 '사
람과 사람 사이의 유대관계'를 맺어주는 미디어 역할을 해왔다. 한
달 만 원 안팎의 가격으로 24시간 끊김 없이, 광고도 없이 전 세계
의 영화와 드라마를 볼 수 있는 무제한 스트리밍서비스, 넷플릭스
는 미디어 환경에 획기적인 변화를 가져왔다. 영화관에 가지 않고
편안하게 최신영화를 집에서 볼 수도 있고, 중고 DVD 등을 통해
어렵게 구해보던 추억의 영화도 언제든 다시보기할 수 있으며, 할

리우드 영화에 편중된 영화 배급망의 한계를 넘어 전 세계의 다채로운 콘텐츠를 집안에서 편안히 관람할 수 있게 되었다. 넷플릭스의 성공으로 인해 TV의 시대는 좀더 일찍 저물게 되었고, 영화나 드라마를 휴대폰으로 감상하는 사람들이 급증했다. 물론 넷플릭스도 초국적 기업으로서 다양한 문제를 지니고 있지만, 넷플릭스로부터 배울 것 또한 여전히 많다.

넷플릭스는 급변하는 미디어환경 속에서 '그럼에도 불구하고 여전히 소중한 스토리텔링'의 영향력을 보여주었다. 넷플릭스는 스토리텔링이라는 형태, 즉 뉴스나 빅데이터 같은 차가운 정보가 아닌 '이야기'라는 따스하고도 정감 어린 형태로 인간의 다채로운 욕망을 이해하는, 세계를 향한 전망대가 되어주었다.

넷플릭스를 통해 우리는 할리우드나 디즈니를 넘어서서 유럽이나 아시아의 풍부한 콘텐츠들을 접할 수 있다. 넷플릭스는 유럽이나 아시아, 라틴아메리카의 다양한 콘텐츠가 평등하게 주목받을 수 있는 환경을 제공한다. 넷플릭스 역대 최다 시청 가구 수 1위를 석권하고 골든글로브 시상식 3개 부문에 노미네이트되어 오영수 배우가 한국인 최초로 골든글로브 남우조연상을 수상한 〈오징어 게임〉이 넷플릭스에서 배급되지 않았더라면 이 같은 성공을 거두기는 어려웠을 것이다. 전 세계의 창작자들이 할리우드와 나란히 경쟁할 수 있는 권리를 부여받은 것이다.

어쩔 수 없이 이야기에 매혹되는 나는 이야기를 짓는 사람은 물론 이야기를 읽고 있는 사람에게도 매혹된다. 책을 읽는 사람, 무언가를 종이 위에 쓰는 사람만 보면 나도 모르게 걸음을 멈추게 된다. 저 사람의 마음속에는 어떤 이야기가 넘실거릴까. 저 사람의 마음속을 뒤흔드는 지금 저 이야기는 어떤 모습일까. 서로의 이야기에 못 견디게 따스한 관심을 기울여주는 것. 그것이야말로 사랑의 전부일지도 모른다.

넷플릭스는 우리에게 '창조적인 글쓰기는 무엇인가'라는 질문도 던져준다. 3년째 지속되는 팬데믹 속에서도 타격을 가장 덜 입은 분야 중 하나가 바로 스토리텔링 분야였다. 힘든 상황일수록 인간은 더 많은 이야기, 더 감동적인 이야기를 절실히 필요로 한다. 게다가 넷플릭스에서 사랑받는 콘텐츠들은 소설 원작이 있는 경우가 많다. '문학은 이제 끝났다'고 호언장담하는 이들이 많았지만, 넷플릭스를 비롯하여 왓챠, 디즈니플러스, 애플TV 등 수많은 OTT 서비스를 통해 확인할 수 있는 것은 여전히 문학이 스토리텔링의 중심에 서 있으며, 인류가 살아 있는 한 문학의 아름다움에 대한 동경은 끝나지 않는다는 점이다.

캐서린 메이의 『우리의 인생이 겨울을 지날 때』(웅진지식하우스, 2021)라는 아름다운 에세이를 읽다가 '윈터링wintering'이라는 단어를 새롭게 바라보게 되었다. 윈터링은 겨울나기, 월동, 나아가 추운 계절을 살아내는 모든 과정이다. 윈터링은 세상으로부터 소외된 느낌, 대열에서 이탈한 느낌, 아웃사이더가 된 느낌을 견뎌내는 인생의 휴한기다. 어쩌면 우리는 넷플릭스를 비롯한 수많은 스트리밍 서비스를 통해 팬데믹이라는 '인류의 윈터링'을 견뎌내고 있는 것이 아닐까. 넷플릭스는 팬데믹의 기나긴 터널을 지나고 있는 인류에게 집안에서도 세계의 다채로움을 경험할 수 있는 기회를 제공해주었다. 물론 넷플릭스에 지나치게 중독되면 소파에 달라붙어 바깥 활동을 멀리하는 '카우치 포테이토couch potato'가 될 위험이 있지만.

최근 넷플릭스에서 나를 사로잡는 테마는 '리줌resume', 즉 모든 것을 다시 시작하는 사람들의 이야기다. 특히 '대도시를 벗어나 시골이나 고향에서 제2의 인생을 시작하는 사람들'의 이야기다. 〈체서피크 쇼어〉〈버진리버〉〈스위트 매그놀리아〉 등의 주인공들은 노년기에 은퇴하는 것이 아니라 한창때 대도시에서 입은 트라우마를 잊기 위해 시골이나 고향으로 물러난다. 무한경쟁과 교통지옥과 대기오염이 없는 곳, 스타벅스와 맥도날드는 없지만 이웃의 아픔에 대한 진심어린 공감과 광활한 대자연의 아름다움이 있는 곳. 그곳에서 사람들은 외상후스트레스장애와 우울증, 그리고 끊임없이 생산성을 갈망하는 도시인의 삶으로부터 벗어난다. 〈버진리버〉의 주인공 멜처럼 아기가 태어나자마자 죽고 남편이 교통사고를 당해 사망해도, 그럼에도 모든 것을 다시 시작할 용기를 주는 사랑과 우정의 이야기는 보고 또 봐도 질리지 않는 인류의 스토리텔링이다. 꿈과 희망이 다 무너져버린 것 같은 곳에서도 인간은 다시 사랑을 시작할 수 있다는 것. 넷플릭스 또한 거대 다국적기업의 문제점을 지녔지만, 넷플릭스가 가장 잘한 것 중의 하나는 수많은 창작자들에게 '새로 시작할 기회'를 주었다는 점이다. 그동안 우리는 전 세계 문화의 상업적 중심이었던 할리우드 중심주의, 백인우월주의를 벗어나게 되었다. 〈브리저튼〉은 영국 사교계를 뒤흔드는 흑인 여왕, 흑인 공작이라는 풍자적 설정이 전 세계에 통쾌한 웃음을 전달해주었으며, 덴마크 드라마 〈보르겐〉, 스페인 드라마 〈종이의 집〉은 할리우드의 문법과 전혀 다른 삶과 사랑의 방식에 눈뜨게 해주었다.

고통을 숨기지 않고 구원을 요청하고 스스로를 치유하려는 모든 몸짓은 결국 도움이 된다. 나는 넷플릭스를 통해 내 나름의 윈터링을 하고 있었다. 그럼에도 불구하고 모험과 열정과 사랑과 자유를 향한 발걸음을 멈춰서는 안 된다는 것을 배웠다. 우리는 넷플릭스를 통해 인류의 겨울에 대처하는 기술, 슬픔에 대처하는 기술, 그리고 다시 희망을 잃지 않고 새로운 삶을 시작하는 기술을 배운다. 바쁜 일이 끝나면 밀린 넷플릭스 드라마를 '정주행'으로 몰아보는 것이 나 자신에게 주는 최고의 선물이 된 요즘 깨닫는다. 사랑이 다 끝난 것처럼 보일지라도, 사랑은 마치 매년 봄 다시 피어나는 풀꽃처럼 우리 곁에 무심히 늘어서 있다는 것을. 삶이 다 무너진 것처럼 보이는 순간에도, 오히려 가장 소중한 것들은 이토록 눈부신 모습으로 반짝인다는 것을.

_____ 팬데믹 시대,
　　　　인류에게 돌봄의 가치를 일깨우다

전 세계를 휩쓴 팬데믹 이후, 나는 돌봄노동의 가치를 다시 생
각하게 되었다. 돌봄은 단지 아픈 환자, 노인, 장애인을 향한 간호
와 보살핌에 그치지 않는다. 전염병은 물론 각종 사고나 재해를 완
벽히 피할 수 없다는 점에서, 우리는 언제나 잠재적 돌봄의 필요성
속에서 살아가고 있다. 우리 모두는 언제나 돌봄의 대상이 될 수도
있고, 돌봄의 주체가 될 수도 있다. 사람들은 언제든 필요할 때 완
벽한 돌봄과 보살핌을 서비스의 형태로 공급받기를 바라지만, 돌
봄은 단지 돈과 시간을 투여하면 기계적으로 생산되는 상품이 아
니다. 돌봄노동의 각종 문제점들이 폭발하기 시작한 시점은 돌봄
이 상업화되고 상품화되는 시기와 정확히 일치한다. 문제는 인류가

단 한 번도 돌봄의 효과적 형태를 평등하고 조화롭게 경험해본 적이 없다는 점이다.

상업화된 돌봄 이전의 세계에서는 돌봄의 가치가 돈이 아닌 집안에 존재하는 여성들의 '그림자 노동'으로 은폐되고 있었다. 즉 현대사회의 간호인력이나 육아인력이 전문화된 노동의 형태로 진화된 것에 반해, 전통사회의 돌봄노동은 철저히 여성들의 무보수 노동의 형태로 착취되고 있었던 것이다. 인류의 역사를 돌봄의 관점에서 바라보면 돌봄은 그림자 노동에서 상업화된 노동으로 전환되고 있으며, 그 결과 사람들은 돌봄의 가치를 철저히 돈의 형태로 평가하게 되었다. 전통사회에서는 어머니나 누이들이, 현대사회에서는 전문교육을 받은 임금노동자들이 돌봄의 역할을 떠맡게 되었으며, 그들이 감내해온 상상을 초월하는 노동강도는 제대로 헤아림과 돌봄을 받고 있지 못하는 상태다. 요컨대 팬데믹 사태로 인해 돌봄을 필요로 하는 사람들은 기하급수적으로 늘어났지만, 돌봄의 주체들은 정작 과도한 노동강도와 열악한 근무환경 속에서 더더욱 스스로를 돌보지 못하게 되었다.

수면 부족과 감정노동에 시달리는 간호사들이야말로, 환자를 보살피는 수많은 자원봉사자들이야말로 또다른 돌봄의 손길을 필요로 한다. 돌봄노동 종사자들에게 제대로 된 노동환경과 보람을 느낄 수 있는 생활환경을 제공해주어야 한다. 그들은 얼마나 많은 스트레스와 절망감에 시달리고 있는가. 더 케어 컬렉티브의 『돌봄 선언』(니케북스, 2021)이라는 책은 팬데믹을 통해 우리가 얻은 가장 큰 교훈은 바로 우리가 어떤 형태로든 돌봄에 의존하여 생존한다는 사실이라는 점을 강조하며, 돌봄의 본질이 '상호의존'임을 일깨운다. 즉 우리는 서로를 돕지 않으면, 서로를 돌보지 않으면 결코 생존할 수 없는 집단적 주체이며, 각개격파나 각자도생 같은 냉혹한 생존논리가 아닌 따스한 공존과 촘촘한 연대를 통해 이 위기를 극복해야 한다. 인간의 삶에서 가장 중요한 바로 이 돌봄이라는 가치를 아웃소싱해버리며 등한시하는 공동체에는 더이상 희망이 없다. 우리는 돌봄을 삶의 가장자리가 아니라 삶의 중심에 놓아야 하는 것이다. 시장과 가족에만 의지하는 돌봄은 희망이 없다. 시장에 의존하는 돌봄은 모든 소중한 보살핌의 일거리를 돈으로 환산해버리고, 가족에 의지하는 돌봄은 가족 구성원에서 가장 약자이거나 책임감이 강한 사람에게 노동이 집중되어 한 사람의 하드 캐리로 돌봄을 더욱 타자화시키기 때문이다.

돌봄은 힘들 때 잠깐 스쳐가는 비상사태가 아니다. 돌봄은 인류의 생존과 번영 자체를 위해 필수적으로 존재하는 집단적 생존의 요건이다. 돌봄은 삶에서 가끔씩 필요한 희귀자원이 아니라 산소나 물처럼 필수적인 우리 삶의 근본 요건이다. '외주를 준다'는 표현 속에는 돌봄을 비롯한 수많은 노동을 정규직이 아닌 아웃사이더의 자리에 놓는다는 의미가 숨어 있다. 모든 돌봄노동은 정규직으로 전환되어야 하며, 가혹한 감정노동의 위험으로부터 반드시 보호받아야 한다. 우리는 직업과 나이와 처지에 상관없이 서로를 돌볼 수 있는 힘과 사랑을 지닌 존재다. 사람을 살리는 돌봄, 돌봄노동을 결코 등한시하지 않는 헤아림, 보살핌의 고통을 보살핌의 기쁨으로 바꿀 수 있는 수많은 아이디어와 연대가 필요한 시점이다. 지금이야말로 돌봄을 돌봐야 할 시간, 타인의 아픔을 보살피는 이들의 몸과 마음의 건강을 헤아려야 할 시간인 것이다. 팬데믹을 거치며 더욱 절실하게 깨달았다. 보답 없는 사랑, 조건 없는 사랑의 가장 성숙한 경지가 바로 가장 낮은 곳에서 힘겨운 노동을 감내하는 '돌봄'임을.

_____ 만짐,
살아 있음의 온기

　얼마 전 단골미용실에 갔다가 눈이 유난히 커다란 강아지를 만났다. 길가에 버려져 교통사고를 당한 강아지를 미용실 사장님이 입양하여 키우고 있었다. 사장님은 이미 말티즈 두 마리를 키우고 있었는데도, 길가에 버려져 교통사고까지 당한 불독을 동물병원에 데려가 치료하고 입양까지 결심했다. 강아지 세 마리를 한집에서 키우는 것이 쉬운 일이 아닐 텐데, 사장님의 입가에서는 좀처럼 미소가 떠나지 않는다. 퇴근하고 집에 들어가면 강아지들 때문에 항상 따스한 온기가 있다고. 그 온기가 너무 좋다고. 사장님의 그 따스한 마음씨 때문에, 나는 멀리 이사가서도 10년 전 그 단골미용실에 계속 찾아가게 된다. 입양된 강아지 이름은 '헤븐'인데, 헤븐이가 나에게 다가와서는 내 손을 마구 핥았다. 그 따스하고 뭉클한 느낌에 나도 모르게 까르르 웃음이 나왔다. 나는 사실 불독을 무서워하지만, 헤븐이의 따스한 혓바닥이 내 손을 핥는 순간 그 두려움이 사라졌다. 언뜻 보기에 사나운 불독의 겉모습은 나에게 두려움을 주었지만, 주인의 충분한 보살핌과 사랑을 받는 불독은 낯선 존재인 나조차도 친구로 받아들여준 것이다. 이렇듯 나와 다른 존재와의 따스한 접촉이야말로 두려움을 이겨내는 최고의 치유제가 아닐까.

레베카 뵈메의 『휴먼 터치』(새로온봄, 2022)는 바로 이 접촉의 중요성을 심리학과 신경과학의 관점에서 알려준다. 인간의 터치뿐 아니라 살아 있는 것들의 모든 터치가 삶을 더 아름답게 한다. 예컨대 고양이는 자신을 쓰다듬도록 허락하며, 고양이를 쓰다듬는 사람은 뿌듯함과 친밀감을 동시에 느낀다. 동물이 자신을 쓰다듬도록 허용해준다는 것은, 그 사람을 믿는다는 의미이기 때문이다. 불독이 내게 먼저 다가와서 손을 핥아주는 것이 그토록 기분좋았던 이유는 바로 그 뿌듯함, 신뢰감, 이제 너와 나는 서로 낯선 존재가 아니라는 믿음 때문이었을 것이다. 사람과 사람 사이, 살아 있는 모든 것들 사이에서 이루어지는 다정한 접촉은 친밀감과 안정감, 행복감을 준다. 반대로 적대적인 관계에서 이루어지는 모든 접촉, 특히 폭력은 불행과 불안을 가져올 수밖에 없다. 이 책은 살아 있는 모든 존재 사이에서 이루어지는 접촉이 궁극적으로 행복을 강화한다는 것, 더욱 다정하고 빈번한 접촉으로 다양한 심리적 문제를 해결할 수 있다는 것을 알려준다. 저자는 "애정을 담아 전달하는 이상적인 터치는 섭씨 32도의 체온으로 초당 1~10센티미터의 속도로 쓰다듬는 것"이라는 흥미로운 연구 결과를 전해준다. 물론 터치의 온도와 속도보다 더 중요한 것은 진심어린 눈빛과 따스한 마음 그 자체일 것이다.

특히 사랑하는 사람, 깊이 믿고 좋아하는 사람들 사이의 터치는 행복 호르몬 옥시토신을 더 많이 분비하게 한다. 손을 잡는 것, 머리를 쓰다듬는 것, 등을 두드려주는 것, 포옹, 키스 등 그 모든 애정의 표현이 옥시토신을 분비시킨다. 저자는 터치와 친밀감, 행복 호르몬 옥시토신의 상관관계를 이렇게 표현한다. "놀랍게도 옥시토신의 효과는 스스로 강화된다. 터치가 자주 이루어질수록 친밀감은 커진다."

코로나 시대 다정한 사람들끼리도 신체적 접촉을 자주 하기 어려워졌다. 코로나 시대 이후 반려동물을 키우는 사람들이 더욱 늘어났다는 것은 바로 이런 따스한 접촉을 향한 인간의 갈망을 반영한다. 저자는 터치를 일종의 권리라고 생각한다. 사람다운 삶, 더 나은 삶을 위해서는 서로를 더 자주 토닥이고 위로해주어야 하기에. 불안할수록, 힘들고 외로울수록 인간은 더 많은 접촉과 사랑을 필요로 하기 때문이다. 나는 누군가의 격려가 필요할 때, 곁에 있는 가족에게 직접 부탁한다. "내 머리 좀 쓰다듬어줘." "커다란 곰인형처럼 푸근하게 안아줘." 못 이기는 척 나를 안아주고 쓰다듬어주는 타인의 온기로 그날의 피로와 고통을 이겨낸다.

돌이켜보면 우리는 태어날 때부터 터치로 서로의 존재를 확인한다. 말 못하는 아기들은 터치를 통해 자신이 보호받고 있다는 것을 알게 된다. 다정하게 토닥여주고 안아줘야 비로소 잠드는 아기들의 모습은 터치야말로 중요한 소통의 수단임을 알려준다. 언어가 없어도 전해지는 감정의 속삭임, 복잡한 설명 없이도 곧바로 전해지는 사랑과 친밀감의 소통수단이 바로 터치다. 언어 이전의 원초적 언어, 그것이 바로 터치인 것이다. 모든 것이 비대면으로 전환되어 '언택트untact 시대'라는 말까지 일상화되어버리는 코로나 시대일수록 우리가 서로를 더욱 따스하게 토닥여주며 살아 있음의 온기를 함께 나눌 수 있기를.

다정하게 맞잡은 손만큼 분명한 친밀감의 표현이 있을까. 그런데 아이 셋 이상을 키운다면, 분명 손이 모자랄 것이다. 이럴 땐 '전기놀이'가 필요하다. 내 손가락의 전류를 이 아이에게서 저 아이에게로 전해주어야 하는 것이다. 손에서 손으로 전해지는 따스함의 전류, 그 전류를 타고 나의 따스함도 반드시 전해질 것이다. 글쓰기는 직접 손잡을 수 없는 모든 머나먼 대상을 향한 따스한 마음의 전류 보내기가 아닐까.

작고 명랑한 사랑이 내게 달려왔다

나의 친구 K에게

친구야, 건강하게 잘 지내고 있니. 얼마 전 한 카페에서 있었던 일이야. 빛나는 갈색털을 가진 아름다운 강아지가 나를 향해 엄청난 속도로 뛰어와서 안겼단다. 카페에서 글을 쓰고 있는데, 뭔가 엄청나게 귀여우면서도 과도하게 명랑한 생명체가 나를 향해 질주한 거였어. 낯선 강아지였기 때문에 아주 살짝 무섭기도 했는데, 이상하게도 그 녀석이 나를 물 것 같지는 않았어. 참으로 비합리적인 생각이지만, 너무도 반가운 기시감이 들었어는.

너의 사랑스러운 강아지 JJ가 나를 향해 처음으로 달려오던 순간이 떠올랐던 거야. 나를 전혀 모르면서도 마치 '그냥 네가 너라서 좋다'는 듯이, 아무런 거리낌도 저울질도 비교분석도 없이 곧바로 돌진해서 나에게로 무작정 달려와주었던 참으로 눈부신 강아지였지. 낯선 생명체가 그토록 사랑스러울 수 있다는 것을 나는 너의 강아지 JJ를 통해 처음으로 알게 되었어.

'우리 JJ가 벌써 환생한 것 아닐까?'

정말 비합리적인 생각이라는 것을 알면서도 나는 스스로에게 물음을 던졌어. 미친듯이 달려오는 속도감이라든지, 바라보는 인간의 얼굴이 투명하게 비칠 정도로 새카만 눈동자라든지, 몸 가볍게 화들짝 날쌔게 인간에게 안기는 품새라든지. 모든 것이 JJ의 어릴 때 모습이랑 비슷했거든.

그러면서 문득 깨달았어. JJ를 몇 번밖에 보지 못한 나도 이렇게 그 녀석 생각이 많이 나는데, 너의 마음은 얼마나 그리움과 안타까움으로 가득할까. 너의 남편 P가 JJ를 양지바른 곳에 묻어주고 온 날 찍은 사진을 보고 나도 많이 울었어. 너의 슬픔에 감히 비할 수는 없지만, 나는 너희 부부의 슬픔과 내가 아는 가장 다정한 강아지 JJ를 잃은 슬픔을 함께 느끼며 멀리서 아파하고 있었단다.

JJ는 마치 세상에서 가장 귀엽고 사랑스러운 몸짓으로 '너무 아파하지 말고 그저 나를 어여쁜 모습으로 기억해주세요'라고 말하듯 그렇게 우리를 향해 잘 있으라고, 난 이제 괜찮다고, 더이상 아프지 않다고, 따스하게 손짓하는 것만 같았단다.

P가 찍은 사진은 마지막 남은 가을 낙엽들이 마치 작별인사를

하듯 바람에 나부끼며 손짓하는 듯한 모습이었는데, 나에게는 그 사진이 마치 강아지 JJ가 눈물과 미소를 가득 머금은 채 우리 모두에게 작별인사를 하는 모습처럼 보이더라고. 그후로 낙엽이 떨어지는 것을 볼 때마다 JJ가 생각나더구나. 이 세상 낙엽은 왜 그토록 많이, 왜 그토록 자주 떨어지는지. 그리고 낙엽은 왜 그 모든 서러운 작별과 그토록 닮은 모습인 건지.

그렇게 지나치게 활발하고 과도하게 적극적이던 우리의 JJ가 마지막 몇 년 동안은 눈도 보이지 않고, 예전처럼 걸을 수도 없고, 아무것도 제대로 할 수 없어 힘없이 엎드려 있던 모습이 얼마나 안쓰러웠는지. 하지만 이상하게도 나의 기억 속에 가장 강렬한 모습으로 기억되는 것은 JJ의 마지막 몇 년이 아니라 최고 전성기 시절이었어.

어찌나 빠르게 달리던지. 어찌나 밝고 화사하게 온몸을 생동감 넘치게 실룩이던지. '명랑함이란 무엇인가'라는 글을 쓴다거나, '반가움이란 무엇인가'라는 글을 쓴다면, JJ가 좋아하는 사람을 만났을 때의 몸짓을 충실히 묘사하면 되겠구나 하는 생각이 들 정도였지.

강아지 JJ의 강력한 에너지에 압도당한 적이 있었어. 말티즈 JJ의 새하얗고 아담한 몸 때문에, 나는 JJ가 아주 연약할 거라고 생각했거든. 그래서 "우리 JJ 산책 좀 시켜봐"라는 너의 부탁을 아주 가볍게 받아들였지. 아주 작은 강아지니까 내가 아주 쉽게, 잘 보살필 수 있다고 생각했거든. 그런데 웬걸. 나는 그토록 강력한 에너지에 압도당해본 적이 없었어. 아직 성견도 아닌 작은 말티즈에게 질질 끌려다녔지. 어쩌나 힘이 세던지. 나는 내가 가고 싶은 길이 아니라 강아지가 가고 싶어하는 길을 따라 힘없이 끌려다닐 수밖에 없었지.

꼬맹이 강아지를 산책시키는 것이 아니라 힘센 늑대개에게 속수무책으로 끌려다니는 기분이 들었어. 게다가 빠르기는 어쩌나 빠르던지. 나는 숨을 헉헉 몰아쉬면서 강아지의 전력질주 속도에 간신히 맞춰 억지로 끌려다닐 수밖에 없었단다. 하지만 정말이지 행복한 추억이었어. 약동하는 생명체의 아무런 거리낌 없이 힘찬 기운이 어떤 건지 온몸으로 배운 시간이었지. 하지만 내가 그렇게 '강아지와 산책하기'에 재주가 없다는 걸 알고, 너는 다시는 나에게 JJ를 맡기지 않았던 것 같아. 날쌘돌이 마라토너 강아지와 게으른 집순이 여울의 첫번째이자 마지막 산책길이었지.

동물들은 왜 그토록 한없는 다정함으로 인간을 부끄럽게 하는걸까. 오직 기쁨, 오직 슬픔, 오직 사랑. 동물들은 그 단순한 감정에 다른 복잡한 이물질을 섞지 않는 것 같아. 기쁠 때는 오직 기쁨만을 표현하고, 슬플 때는 오직 슬픔에 빠져버려. 우리 어릴 때 같지.

하지만 그 어린 시절이 너무 멀게 느껴져서 사실은 떠올리기가 힘들어.

지금의 나처럼 기쁠 때도 슬픈 일이 생각나서 기쁨이 희석되어 버리고, 슬플 때도 다른 사람의 눈치를 보느라 슬픔에 집중하지 못하는 복잡함이 아닌. 사랑할 때도 혹시 모를 이별을 걱정하느라 사랑에 집중하지 못하는 복잡함이 아닌. 오직 기쁨, 오직 슬픔, 오직 사랑. 그 순정한 감정 표현에 나는 무너지곤 해.

강아지 JJ가 우리를 향해 힘차게 뛰어올 때, 골목길을 걷다가 낯선 강아지를 보고 신나서 반갑다며 뛰어갈 때, 자신에게 별 관심이 없는 존재에게조차도 변함없는 반가움과 다정함을 아낌없이 표현할 때마다 나의 우주는 무너지는 것만 같았어. 나는 저럴 수 없구나. 나는 저렇게 사랑하고 저렇게 기뻐할 수 없는, 뭔가 삐걱거리고 뒤틀리고 망가져버린 존재로구나.

하지만 그건 슬픔만이 아니라 기쁨이기도 했어. JJ를 만나지 못할 때조차 그냥 너의 강아지 JJ에 대해 이야기를 듣는 것만으로도, 나는 잃어버린 사랑의 기술을 배우는 느낌, 세상에 태어나 살아 있는 것만으로도 매일 기쁘고 신나는 그런 불가해한 사랑의 느낌을 배울 수 있었거든.

그렇게 멀리 있는 나에게조차도 삶의 기쁨을 가르쳐준 존재가 이제는 이 세상에 없다는 것이 잘 믿기지 않는다. 그리고 어쩐지 그

후에 네가 너무 힘들어할까봐 연락하기도 어려워져버린 거야. 그래서 이렇게 편지를 쓴다. 말로 하거나 메신저로 하기엔 너무 기나긴 사연을, 편지로 쓰면 조금 나을까 해서. 그런데 쓰다보니 자꾸만 우리 JJ가 더욱더 그리워지는구나. 그리고 너의 슬픔이 내게도 고스란히 전해지는 것 같아 가슴이 저릿하다.

친구야, 네가 너의 강아지를 사랑하는 모습을 보면서 나는 '저렇게까지 한 생명체를 사랑하긴 어려울 것 같아'라는 생각을 했단다. 그래서 나는 선뜻 반려견을 입양하지 못했어. 세상 모든 작은 강아지들을 볼 때마다 얼굴에 '엄마미소'가 가득 떠오르는 나임을 내가 알면서도. '내 친구 K만큼 완전한 사랑을 주지는 못할 것 같아, 나는 부족해'라고 생각했단다.

이 세상 어디에서도 그렇게 사랑받고, 그렇게 사랑하기는 어려울 것만 같아서 너희 둘, 아니 셋이 참 부러웠단다. 강아지가 너무 많이 아플 때도 "우리 셋은 잘 지내"라고 말하며 빙그레 웃던 너의 남편 P까지 너희 셋은 참으로 행복해 보이는 가족이란다. 이제 둘이서 새롭게 시작하는 삶이 너무 허전하지 않기를. 너희가 무려 17년이나 함께 나누었던 '우리 셋은 잘 지내'라는 이름의 완벽한 공동체가 더 크고 깊은 사랑으로 더 많은 살아 있는 존재들에게 삶의 기쁨과 멈출 수 없는 사랑을 마구마구 퍼뜨리기를.

친구야, 많이 아파하더라도 다시 일상으로 돌아와서 또 예전처럼 '우리 넷'(너와 너의 짝, 나와 나의 짝)의 지칠 줄 모르는 수다삼매경을 계속할 수 있기를. 친구야, 나에게 완벽한 사랑의 모범답안을 보여줘서 고마워. 너무 완벽해서 도저히 따라가기 어려웠지만, 그럼에도 '사랑한다면 저들처럼' 해야 한다는 것을 깨닫게 해주어서 정말 고맙다. 그리고 많이, 아주 많이 보고 싶구나.

너의 불완전한 친구 여울로부터

반려동물과 산책하는 것은 동물뿐 아니라 우리 스스로를 위한 일이기도 하다. 강아지는 마음껏 뛰고 우리는 저마다의 길을 걸어가는 동안, 문득 깨닫게 된다. 너는 너의 기쁨을 열심히 추구하고 나는 나의 기쁨을 열심히 추구했을 뿐인데, 우리는 이렇게 완전히 충만하게 소통할 수 있구나. 서로에게 많은 것을 요구하지 않아도 괜찮구나. 다만 너는 너의 길을, 나는 나의 길을 가도 이토록 좋은 거였구나.

_____ 어떻게 너를
　　　　위로해야 할지 몰라서

우리는 힘들어하는 타인을 볼 때마다 내려놓으라고 이야기한다. 욕심을 내려놓고, 기대를 내려놓고, 더 나은 삶을 향한 과도한 집착을 내려놓으라고. 하지만 내려놓기가 어디 그리 쉬운가. 삶이 더 나아질 수 있다는 희망을 내려놓으라는 것은 노력도 행복도 포기하라는 말처럼 잔인하지 않은가. 그런데 이렇게 생각하는 나조차도 타인에게 그만 내려놓으라고 조언할 때가 있다. 나에게 자주 고민을 털어놓는 후배가 '결혼도 하고 싶고, 아이도 낳고 싶고, 좋은 직장도 갖고 싶고, 부모님에게 인정도 받고 싶다'는 욕심 때문에 힘들어하는 것 같아 그만 나도 모르게 그런 말이 튀어나오고 말았다. 이제 그만 내려놓으라고. 너에겐 남들이 부러워하는 재능과 지식과 경험이 풍부한데, 왜 너는 자신을 아끼고 사랑하지 않느냐고. 넌 더 많이 자신을 사랑할 자격이 있다고. 후배를 토닥토닥 다독여주고 집에 돌아와 깨달았다. 나도 모르게 간신히 참고 있던 말은 이것이었다는 것을. '넌 너무 욕심이 많은 것 아니니. 그 모든 걸 다 가지고 사는 사람은 흔치 않아. 난 아직 한 번도 그 모든 걸 다 가진 사람을 본 적이 없어. 하지만 그 모든 것을 가지지 않고도 아름답게 사는 사람들은 많은걸.' 하지만 그 후배의 눈에는 내가 아주 행복한 사람으로 보임을 알기에, 차마 그 말은 할 수가 없었다. "선배는 원하는 걸 가졌잖아요." 이런 말을 들을까봐 두려웠던 것이다.

도대체 우리는 어떻게 서로를 위로해야 할까. 다 내려놓으라는 말 말고, 좀더 따뜻하고 슬기롭게 위기를 헤쳐나갈 수 있는 조언을 해줄 수는 없을까. 무엇을 내려놓고 무엇을 들어올려야 할까. 그런데 내려놓아야 마침내 보이는 것들이 있었다. 돌이켜보니 정말로 나는 하나씩 내려놓을 때마다 더욱 행복해졌다. 부모님에게 인정받고 싶은 욕망, 학교에서 만난 수많은 선생님들이나 선후배에게 칭찬받고 싶은 욕망, 좋은 직장을 가지고 싶은 열망을 내려놓았다. 나쁜 상황 때문에 포기한 적도 있고, 그런 욕심을 유지하는 것 자체가 버거워 내려놓은 것도 있다. 그런데 그렇게 중요한 것들을 깨끗이 내려놓았는데도 아직 간절히 원하고 꿈꾸는 것이 너무 많다는 것을 깨달았다. 나는 사회적 성공보다는 '내 마음 깊은 곳의 나'가 기뻐하는 일들을 하고 싶어진 것이다. 더 아름다운 글을 쓰고 싶고, 더 많은 시집을 읽고 싶고, 묵묵히 꿈을 향해 달려가는 사람들을 더 만나고 싶고, 마음을 따스하게 만들어주는 장소를 향해 더 자주 여행을 떠나고 싶다. 사회적 인정욕구나 남들처럼 살고 싶은 열망을 내려놓자, 남들의 시선에서 자유로워진 '또하나의 나'를 만날 수 있었다. 물욕이나 공명심을 내려놓으면 비로소 드러나는 더 크고 깊은 나 자신과의 만남이야말로 우리가 진정으로 추구해야 할 자기실현의 맨얼굴이다.

이런 나의 마음을 조용히 비춰보니 후배에게 진정으로 해주었어야 할 말이 다시 떠올랐다. "결혼, 직장, 아이, 이런 것 말고 더 큰 것을 욕망해봐. 흰 종이 위에 네가 어린 시절 가장 되고 싶었던 모습을 그려봐. 시간을 잊고, 지금 내가 어디 있는지조차 잊고, 네가 완전히 몰두할 수 있는 그런 꿈이 분명히 있을 거야. 너는 그림을 그릴 때 가장 눈부시더라. 네가 나에게 선물한 그림, 아직도 내 작업실 제일 잘 보이는 곳에 걸려 있단다. 계속 그림을 그려봐. 무엇이 되기 위해서가 아니라 아무것도 되지 않아도 좋으니 그냥 네가 행복한 일을 시작해봐." 돌이켜보니 그녀의 온갖 고민과 스트레스를 들어주느라, 나조차도 그녀의 진짜 꿈과 재능을 잊고 있었던 것이다.

사회적 시선에 물들지 않는 진짜 나를 찾기 위해서는 몸과 마음의 근육을 새로운 방향에서 쓰기 시작해야 한다. 어린 시절 그만두었던 피아노학원에 다시 다니고, 재능이 없다고 포기했던 그림을 그리기 시작하고, 때로는 아무런 목적 없이 하루종일 정처 없이 걷기도 해보자. 그래야 타인의 시선에 길들지 않는 나 자신이 보이기 시작한다. 예술의 투명한 얼굴을 만나는 것은 또하나의 나와 만나는 가장 아름다운 통로다. 나는 미술관에서 하루종일 메모를 하며 그림을 하염없이 바라보기도 하고, 불을 완전히 끄고 클래식 음악을 들으며 내 안에 묵은 감정의 때를 벗겨내기도 한다. 이제는 만날 수 없는 사람에게 결코 보낼 수 없는 편지를 쓰기도 하고, 화분에 내려앉은 먼지를 닦고 꽃에 물을 주며 하염없이 꽃을 바라보기도 한다. 그런 시간은 결코 아까운 시간이 아니다. 그동안 보살피지 못한 진짜 나 자신을 돌봐주는 모든 몸짓은 찬란하고 아름답다. 그 속에 당신이 갈구해야 할 더 큰 꿈들, 더 눈부신 이상이 기다리고 있다. 모두 함께 다음 빈칸을 채워보자. '나는 ○○○ 할 때 가장 아름답다.' 빈칸에 넣을 정확한 단어가 있다면, 당신은 이미 행복으로 가는 최단거리 지름길을 발견한 것이다.

너무 지쳐서 이제는 그만 가도 좋겠다 싶을 때가 있다. 아무리 아름다운 여행이라
도 내 몸이 지쳐버릴 때가 있기 때문이다. 그때 또다시 이토록 눈부신 순간이 보인
다. 그러면 지친 팔을 들어 또 한번 찰칵, 이 아름다운 풍경을 담고 싶어진다. 그러
나 대상이 아름다울수록, 너무 가까이 가지 않도록 조심해야 한다. 아름다운 순간
을 망치지 않도록. 나의 관심이 방해가 되지 않도록. 때로는 사진을 찍으려는 충동
조차 내려놓고 싶어진다.

_____ 가끔은
아무것도 하지 않을 용기

어린 조카가 갑자기 게임도 안 하고 학원도 안 가고 아무것도
안 하겠다고 해서 당황스러웠다. 게임을 안 하겠다는 것은 반가운
데, 학원도 안 간다고 하기에 살짝 걱정스러웠다. 뭐든지 웬만하
면 신나게 참여하는 밝은 아이였기 때문에, 마음의 상처가 생긴
것이 아닐까 걱정스러웠다. 하지만 아이가 여유로운 표정으로 스
스로 '딱 일주일만 아무것도 안 할게'라는 단서를 달아, 이내 안
심했다. 인생에서 일주일쯤이야. 단 일주일만이라도 아무것도 하
지 않을 용기. 내 평생에 한 번도 내본 적 없는 용기를, 아홉 살 조
카가 먼저 내준 것이다. 여행을 떠나서도 일 생각을 쉬지 못하는
나는 단 하루도 시원하게 놀아본 적이 없었다. 어린 조카가 갑자

기 멋있어 보였다. 어린것이 어떻게 벌써 알았을까. 쉬는 것도 훈련이 필요하다는 것을. 아무것도 안 하는 데도 커다란 용기가 필요하다는 것을.

코로나 상황이 어느 정도 잠잠해지면서 실외 마스크 착용이 해제되고 '이제 정상으로 돌아간다'는 분위기가 사람들 마음을 더 바쁘게 하는 것 같다. 뭐든지 그동안 못 했던 것은 다 해내야 할 것 같다. '보복쇼핑'이라든지 '보복여행'이라는 기이한 조어도 사람을 심란하게 한다. 다들 뭘 못 해서 화가 난 것 같다. 하지만 우린 다행스럽게도 다른 나라 같은 심각한 셧다운을 겪지 않았고, 일싱을 어떻게든 시켜낼 수 있었다. '보복'은 부정적인 뉘앙스를 피할 수 없는 단어이기에 신중하게 사용해야 한다. 그냥 즐겁게 쇼핑하고 신나게 여행하면 되는 것이지, 행복한 일 앞에 기어이 '보복'이라는 단어를 갖다 붙이는 건 과도한 처사다. 사람들이 '이제 뭔가를 부지런히 해야만 해'라는 강박에 시달리는 것을 보니, 나는 오히려 진심으로 쉬고 싶어진다.

하지만 나 역시 일중독에서 벗어나지 못한 처지라, '이제 새로운 글을 써야 한다'는 강박에 빠져 또 한번 누리를 하고 말았다. 반드시 새로운 책을 써야 한다는 스트레스에 시달린 나머지 잠을 제대로 잘 수 없었고, '난 왜 이렇게 부족할까'라는 생각으로 자신을 몰아붙인 나머지 기어이 몸에 탈이 났다. 지친 몸을 이끌고 꾸역 꾸역 병원에 다니면서 곰곰 생각해보니, '난 욕심꾸러기가 아니다. 아니다' 하면서도 결국 욕심을 내고 있었다. '항상 부족한 나'를 탓하는 마음의 습관을 완전히 청산하지 못했던 것이다. 엄마의 소원이었던 판검사가 되지 못했고, 박사학위를 취득했지만 교수가 되지 못했고, 엄마가 그토록 싫어했던 작가가 되었으니까. 그럼에도 불구하고 내가 이토록 간절하게 원하는 작가가 되려면 평범한 작가가 아니라 아주 훌륭한 작가가 되어야 하는데, '지금의 나'로는 어림도 없다고 생각하며 나 자신을 몰아세웠던 것이다.

어느 날 아침 내 안에서 이런 소리가 들려왔다. '아무것도 안 하고 싶다. 당분간 아무것도 안 하고 싶다. 몸이 너무 힘들다. 치유되어야 한다는 강박도, 휴식을 취해야만 한다는 강박조차 없애고 싶다.' 잠에서 막 깬 뒤 들리는 내면의 목소리가 가장 솔직하다. 누구의 눈치도 볼 필요 없을 때, 내 마음속에서 들리는 목소리에 귀 기울이자. 아웃풋을 내야 한다는 생각 때문에, 끊임없이 투입하고 노력하고 성취를 위해 달리는 삶이 내 몸을 망가뜨린 것이다. 나는 울고 있는 우리들의 내면아이에게 이렇게 말해주고 싶다. "아무것도 하지 않아도 괜찮아. 지금의 나를 있는 그대로 아껴주는 연습을 시작하자. 내가 나여서 좋아. 그 누구도 아닌 나여서 좋은 나를 응원하고 보살피고 이해해주자." 그렇게 속삭인 다음날, 오랜만에 실컷 꿀맛 같은 단잠을 잘 수 있었다. 당신은 응원받을 자격이 있다. 당신은 무조건 이해받을 자격이 있다. 그러니 움츠리지 말고, 주눅들지 말고 오늘의 나를 힘껏 안아주자.

명상의 기쁨을 몰랐다. 삶 자체가 어려운데, 숨쉬기마저 어려워지는 느낌. 숨도 규칙에 따라 쉬어야 한다면 무슨 낙으로 사나 싶었다. 그런데 불면증이 심해지면서 혹시나 명상이 효과가 있지 않을까 하는 '사심'을 품기 시작했다. 불면증의 한가운데서 명상을 시작한 뒤, 하루 만에 '꿀잠'을 잤다. 명상을 시작하자마자 10분도 안 되어 잠들어버렸다. 그후 집중이 안 될 때마다, 힘든 생각에 사로잡힐 때마다 조금씩 명상을 하기 시작했다. 그 순간만은 내 마음을 세상의 모든 자극으로부터 보호할 수 있다는 믿음이 좋아지기 시작했다.

＿＿＿ 울고 있는 피터팬을
보듬어야 할 시간

피터팬 콤플렉스는 나쁘기만 한 걸까. 책임지지 않으려 하고 철들기를 거부하는 사람들에게 사람들은 피터팬 콤플렉스라는 낙인을 찍는다. 어른이 됨으로써 필연적으로 지불해야 할 성숙의 대가를 치르지 않는 사람들에 대한 불만. 그것이 피터팬 콤플렉스라는 이름에 묻은 부정적인 뉘앙스다. 하지만 피터팬 원작소설에는 피터팬 콤플렉스가 정작 등장하지 않는다. 대부분의 인물들이 피터팬을 부러워하거나 질투한다. 피터팬은 이른이 되시 않기에 평생 결혼도 직장도 필요로 하지 않는다. 언제든 하늘 높이 찬란하게 날아오를 수 있는 피터팬의 가벼운 몸은 그 모든 감정의 무게로부터도 자유롭다. 그 어떤 분노도 피터팬을 짓누르지 않고 가볍게 스쳐갈

뿐이다. 피터팬은 평생 그 어떤 감정의 소용돌이에도 휘둘리지 않는다. 게다가 여전히 갓난아기 때의 천진난만한 웃음소리를 간직하고 있다니. 후크 선장을 골탕 먹일 때마다 너무도 해맑게 까르르 웃어대는 피터의 웃음소리는 그 모든 어른들의 복잡한 상념을 휙 날려버리는 마법의 묘약이다. 어른들을 가장 괴롭히는 두려움과 우울감을 모르는 피터팬은 엄청난 용기를 내서 힘들게 무언가에 도전하는 것이 아니라 해맑은 호기심에 이끌려 그 많은 일을 척척 해내는 것이다. 슬픔도 원한도 결코 피터팬을 늙게 하지 못한다. 기억의 덫에 걸리지 않는 것. 그 어떤 불쾌감도 원망도 하룻밤 푹 자고 나면 깡그리 잊어버리는 이 놀라운 망각이야말로 피터팬의 능력이다. 게다가 피터팬과 함께 사는 아이들은 그 어떤 어른들의 감시와 통제도 없는 꿈의 공간 네버랜드에서 살아가고 있으니 이 얼마나 자유롭고 거리낌없는 삶이란 말인가.

하지만 모든 책임과 의무감으로부터 자유로운 이 피터팬의 눈부신 빛 뒤에는 어둡고 쓸쓸한 그림자가 숨어 있다. 피터팬이 네버랜드로 간 까닭은 그가 아주 어린 시절 가출했기 때문이다. 아직 너무도 어린 피터를 두고 부모가 나누는 대화를 엿들은 것이다. 이 아이를 '무엇'으로 만들지 철저히 계산하고 분석하는 부모, 아이를 자신들의 소유물로 생각하는 부모의 탐욕과 이기심을 간파해버린 피터. 그는 마침내 부모를 떠나기로 결심한다. 시간이 흘러서 '그래도 엄만 날 기다려주지 않을까'라는 기대감으로 다시 부모를 찾아가보니, 그들은 피터를 잊고 새로운 아이를 낳아 행복하게 살고 있었다. 피터는 정상적인 삶으로 돌아가고 싶어도 다시 돌아갈 곳이 없었던 것이다. 피터가 데리고 있는 아이들도 사실 피터와 비슷한 상처를 가진 아이들, 부모의 부주의함과 무관심으로 잃어버린 아이들이다.

웬디는 피터가 자신에게 다가온 이유가 그 쓰라린 버려짐의 상처 때문이라는 것을 어렴풋이 깨닫는다. 엄마가 읽어주는 동화책 이야기를 동생들에게 들려주는 웬디의 따사로운 미소. 바로 그것이 피터팬이 그토록 찾고 있던 잃어버린 어린 시절의 미소였던 것이다. 피터팬이 웬디네 집에 처음 들어온 날, 피터팬은 그림자를 잃어버려 허둥댄다. 그림자를 잃어버린 피터팬은 마치 영혼을 잃어버린 사람처럼 고통스러워한다. 그런 피터팬을 치유해준 사람이 바로 웬디였다. 웬디는 낯설고도 이상한 아이 피터팬을 전혀 두려워하지 않고 오히려 슬퍼하는 피터를 능숙하게 달래며 뛰어난 바느질 솜씨로 그 말썽 많은 그림자를 피터의 발에 꿰매어준다. 자기 자신으로부터 분리되어버린 영혼외 그림자를 꿰매어주는 웬디의 손길, 그 아무 조건 없는 보살핌의 몸짓이야말로 피터의 치명적인 결핍이었던 것이다. 그 누구의 보살핌도 받지 못했다는 것. 한창 사랑이 필요할 나이에 그 어떤 사랑도 제대로 받지 못한 피터의 깊은 상실감

이야말로 웬디가 자신도 모르게 보살피고 있던 고통받는 존재의 그림자였던 것이다.

피터는 밤마다 자는 동안 꿈을 꾸며 흐느낀다. 자신은 모르지만 친구들은 피터의 슬픔을 어렴풋이 감지한다. 밝은 대낮에는 한없이 자유롭고 어처구니없이 해맑은 피터가 밤이 되면 꿈속에서 잃어버린 어린 시절의 따스한 사랑과 보살핌을 찾아 헤매고 있었던 것이다. 행복한 웬디네 가족을 남몰래 창문으로 엿보고 있던 피터의 몸짓은 단순한 호기심이 아니라 자신은 영원히 가질 수 없는 행복을 향한 쓰라린 갈구였다. 이쯤 되면 우리는 피터를 결코 미워할 수 없게 되어버린다.

밤이면 남의 집에서 스며나오는 따스한 온기를 부러워하고, 잠이 들면 꿈속에서 애타게 무언가를 찾으며 흐느끼는 아이. 그것은 온갖 상처로 얼룩진 우리 모두의 그늘진 내면아이 모습이 아닐까. 저 사람은 피터팬 콤플렉스라며 손가락질하는 '어른스러운 사람들'이야말로 자기 안의 잃어버린 내면아이 피터팬과 만나 창공을 가로질러 네버랜드로 한 번쯤 떠나봐야 하는 것이 아닐까. 겉으로는 훌륭하게 '어른스러운 연기'를 해내며 살아가는 우리들의 마음속에는 어쩌면 밤마다 흐느끼며 오래전 잃어버린 그 무언가를 애타게 찾아 헤매는 또하나의 내면아이, 우리 모두의 피터팬이 살아숨쉬는 것은 아닐까.

나는 이제 피터팬 콤플렉스라는 말을 쓰지 않으려다. 그러기엔 내 안의 피터팬, 우리들의 가엾고 쓸쓸한 내면아이를 너무도 열렬히 사랑하니까. 철들지 않는 사람들을 피터팬 콤플렉스라 손가락질하기보다는 우리 안에서 살아가는 피터팬의 조그만 어깨를 꼭 안아주자. 몸은 어른이지만 아직 저마다 조금씩은 피터팬의 천진무구한 미소와 눈부신 날갯짓을 감추고 있는 우리 모두의 내면아이를 힘껏 보듬어 안아주자.

_____ 자존감,

　　　　　높지 않아도 괜찮아

　　어떤 사람은 자신을 너무 혐오해서 문제가 되고, 어떤 사람은 자
화자찬이 너무 심해서 문제를 일으킨다. 어느 쪽이 더 심각한 문제
일까. 자기혐오에 빠진 사람은 자기를 너무 혹독하게 다루어 우울
증에 빠질 위험이 높고, 나르시시즘에 빠진 사람은 자기중심적 사
고에 갇혀서 타인의 소중함을 미처 보살피지 못한다. 둘 다 심각한
문제이지만, 자기혐오에 빠진 사람은 눈에 띄지 않는 경우가 많기
때문에 훨씬 더 위험하다. 나르시시즘에 빠진 사람들은 주변 사람
들이 금세 알아보고 기피하지만, 남몰래 자기혐오에 중독된 사람
은 자해하기도 하고, 치명적인 우울감에 빠져 있으면서도 전혀 내
색하지 않고 멀쩡하게 사회생활을 이어가기도 한다. 자기혐오야말

로 마치 바이러스처럼 전 세계에 퍼져버린 현대인의 마음속 그림자가 아닐까. 자기를 사랑하는 것은 어렵더라도, 자기를 있는 그대로 꾸밈없이 아끼고 보살피는 것이야말로 타인과 세상을 사랑하는 첫걸음이다.

마크 R. 리어리의 『나는 왜 내가 힘들까』(시공사, 2021)는 잘못된 자기인식이 스스로를 파괴하는 수많은 사례들을 들면서 우리가 '자아'라고 알고 있는 수많은 이미지들이 실은 뼈아픈 허상임을 직시하게 만든다. '나는 왜 이것밖에 안 될까' '나는 겨우 이런 삶을 살려고 이 세상에 태어난 것일까'라는 부정적인 세계관과 자기혐오가 합쳐질 때, 사람들은 결국 자신은 물론 이 세상 전체를 혐오하게 된다. 저자는 이렇게 고백한다. "자기인식 때문에 우리는 스스로를 지나치게 비판적이고 가혹하게 대하거나 지나치게 긍정적인 방향으로 왜곡해서 바라본다." "나는 내 자아를 관찰하면서 그간 얼마나 자아가 삶의 질을 끌어내리는 원흉이었는지 깨닫게 되었다." 내가 나를 공격하는 원흉이었음을 깨닫는 것이다. "바로 자아와 에고를 지나치게 강조하는 행위가 그 문제들을 만들어낸 원흉이라는 사실이다." 자존감을 과도하게 강소하는 문화 자체가 현대인을 괴롭힌다. '나'로 시작해서 '나'로 끝나는 하루. 얼마나 권태롭고 획일적이며 단조로운가. 자존감은 꼭 높지 않아도 된다. 자신감을 가지라는 조언도 때로는 고통이 된다. 다만 있는 그대로의 나를 받아들이고, '나'에게 지나치게 집중되는 에너지를 타인과 세상 속으로 넓혀가는 것이 훨씬 지혜로운 선택이다.

하루종일 인스타그램이나 페이스북을 관리하면서 '사람들이 나를 어떻게 생각할까' '좋아요를 몇 개나 눌러줄까' '오늘의 팔로워는 얼마나 늘거나 줄었을까'를 고민하는 삶. 이것이야말로 우리를 병들게 하는 지나친 자기중심성이다. 저자는 이렇게 말한다. "자아는 우리의 가장 훌륭한 아군이자 가장 무서운 적이며, 우리가 살면서 마주치는 가장 큰 역경은 대부분 직간접적으로 자아의 산물이다." 세상을 새롭게 바라보는 것은 생각보다 아주 간단한 관점의 변화만으로도 가능하다. 곧 내가 나를 바라보는 시선이 틀릴 수도 있다는 것을 인정하는 것이다. '나는 별 볼 일 없고 아무런 개성이 없으며 뛰어난 재능도 없다'고 스스로를 몰아세우는 것은 결코 자신에게 도움이 되지 않는다. 나는 끝없이 열린 가능성이며, 언제든지 틀릴 수도 있지만, 새로운 꿈을 향해 나아갈 수도 있음을 믿어야 한다. 나를 제대로 보기 위해서는 타인과 세상을 향한 관심, 역사와 사회를 향한 연대감, 문화와 예술에 대한 애정과 관심이 필요하다.

아들러는 우울증을 극복하기 위해서 '타인을 행복하게 하기'라는 새로운 과제에 도전해볼 것을 제안했다. 만약 '나'라는 존재가 한없이 우울하고 처량하다는 생각으로 괴롭다면, 주변에서 한 사람을 골라 '오늘은 그 사람을 기쁘게 해주자'라는 생각으로 최소한

세 가지 좋은 일을 실천해보는 것이다. 아들러를 미처 알기도 전에, 어리고 순수했던 학창 시절에, 나는 이미 그 해답을 알고 있었던 것 같다. 고등학교 시절, 나는 '내 기쁨과 직접적으로 상관없는 일들'에 기쁘게 집중하는 법을 알고 있었다. 입시전쟁 속에서 힘들어하던 내 친구를 위해(나도 내 문제로 힘들었지만, 그때는 내 친구가 더 힘들어 보였다) 몰래 생일케이크를 사서 둘만의 생일파티를 열었고, 항상 시무룩한 표정을 유지하며 한 번도 웃는 모습을 보인 적 없었던 매점 직원 언니를 위해 아름다운 꽃다발을 선물하여 그녀를 처음으로 웃게 만들고 뿌듯해하기도 했다. 그렇게 '타인을 기쁘게 해주는 일'이야말로 더 깊고 따사로운 나 자신과 만나는 일이기도 했음을 이제야 알겠다. 이 책의 원제는 '자아의 저주The Curse of the Self'다. 모골이 송연해지는 제목 아닌가. 온통 '나, 나, 나'라는 주술에 빠져 하루종일 '다른 사람의 눈에 비친 나'를 가꾸는 데만 골몰하는 현대인을 향해, 이 책은 타인과의 진정한 교감, 세상 속에서 나의 진정한 미션을 찾기, 나아가 나르시시즘을 벗어나 더 크고 깊은 나를 향해 번져가는 새로운 주체의 탄생을 제안하고 있다.

'이것도 몰라?' '넌 옛날 사람이구나?' 하는 시선에 나도 주눅들 때가 있다. 세상은 자꾸만 진정한 나를 찾으라는데, 그런 스타일과 트렌드 속에는 내가 없다. '변화를 위한 변화'의 강박 때문에 내 마음의 팔다리를 잘라 신화 속 프로크루스테스의 침대처럼 억지로 내 키를 맞추고 싶지 않다. 나는 그저 읽고 쓰고 아파하고 보듬으며, 내가 사랑하는 사람들의 손을 꼭 붙들며 살아가고 싶다.

MBTI,
흥미롭지만 기대지 않기

"작가님은 MBTI 유형이 무엇인가요?" "MBTI가 혹시 ENFP 유형 아니세요?" 요새 많이 받는 질문들이다. '저 사람이 나에게 도움이 되는가'를 판단하는 데 MBTI가 중요한 기준이 된다고 생각하는 사람들도 있다. 남자친구와 MBTI 궁합이 잘 맞지 않아 힘들다고 호소하는 사람들도 있다. MBTI 궁합 같은 것은 실제로 존재하지 않고, 심리테스트를 상업적으로 이용하는 사람들이 만들어낸 것이라고 아무리 설명해도 '그래도 이게 잘 맞는다'며 믿음을 버리지 않는 사람들도 많다. MBTI의 자의적인 해석과 과도한 상업화는 이 성격유형 검사의 본질을 왜곡하는 것이기도 하다.

엄밀히 말해 인터넷에서 유행하는 각종 심리테스트는 대부분 정확한 심리학적 근거가 없다. 심리테스트는 심리학이 아니다. 심리테스트를 그저 재미로만 활용하지 않는다면, 여러분을 잘못된 판단으로 유도할 확률이 높다. 이런 심리테스트는 내 마음을 비춰보는 도구로 사용하면 그뿐, 길흉화복을 점치는 데는 활용하지 않는 것이 좋다. 나는 심리학을 좋아하지만 심리테스트는 신뢰하지 않는다. 심리학은 '나는 잘될 거야'라는 확신을 갖기 위한 도구가 아니라 내 마음을 편견 없이 객관적으로 바라보는 도구로서 유용하다. 무조건 잘될 거라는 과도한 긍정적 사고 또한 도움이 되지 않는다. 나의 트라우마와 콤플렉스를 정확히 이해하고 그 상처와 그림자까지 있는 그대로 수용하는 것이 성장과 치유의 시작이다.

점도 삼재도 사주도 타로점도 MBTI도 결코 좌지우지할 수 없는 것이 있다. 그것은 바로 당신의 오늘, 당신이 오늘 한 일, 당신이 꿈을 위해 쏟은 노력, 당신이 사랑한 사람들이다. 이런 것들이 우리를 만들어간다. 내가 정말로 한 일들과 내가 진심으로 지키기로 한 약속만이 내 삶을 바꿀 수 있다.

나는 왜 MBTI 검사를 하지 않을까. 심지어 왜 궁금하지도 않을까. 이유를 생각해보니, 그동안 심리학을 공부하며 나 자신을 너무 많이 들여다보아서 '이제 내가 어떤 사람인지 알 것 같다'는 느낌 때문이다. 이제는 20대 시절처럼 미래가 막연하게 궁금하지는 않다. 살아보니 인생은 우연이나 운명에 의해 좌지우지되기보다는 나의 의지와 노력으로 인해 바뀔 수 있는 부분이 훨씬 많았기 때문이다. 혈액형이나 애니어그램이나 MBTI에 의존하기에는 우리의 성격과 삶과 인간관계는 너무 복잡하고 난해하다. 인간은 그렇게 쉽게 어떤 타입으로 유형화시킬 수 있는 존재가 아니다. 한 사람 한 사람의 개별성이야말로 인간관계에서 가장 중요한 변수가 된다.

성격검사나 심리검사의 공통점은 유형화다. 나는 항상 사람들을 만날 때 그 사람의 타입이나 성격 유형이 아니라 개별성을 보려고 노력한다. 개별성을 보려고 노력하지 않으면, 어떤 전형적인 타입에 근거하여 그 사람의 개성을 놓칠 수가 있다. 같은 MBTI 유형이라도 매우 다른 사람들이 있고, 사주명리상으로 완전히 같은 날짜와 시각에 태어났더라도 그들은 전혀 다른 삶을 산다. MBTI 궁합은 물론 사주팔자 궁합을 통해 커플의 운명을 점치는 것도 인간관계를 위험하게 만들 수 있다. 정말로 헤어지는 것이 목표가 아니라면 궁합을 검사하면서 상대방을 저울질하지는 말기를. 궁합이 안 좋다는 이유로 어른들이 결혼을 반대하여 불행하게 헤어진 커플들도 많다. 궁합 한 번 본 적 없고 사주나 타로점 한 번 본 적 없지만 행복하게 잘살고 있는 커플들도 많다. 사랑하는 커플을 궁합이나 MBTI를 이유로 떼어놓는 것은 또하나의 폭력이 될 수 있다. 사랑에서 중요한 것은 단지 끌림이나 매력, 궁합 같은 것이 아니라 '내가 이 사람과 함께 내 인생을 가꾸어가겠다'는 결심과 서로에 대한 신뢰감이기 때문이다.

심리테스트를 통해 현대인은 무엇을 얻으려고 하는 것일까. 심리 테스트는 불안으로부터 자아를 지키는 방법의 일종이다. 나 자신에 대해 좋은 이야기를 듣고 싶은 마음, 나의 미래에 대한 장밋빛 청사진을 보고 싶은 마음도 섞여 있다. 우리는 자신의 운명에 대해 진지하게 이야기를 나눠줄 사람을 필요로 한다. 내가 사주는 물론 토정비결도 확인하지 않게 된 이유는 내 운명을 남에게 묻기보다는 나 자신에게 물어보는 것이 정확하기 때문이다. 내가 하고 있는 일을 진심으로 사랑하고, 내 주변의 사람들을 온 힘을 다해 지키기로 결심한 뒤로는 미래가 궁금하지 않다. 미래는 궁금해하는 것이 아니라 하루하루 벽돌을 쌓아올리듯 조금씩 만들어가는 것임을 알기 때문이다. 내 운명을 알고 싶은 욕망, 내 미래를 알고 싶은 열망이 고개를 들 때면 나는 사랑하는 사람들과 오래오래 대화를 나눈다. 나를 사랑하는 것이 확실한 사람들, 나를 버리지 않을 것이 확실한 사람들로부터 듣는 이야기는 의심의 여지 없이 든든하고 힘이 된다. 칭찬이 아니어도 괜찮다. 모든 일이 다 잘될 거라는 막연한 응원보다는 '지금 너는 이런 점이 문제인데 이런 부분을 함께 고쳐나가자'는 우정과 사랑에서 우러나오는 응원이 '당신의 미래는 이렇게 펼쳐질 것입니다'라는 불확실한 예언보다는 낫다. 나는 이제 타인의 판단이나 칭찬에 일희일비하지 않고 내가 주도하여 바꾸어가는 나의 삶에 대한 믿음을 회복하고 있다. 미래를 향한 막연한 불안을 이겨내는 가장 중요한 힘, 그것은 내 삶을 바꾸어가는 최고의 원동력은 바로 나 자신에게 있다는 믿음이다.

요새 MBTI를 모른다고 하면 외계인 취급받는다. 그래도 괜찮다. 나도 사람들이 왜 MBTI에 매료되는지 충분히 이해하지만, 그걸로 사람을 판단하진 말았으면 좋겠다. 사람의 마음은 창문을 닮았다. 바깥에서는 '알 것 같다, 저 뒤에 무엇이 있는지 짐작할 수 있을 것 같다'고 생각하지만, 막상 창문 안에 무엇이 있는지는 아무도 모른다. 창문 자체가 위장일 수 있기 때문이다. 내가 진짜 내 마음속에 완전히 숨어버릴 때, 나는 세상을 향한 창문을 닫는다. 때로는 나를 통계화, 유형화하려는 모든 권력으로부터 도망치고 싶다.

_____ 나보다 당신이

　　　　더 빛나도 괜찮아요

누구의 탓도 아닌데, 관계가 나빠질 때가 있다. 나에게는 참 좋은 사람인데, 다른 사람의 평가는 최악일 때도 있다. 주변 상황에 휘둘리다보면, 내 안의 최고의 모습을 발휘하지 못한다. 나와 일할 땐 최고의 파트너십을 보이던 사람이 다른 사람과는 삐걱거리며 좋은 평가를 받지 못할 때도 있고, 나 또한 동료A와는 자연스럽게 죽마고우처럼 간도 쓸개도 다 빼주며 지내지만 동료B와는 아무리 열심히 노력해도 우정이 쌓이지 않을 때도 있다. 노력만으로는 상황을 뛰어넘을 수 없을 때가 있는 것이다. 우리가 이토록 상황에 좌지우지되는 존재라면, 거꾸로 상황을 창조적으로 역이용하는 길도 있지 않을까. 불리한 상황에 압도되어버리는 사람이 있고, 상황의 불리함을 뛰어넘는 사람도 있다. 예컨대 평소에는 척척 잘 풀어내던 문제를 '중요한 시험'이라는 상황 속에서 너무 긴장하여 제 실력을 발휘하지 못하는 경우, 우리는 상황에 압도되는 것이다. 반대로 '무대 체질'이나 '실전에 강하다'는 평가를 받는 사람들은 상황이 주는 고유의 긴장감을 즐긴다. 연습할 땐 설렁설렁 대충하는 듯하다가, 실전에 임하면 언제 그랬냐는 듯 찬란한 재능을 보여주는 사람들도 있다. '수많은 사람들이 나를 보고 있다'는 긴장감, '이 경기에서 이기면 나는 박수갈채를 받을 수 있다'는 믿음이 그 사람을 강하게 만드는 것이다.

상황은 불가피한 굴레일 수도 있지만 눈부신 기회일 수도 있다. 어떤 상황이 갖춰지면 언제 그랬냐는 듯이 자신의 잠재력을 뿜어내는 사람들도 있다. 신데렐라 또한 '상황의 마법'을 최대한 활용한다. 그녀의 사악한 새엄마가 곁에서 항상 괴롭힐 때, 신데렐라는 그야말로 천덕꾸러기였다. 재투성이 부엌데기 시절의 신데렐라는 아무에게도 사랑받지 못하는 외로운 신세였다. 신데렐라의 천사 같은 마음을 알아본 요정 대모의 도움을 받아 신데렐라는 파티에 나갈 수 있는 기회를 잡는다. 연회장에서 신데렐라는 너무도 우아하고 찬란한 모습으로 나타나, 계모와 두 딸들마저 신데렐라를 알아보지 못한다. 한 번도 파티에 참가해본 적이 없는 그녀는 마치 원래부터 늘 그랬던 것처럼 아름답고 우아하고 눈부시게 걷고 말하고 웃음 짓는다. 이렇듯 '상황의 마법'을 활용할 줄 아는 사람들은 자신이 빛날 수 있는 상황조차 새롭게 창조해낸다.

때로는 타인의 존재가 빛날 수 있게 도와주는 것이 재능인 사람들도 있다. 예를 들어 영화나 드라마의 배역을 연결해주는 캐스팅디렉터 같은 사람들이다. 〈왕좌의 게임〉을 통해 무명배우였던 키트해링턴을 그 유명한 '존 스노'로 만든 사람, 스타와는 거리가 멀었던 에밀리아 클라크를 '대너리스 타가리엔'으로 만든 사람이 바로캐스팅디렉터 니나 골드. 그녀는 자신이 노력하여 이 배우의 재능과 저 영화의 스토리가 완벽히 어울리는 조합을 이루어낼 때마다 커다란 기쁨을 느낀다. 존재는 훌륭하지만 상황이 받쳐주지 않을 때, 이런 멋진 해결사가 필요하다. 콜린 퍼스를 〈킹스 스피치〉의주인공으로 낙점하여 그가 아카데미 남우주연상을 받는 영광을누리게 한 눈부신 혜안도 니나 골드의 몫이었다. 배구에서 세터의역할이 팀 전체의 플레이를 좌지우지하듯, 캐스팅디렉터에게는 배우 각자의 재능이 거대한 무대 세트장에서 조화롭게 발휘될 수 있도록 머릿속에 미리 큰 그림을 그리는 재능이 필요하다.

공동체 속에서 각자의 재능이 눈부시게 발휘될 수 있도록 돕는역할이야말로 리더의 능력일 것이다. 반드시 한 명의 리더가 모두를 이끌어갈 필요는 없다. 소설 『오즈의 마법사』의 도로시, 사자,양철나무꾼, 허수아비처럼 그 누구도 지배하지 않으면서 오직 우정이라는 접착제만으로 서로의 사기를 한껏 끌어올릴 수도 있다. 허수아비는 뇌가 없지만 그 누구보다도 탁월한 지략을 발휘하고, 양철나무꾼은 심장이 없지만 오히려 보통 사람보다 더 따스한 마음으로 연약하고 힘없는 존재들을 돌보며, 사자는 용기가 없지만 친구들이 어려움에 빠졌을 때 가장 먼저 나서서 그들을 구해낸다. 목숨을 걸고 서쪽마녀를 찾아내야 하는 미션 앞에서 그들은 '포기'라는 쉬운 길을 놔두고 '도전'이라는 어려운 길을 택한다. 그들의 마음속에 바로 이런 문장이 지나간다. '너희와 함께한다면 난 그 무엇도 두렵지 않아.' 오랫동안 동고동락해온 그들에게는 우정이 그 모든 어려움을 극복해내는 최고의 에너지였던 것이다. 한 번도 내 편인 적 없었던 외부의 상황을 나에게 유리한 최고의 우군으로 만드는 힘. 그것은 바로 어떤 상황에서도 내가 사랑하는 존재를 지키려는 용기에서 우러나온다.

이 소녀에게는 평범한 보도블록조차 아름다운 무대가 된다. 화려한 드레스를 입지 않아도, 어여쁜 토슈즈를 신지 않아도, 소녀는 어디서나 춤을 출 수 있다. 흐뭇한 미소를 머금은 엄마는 이렇게 속삭이는 듯하다. 네가 좋으면 나도 좋다. 너는 한없이 빛나라. 난 어디든 좋단다, 너와 함께라면. 너의 미소를 볼 수만 있다면.

_____ 뷰맛집의 시대,

　　　　　나만의 대청마루를 꿈꾸며

　'뷰맛집'이라는 소문이 난 카페나 레스토랑에 가보면 인스타그램용 사진을 찍느라 여념이 없는 수많은 사람들을 만나게 된다. 그렇게 너무 유명해져버린 장소에서는 정작 뷰맛집의 정수, 즉 풍경을 고요히 바라보는 맛을 제대로 느낄 여유가 없다. 하지만 아무리 유명해도 제대로 마음먹고 찾아가기가 어려운 특별한 장소들에서는 어김없이 '뷰의 참맛'을 제대로 경험하고 돌아올 때가 많다. 그런 잊을 수 없는 장소들의 특징은 바로 광활한 자연과의 과감한 연결성이다. 인공적인 건축물뿐이라면 숨을 곳이 별로 없겠지만, 너른 자연의 품속에 들어앉은 장소에서는 사람이 아무리 많아도 내 한 몸 숨길 장소 정도는 마련할 수 있기 때문이다. 많은 사람들 속에서도 나만의 작은 '고독의 피난처'를 찾을 수 있을 때, 우리는 비로소 자기만의 아늑한 아지트를 찾은 듯 안도감을 느낄 수 있다.

안동 병산서원에서 나는 하루종일 머물러도 지루하지 않을 것만 같은 아늑한 고독의 장소를 발견했다. 바로 병산서원의 대청마루였다. 그곳에 다녀온 후 자꾸만 대청마루에 앉아 행복한 오후의 한때를 보내던 사람들의 환상을 본다. 나만 행복한 것이 아니라 모두가 달콤하고 나른한 행복감에 빠진 것을 느낄 수 있었다. '이다음에 집을 짓는다면, 꼭 대청마루 같은 공간을 만들리라' 다짐도 했다. 바지런히 가파른 돌계단을 오른 뒤 땀을 씻어내며 대청마루에 앉는 순간, 그 유명한 병산서원의 만대루 너머로 안동호의 찬란한 풍광이 펼쳐졌다. 그 어떤 유명한 뷰맛집보다도 눈맛이 시원해졌다. 롯데월드타워처럼 무시무시하게 높은 곳이 아닌데도, 63빌딩 스카이라운지처럼 거대한 한강과 도시의 스펙터클이 펼쳐지지 않아도 그 자체로 충분했다.

자연의 본래 풍광을 최대한 훼손하지 않음으로써 그 산과 들과 강의 나이를 그대로 드러내주는 듯한 전체적 공간의 조화로움이 실로 장관이었다. 그 순간 시간도, '나'라는 주체도, 대한민국이라는 공간도 잠시 잊어버릴 듯했다. 대청마루에 앉으니 그날따라 '이상하게 가을날씨답지 않게 무덥다'며 힘들어하던 사람들의 얼굴이 금세 환해졌다. 자연스럽게 말이 없어졌다. 자연과 나와의 말 없는 대화를 위해 잠시 주변 사람들과의 대화를 멈춘 것이다. 시원한 마룻바닥에 몸을 대는 순간 바로 기분좋은 서늘함이 온몸을 감싸며, 수백 년간 든든히 버텨온 대청마루의 나뭇결 하나하나가 우리의 지친 몸을 온전히 다 받아주는 느낌이 들었다. 그렇다. 아름다운 건축은, 위대한 건축은 끝내 지친 인간의 존재를 온전히 다 받아준다. 마룻바닥의 결 고운 무늬들 하나하나가 지쳐서 축 늘어진 몸을 온전히 감싸안아주는 느낌이었다.

병산서원의 대청마루에 앉아 행복한 시간을 보내는 동안 문득 어린 시절 우리 가족이 살던 낡은 한옥의 마루가 생각났다. 나는 마루에 누워 처마밑 하늘을 바라보며 공상을 하는 것이 참 좋았다. 대청마루의 매력은 그 안과 밖의 차이를 허물어버린다는 데 있었다. 문을 닫으면 아늑한 내부의 느낌이 나고, 문을 조금만 열면 금세 바깥세상과 연결된다. 대청마루의 아름다움, 그것은 바로 이쪽도 아니고 저쪽도 아닌 사이공간의 아름다움이었다. 나는 '이 공간은 이 용도로만 쓰겠습니다'라고 주장하는 배타적인 공간보다는 언제든지 다른 공간으로 변신할 수 있는 유연한 공간을 사랑한다. 그 대표적인 공간이 바로 옛 한옥의 대청마루였던 것이다. 우리 마음속에도 안과 밖이 공존하는 사이공간이 있다면 좋겠다. 나만 생각하는 것도 아니고, 남의 눈치만 보는 것도 아닌 나와 남을 함께 생각하는 마음의 대청마루를 꿈꾸는 삶이 되기를.

병산서원 대청마루에서 바
라본 풍경. 일에만 파묻혀 지
내다가 문득 '이곳은 왜 이
렇게 좁은가'라는 생각이 들
때나, 그날 병산서원 대청
마루를 떠올린다. 대청마루
는 세상의 모든 걱정거리를
다 받아주는 여신의 너른 품
같았다. 대청마루의 품에 안
겨 나는 내가 한없이 작은 존
재로 축소되는 기쁨을 맛보
았다. 나는 작고 보잘것없는
존재라, 이 커다란 대청마루
의 품속에서 잠시 '행복의
수혈'을 맛보아도 좋다. 나
는 작아질수록 행복해진다.
저 우주의 끄트머리에서 보
면 난 얼마나 작고 여린 존재
일까. 아마 보이지도 않을 것
이다. 자연의 너른 품에 안겨
있을 때, 나는 개미처럼 기쁘
게 작아진다.

4부

사랑

이야기는

끝나지

않는다

_____ 내 사랑은
아직 부족한 것일까

"작가님, 저는 엄마의 집착에서 벗어나고 싶은데 엄마만 만나면 자꾸 싸웁니다. 엄마를 사랑하지만 엄마가 너무 미워요." "선생님, 어떻게 하면 자꾸만 제 발목을 잡는 과거의 상처에서 벗어날 수 있을까요?" "사람들은 자꾸 저를 오해해요. 이해받으려고 노력할수록 오히려 오해가 더 쌓여가는 느낌이에요." "세상에 완전히 저 혼자만 남은 것만 같아요. 이 끔찍한 외로움에서 벗어나고 싶어요." 이렇게 가슴 아픈 질문과 고백들로 시작되는 독자의 편지들에 답장을 보내면서 나는 여러 번 심리학의 도움을 받았다. 그분들에게 더 나은 대답을 해드리기 위해서라도 나에게는 심리공부가 필요했던 것이다. 나에게 고민상담을 부탁하는 지인이나 독자들에게 내 나름대로 최선의 대답을 드리려 하지만, 여전히 내가 부족함을 느낀다. 심리학 전문가도 아니고 의사도 아니기에 내 대답은 늘 나의 개인적이고 주관적인 생각에 머물러 있다는 느낌 때문이었다. 하지만 내가 『나를 돌보지 않는 나에게』 『늘 괜찮다 말하는 당신에게』 『상처조차 아름다운 당신에게』 『1일 1페이지, 세상에서 가장 짧은 심리 수업 365』처럼 심리 관련 책을 네 권이나 쓴 이유는 마음을 돌보는 행위는 반드시 심리학자나 정신과 의사만의 책임은 아니라고 믿었기 때문이다. 이런 나에게 커다란 영감을 준 책이 바로 정혜신, 진은영의 『천사들은 우리 옆집에 산다』(창비, 2015)였다.

정혜신 박사는 이 책에서 '치료'와 '치유'의 차이에 대해 말한다. 치료는 의사나 상담사처럼 전문가가 할 수 있는 것이지만 치유는 진심과 성의를 지닌 누구나 할 수 있다고. 치료와 치유의 차이를 알게 되자 내게는 새로운 용기가 샘솟았다. 심리학 전공자는 아니지만 내가 그동안 홀로 공부해온 심리학과 문학이 내 개인적 체험과 삼박자를 이루어 무언가를 해낼 수 있다는 행복한 예감이었다. 나는 단지 글만 잘 쓰는 작가가 아니라 상처 입은 사람들을 치유하는 사람이 되고 싶었다. 내가 나를 구하기 위해 공부했던 심리학은 나에게 마치 물에 빠진 사람에게 던져진 마지막 구명보트 같은 존재였다. 게다가 심리학은 나의 전공인 문학과 너무도 잘 어울렸다. 문학과 심리학이 내 안에서 엄청난 시너지를 일으키며 나를 더 강인하면서도 유연한 사람으로 만들어주는 것 같았다. 치료는 전문가의 영역이지만 치유는 누구나 할 수 있다는 명제는 내게 '나도 치유자가 될 수 있다'는 꿈을 심어주었다.

치료는 전문가의 영역이기 때문에 비용과 장소의 제약이 크다. 사람들은 병원에 가야 전문적인 정신과 치료를 받을 수 있으며 우울증약도 의사의 처방을 받아야 한다. 하지만 치유는 돈을 거의 필요로 하지 않으며 심지어 전혀 의도하지 않은 사람에게도 치유를 받을 수 있다. 아무런 의도를 가지지 않은 천진무구한 아이들에게서 우리 어른들이 받는 마법 같은 치유의 순간들을 생각해보자. 나는 어린 조카 세 명이 무럭무럭 커가는 과정을 지켜보면서 힘들 때마다 커다란 위로를 받았다. 귀여운 조카들은 나를 위로할 생각이 전혀 없었음에도 불구하고, 심지어 그 아이들이 말썽을 피우거나 문제를 일으킬 때조차도 그들이 존재한다는 것만으로 나는 커다란 위안을 얻었다. 반려동물들이 우리에게 주는 위로는 또 어떤가. 그들이 재롱을 피우거나 장난을 치는 것은 우리를 치유하기 위한 의도적인 몸짓이 아니다. 그럼에도 불구하고 우리는 강아지나 고양이를 통해 때로는 인간보다도 더 깊고 따스한 온기를 느낀다. 치유는 그런 것이다. 약을 먹지 않아도, 의사를 찾지 않아도 우리가 일상 속에서 언제나 찾을 수 있는 더 나은 삶의 가능성, 그것이 바로 치유가 아닐까. 나는 심리학과 문학, 그리고 내 삶의 하모니를 통해 그런 치유의 글쓰기를 해내고 싶었다.

이 책이 제시하는 또하나의 키워드는 '사회적 치유'다. 세월호 참사를 겪으며 극심한 정신적 트라우마를 겪은 우리 사회는 단지 개인적 치유가 아니라 사회적 치유가 필요하다. 힘든 일이 생길 때마다 '네 상처는 네가 알아서 하라'고 강요한다면, 각자도생의 시대라며 개인의 상처는 개인에게 온전히 맡겨버린다면, 우리가 함께 겪은 그 모든 역사적 상처, 집단적 상처는 결코 치유될 수 없다. 1980년 광주의 아픔이야말로 바로 여전히 끝나지 않은 역사적 상처이며 사회적 치유가 필요한 트라우마다. 사회적 치유를 위해 우선 필요한 것은 상처의 망각을 향한 저항, 즉 제대로 기억하는 일이다. '상처는 잊고 어서 미래를 향해 나아가라'며 다그치는 사회에 맞서, 우리는 결코 잊을 수 없는 떠나간 사람들의 이름을 하나하나 외쳐 부르며 그들을 기억해야 한다.

세월호 기억교실, 망월묘지공원, 제주 4.3 평화공원처럼 우리 사회의 트라우마를 끝내 제대로 기억하기 위한 공간은 사회적 치유를 위한 첫걸음이다. 상처를 치유하고자 모인 진심어린 몸짓들이 모여 일구어내 모든 기억의 장소는 사회적 치유를 향한 첫걸음이다. 세월호 416합창단의 『노래를 불러서 네가 온다면』(문학동네, 2020)은 제대로 기억하는 일의 아름다운 열매 맺음을 보여준다. 합창단이 된 유가족들은 세월호 참사로 가족을 잃어버린 당사자뿐 아니라 여전히 수많은 상처로 고통받는 다른 사람들에게도 감동을 주는 아름다운 노래로 우리의 마음을 쓰다듬어준다. 상처는 결코 망각과 외면을 통해 치유되지 않는다. 상처는 기억하고 서로를 보듬고 꼭 잡은 손을 결코 놓지 않는 끈덕진 사랑을 통해서만 치유된다.

우리는 여전히 사랑하지만 다시는 만날 수 없는 사람들을 기억하기 위해, 노래하고 글을 쓰고 아름다운 공간을 만들고 서로의 손을 꼭 붙들어준다. 그렇게 우리는 '네 상처는 네가 알아서 하라'고 뇌까리는 차가운 세상에 맞서 '함께함으로써 끝내 서로를 포기하지 않는 우리들'이 되어간다. 그들이 세상을 떠났어도 그들을 향한 우리의 사랑은 여전히 끝나지 않았기에.

_____ 채링크로스 84번지,

그곳에 내 마음을 두고 왔네

우리 사이엔 항상 책이 있었다. 나의 오랜 벗이자 따스한 멘토,
문학평론가 황광수 선생님과 나는 만날 때마다 서로에게 책을 선물
했다. 일부러 약속한 것도 아닌데, 만날 때마다 저절로 그렇게 되어
버렸다. 우리의 선물 목록은 고전과 신간을 가리지 않아 다채롭기
이를 데 없었다. 이미 가지고 있는 책이라도 선생님이 선물해주시면
그 책이 뭔가 특별한 의미를 지니게 되었다. 다시 새로운 눈으로 읽
어야 할 책, 예전에 읽었지만 지금은 디욱 장소석인 해석으로 읽고
싶은 책들의 목록은 마치 끝없이 이어지는 영롱한 메들리 같았다.
예컨대 내가 샬럿 브론테의 『제인 에어』를 선물하면 선생님은 호메
로스의 『일리아스』를 선물해주셨고, 내가 오비디우스의 『변신 이

야기』를 선물하면 선생님은 미하엘 엔데의 『끝없는 이야기』를 선물해주셨다. 우리들의 끝없는 책 선물하기 공세는 영원히 끝나지 않을 것 같은 핑퐁 게임처럼 줄기차게 이어졌다. 게다가 나의 신간이 나올 때마다 책을 선생님의 댁으로 부쳐드리면 선생님은 문자메시지로 아름다운 독후감을 보내주셨다. "여울아, 이번 책은 문장과 편집과 삽화가 아름다운 하모니를 연주하는 작은 음악회 같아." 선생님의 칭찬을 들을 때마다 책을 쓰면서 겪어야 했던 모든 아픔이 씻은 듯이 사라져버리곤 했다.

선생님이 내가 도저히 읽을 수 없는 책을 선물하시는 바람에 아연실색한 적도 있다. 『잃어버린 시간을 찾아서』 불어판을 선물받고 내가 '불어를 전혀 모른다'며 난색을 표하자 선생님은 이렇게 말씀하셨다. "언젠가는 읽게 될 거야. 여울인 그럴 거야." 그러면 나는 피그말리온의 사랑을 받는 조각상 갈라테이아처럼, 선생님이 원하는 그런 멋진 존재가 되어야 한다는 즐거운 강박관념에 사로잡히곤 했다. 기대만큼 자라는 아이들처럼, 사랑받은 만큼 잘해내는 어린이처럼. "불어로 읽을 자신은 없지만, 책은 잘 간직할게요." 선생님은 마치 '너만 믿는다'는 눈빛으로 그 커다란 눈망울을 내 얼굴에 고정한 채 환하게 미소를 지으셨다.

작년에 선생님이 지병으로 세상을 떠나신 뒤 나에겐 이제 그런 친구가 없어졌다는 상실감에 오랫동안 가슴앓이를 했다. 죽음과 삶의 거리가 그토록 가깝고도 멀다는 것을, 나는 가장 가까운 멘토의 죽음을 통해 뼈아프게 깨닫고 있었다. 분명히 몇 달 전만 해도 다정하게 통화를 해주시던 선생님은 여전히 내게 가까운 거리에 있는 것만 같은데, 그럼에도 불구하고 아무리 전화해도 닿을 수 없다는 것이 우리 사이의 머나먼 거리를 차갑게 증언하고 있었다. 그러다가 문득 내가 사랑하는 책 헬렌 한프의 『채링크로스 84번지』(궁리, 2021)가 전광석화처럼 떠올랐다.

뉴욕의 무명 시나리오 작가와 런던의 오래된 중고서적상 사이의 편지를 엮은 이 책은 책을 통해 진정한 소울메이트를 찾은 사람들의 이야기다. 한 번도 얼굴을 실제로 본 적이 없는 두 사람은 오직 책에 대한 열정적인 사랑과 우아한 지성의 힘으로 따스한 우정의 편지를 나누었다. 무려 20년간에 걸친 기나긴 우정, 그것은 오직 책이 있었기에 가능한 일이었다. 당시 화폐로 5달러가 넘지 않는 선에서(두 사람의 우정이 시작된 것은 제2차세계대전 직후였다) 자신이 원하는 희귀본 고서적을 구해달라는 헬렌의 수줍은 편지로 시작된 이들의 우정. 이 우정은 원래 두 사람의 것이었지만 나중에는 서점의 전 직원과 가족들까지 아우르는 거다란 공동체적 사랑으로 번져나간다.

자신이 애타게 꿈꾸던 책을 제대로 구해 보내주었다는 이유만으로 헬렌은 뛸듯이 기뻐서 서점 직원들에게 크리스마스 선물로 그때는 매우 귀했던 햄을 6파운드나 보내준다. 제2차세계대전의 악몽으로부터 갓 벗어난 영국에서는 물자가 매우 귀했던 것이다. 마크스 서점 주인 프랭크는 헬렌의 선물에 감동하여 답장을 보낸다. 소포에 든 모든 것이 생전 처음 보는 것들이라고. 당신의 친절과 자상함에 우리는 매번 놀란다고. 암시장에 가야 간신히 구할 수 있는 것들을 헬렌은 주저 없이 보내준 것이다. 항상 예절 바르고 자상한 프랭크의 문체와 달리, 헬렌의 편지에는 날카로운 유머와 허를 찌르는 농담이 가득하다. 헬렌의 편지에는 아주 친한 사람들끼리만 구사할 수 있는 온갖 장난기 어린 질책도 담겨 있다. 기다리고 있는 책들이 오지 않을 때는 어서 책을 찾아달라고 재촉하는 편지도 보낸다. 까다로운 작가 헬렌이 책 제목을 콕 집어 정해주는 것이 아닐 때도 많았기에, 런던의 중고서적상 프랭크에겐 고민과 탐색의 시간이 꽤 많이 필요했다. 서점 주인의 재치와 정보수집능력, 책에 대한 감식안까지 시험하는 듯한 헬렌 한프의 '독촉편지'를 보면 그들이 이미 세상을 떠난 지금도 까르르 웃음이 나온다.

그러니까 그저 멍하니 앉아 있지 말고, 어서 나가서 뭔가 새로운 책을 좀 찾아보라고 당당하게 독촉하는 헬렌은 마치 오래된 친구처럼 얼굴도 모르는 런던의 서점 주인을 다그친다. 봄날이 다가오는데 아름다운 연애시집을 보내달라는 청탁은 서점 주인을 당혹스럽게 했을 것 같다. 키츠나 셸리 같은 유명한 시인은 사양이고, 넌두리 없이 사랑할 줄 아는 시인의 작품으로 골라달라니. 게다가 바지 주머니에 시집을 꽂고 센트럴파크에 산책 나갈 만큼 작은 책이어야 한단다. 이런 까다로운 주문에도 눈 하나 깜짝 않고 자연스럽게 응답할 수 있는 서점 주인, 그가 바로 프랭크였다. 그는 전국을 뒤져 헬렌이 원할 것임에 분명한 책을 어김없이 척척 구해다주었던 것이다. 헬렌은 마치 방문 한 번 없이 자기 몸에 딱 맞는 맞춤 정장을 지어달라는, 신비롭고 까다로운 손님처럼 굴었다. 하지만 프랭크는 그녀의 까칠함과 예민함을 항상 이해해주었다. 헬렌의 어려운 부탁들은 곧 책에 대한 높은 감식안과 뜨거운 지성의 샘물에서 우러나온 것임을 알고 있었기 때문이 아닐까.

급기야 헬렌이 영국에 오기만 한다면 자신들이 숙식을 제공해주겠다며 서점 직원이 자발적으로 편지를 보낸다. 오래된 희귀서적을 사랑하는 헬렌에게 드디어 원하던 책이 도착하자, 그녀는 거침없이 예찬의 말들을 펼쳐놓기도 한다. 특히 뉴먼의 『대학의 이상』 초판이 도착하자 헬렌은 이 책을 손에서 좀처럼 놓지 못하며 감탄사를 연발한다. 이 아름다운 책을 자신이 소유한다는 사실에 죄책감마저 들 정도로 이 책은 아름답다고. 따스한 벽난로 옆에 놓인 안락의자에 앉아 읽어야 할 우아한 책을, 자신의 낡은 침대 겸용 소파에서 읽으려니 한숨이 나온다고. 서점 직원 세실리는 헬렌에게 요크셔식 정통 푸딩을 만드는 레시피를 자세하게 편지로 써서 부치기도 한다.

결코 돈으로는 바꿀 수 없는 것들, 그 무엇으로도 대체할 수 없는 따스함과 애틋함이 가득한 사연들은 '책'이야말로 완벽한 우정의 매개체임을 증언해준다. 오직 이 사람과 저 사람만이 소통할 수 있는 어떤 절절한 소통의 아우라가 그들이 나눈 편지 곳곳에 담겨 있다. 헬렌이 보내준 음식들을 서점 직원들뿐 아니라 서점 직원의 가족들끼리 함께 즐길 수 있었으니 헬렌으로 인해 행복해진 사람들이 수십 명은 되는 셈이다. 헬렌이 맛있는 음식을 워낙 많이 나누어주어 서점 직원들뿐 아니라 동네 사람들까지 함께 나누어 먹으며 그들은 따스한 감사의 마음을 헬렌에게 전한다.

이제는 만나지 못하는 친구를, 혹은 한 번도 만나지 못한 친구까지도 영원히 사랑하는 법이 있을까. 얼굴을 본 적이 없음에도, 오직 그와 연결된 단 하나의 고리만으로도 충분히 우정을 만들고 이어가고 지켜나갈 수 있다면. 코로나 시대를 거쳐오며 여전히 가장 어려운 것은 인간관계라는 사람들의 고백을 들을 때마다 나는 『채링크로스 84번지』의 시공간을 초월한 우정을 생각한다. 비록 우리가 서로 얼굴을 볼 수 없어도, 죽음과 삶의 날카로운 경계선이 우리 사이를 가로막아도, 아직은 괜찮다. 당신과 나 사이에 책이 있다면. 당신과 나 사이에 책을 사랑하는 마음이 남아 있다면.

_____ 지루해하거나 귀찮아하지 않고
　　　　　　　　　고통을 경청하기

　철저히 사실에 근거한 다큐멘터리형 글쓰기는 과연 건조하고 메마른 객관적 글쓰기일까. 아니 건조하고 메마른 객관적 글쓰기만으로는 감동을 줄 수 없는 것일까. 감동은 반드시 다정하고 촉촉한 감수성에서만 나오지는 않는다. 사실의 힘 그 자체가 주는 감동이야말로 다큐멘터리형 글쓰기의 매력이다. 때로는 사실에 입각한 글쓰기야말로 가장 강렬하면서도 직접적으로 생생하게 감성을 자극할 수 있다. 이런 사실적 글쓰기의 무한한 가능성을 보여주는 작가가 바로 스베틀라나 알렉시예비치다. 『체르노빌의 목소리』(새잎, 2011)는 원전 문제에 대해 거의 무지하거나 잘못된 정보로 점철되어 있던 전 세계에 경종을 울렸다. '체르노빌? 그건 수십 년 전에

있었던 머나먼 나라의 원전사고 아니야? 우리와 무슨 상관이야?'
라고 생각했던 사람들에게 체르노빌의 대참사는 지구상 어디에서
나 일어날 수 있는 무시무시한 비극임을 일깨워주었다. 또한 재난
이라는 것이 단지 원인과 결과만으로 분석이 끝나는 게 아니라 '그
후로도 오랫동안 결코 끝나지 않는 상처와 후폭풍'을 껴안고 살아
가는 우리 모두의 문제가 될 수 있음을 보여준, 여전히 뜨거운 화
두를 던져주는 문제작이다.

　체르노빌 원전 사고에 얽힌 거의 모든 사람들의 다채로운 입장,
직업, 상황, 피해, 고통을 고려하여 그들 모두의 목소리가 일종의
거대한 합창처럼 들리도록 만든 이 작품은 한 페이지마다 충격적
인 사건이 빈발하여 중간중간 숨을 몰아쉬지 않을 수가 없다. 때로
는 한 페이지에서도 몇 번의 충격을 받아 가슴이 진정되지 않을 정
도다. 사랑하는 남편이 원전 사고시 소방수로 화재를 진압하러 갔
다가 피폭을 당한 뒤, 남편은 이제 당신이 사랑하는 사람이 아니라
거대한 원자로가 되어버렸다고 선언한 의사들의 만류에도 불구하
고, 어떻게든 남편의 마지막 침상을 지키려 하는 아내의 이야기. 이
첫번째 이야기는 너무 슬프고 참혹해서 나도 모르게 자꾸 두근거
리는 심장박동을 생생하게 느끼게 된다. 피폭 지역에 가까이 살고
있던 주민이 언니네 집으로 피신하러 가니, 친언니가 친동생에게
조차 문을 열어주지 않고 아예 얼굴도 보여주지 않은 채(피폭당할까

봐) 문전박대를 하더라는 이야기는 얼마나 끔찍한가. 가족이 가족을 배신하고 가족이 가족을 버리게 만드는 그 참사의 한복판에서 수많은 사람들이 '오직 그 원전 가까이 산다는 것'만으로 평생 고통받고 있다. '당신들은 영웅적인 사명을 안고 조국을 구하는 미션을 완수하는 애국자'라는 식의 홍보에 속아 원전 지역 복구를 위해 투입되었다가 본인들도 방사능에 노출되어 평생 장애와 질병을 앓게 된 수많은 사람들. 원전 지역의 복구인력으로 투입된 아버지의 안전모를 마치 훈장이라도 되는 줄 알고 자랑스럽게 쓰고 다니다가 뇌종양에 걸려 고통스럽게 죽어간 다섯 살 소년의 이야기. 그 어느 이야기 하나 쓰라리고 참혹하지 않은 것이 없다.

이런 글을 쓰기 위해서는 고통의 한가운데서 함께 아파하는 마음과 그 참혹한 고통에 거리를 두고 그 모든 아픔을 원인에서 결과까지, 진단에서 치유에 이르기까지의 모든 과정을 통찰하고 상상하는 큰 그림을 그려내는 드넓은 퍼스펙티브가 필요하다. 때로는 원전 피해에 수십 년 동안 고통받는 당사자의 마음속으로 들어가보고, 심지어 원전 사고를 은폐하기 위해 동분서주하는 부패관리들의 입장에서도 사태를 내려다볼 수 있는 나자간 시점이 필요하다. 스베틀라나 알렉시예비치는 이런 분열적 시점에 관한 천재적 직관을 발휘한다. 단지 취재의 성실함만이 아니다. 그녀가 살아오면서 배우고 읽고 느끼고 경험했을 모든 상처와 인문학적 지식이

총망라되어야만 이토록 풍요로운 진실의 다성적 울림이 가능하지 않을까. 단지 피해자의 억울함만을 강조하는 다큐멘터리였다면 우리는 이토록 커다란 감동을 받지 못했을 것이다. 그 사고를 방관한 사람들, 사고에 책임이 있는 사람들, 여전히 책임지지 않고 나 몰라라 하는 관료들의 시선과 목소리까지 총체적으로 문학이라는 큰 그림 속에 담아내는 엄청난 스케일의 이야기꾼의 '귀'가 있어야 이런 글이 가능하다. 그녀는 자신의 입장을 특별히 내세우지 않지만 바로 그 가만히 들어주는 듯한 보이지 않는 청자의 시점이야말로 작가의 엄청난 역량이 필요한 지점이다.

때로는 흐르는 눈물을 그저 흐르는 대로 내버려둔 채 고통받는 생존자와 함께 끌어안고 울 수 있는 따스한 마음이 필요하고, 때로는 절대로 자신의 이야기를 털어놓으려 하지 않는 피해자들의 한사코 닫힌 마음을 열기 위해 온갖 지극정성을 쏟아야 한다. 때로는 가해자 입장이거나 피해자들에게 공감하지 않는 사람들에 대한 노여움조차 냉정하게 숨긴 채, 한사코 거짓말을 늘어놓는 그들을 인터뷰하는 용기도 필요했을 것이다. '문학은 단지 사실의 나열이 아니다'라는 생각 때문에 알렉시예비치의 글쓰기를 폄하하는 이들도 있는데, 그것은 사실의 힘과 문학의 힘 모두를 과소평가하는 관점이다. 사실만으로도 인간을 쓰러뜨릴 수 있고, 문학은 시와 소설에만 그치는 것이 아니기 때문이다. '사실의 나열에 불과한 것은 문학이 아니다'라고 주장하는 사람이 아직도 있다면, 이것은 그녀의 글쓰기가 지닌 엄청난 파장력을 느끼지 못했기 때문에 할 수 있는 이야기다. 알렉시예비치가 단 하나의 주인공을 정해놓고 그 사람의 시점에 따라 문학적인 글쓰기를 했다면 결코 이루지 못했을 다성적 울림을 생각해야 한다. 이는 아직 알렉시예비치의 진의를 이해하지 못했기 때문에 생기는 오해인 것이다.

알렉시예비치는 과도한 문학적 가공 없이도 오직 가만히, 끈기 있게, 단 한 번도 지루해하거나 귀찮아하지 않고, 고통받는 사람들의 이야기를 들어주는 것이야말로 작가 되기의 첫걸음임을 온몸으로 증언하고 있다. 고통받는 자들을 있는 그대로 사랑하는 마음, 그 안에서 치유의 불꽃을 피워올리는 용기, 아무리 힘들어도 포기하지 않고 끝내 고통받는 자의 편에 서는 용기. 인간 존엄에 대한 궁극적인 믿음이 필요하다. 이토록 끔찍한 인간 본성이 존재함에도 불구하고 인류는 끝내 앞으로 앞으로 나아가리라는 희망도 필요하다. 심지어 체르노빌 원자로 가까이에 일부러 살기로 선택한 사람들의 에피소드는 가장 충격적이다. 사람이 살려고 하지 않는 땅이기에, 그들은 차별과 핍박과 소외를 피하기 위해, 더이상 다른 사람들에게 고통받거나 비난받지 않기 위해 죽음을 무릅쓰고 그 또다른 죽음의 땅을 적극적으로 선택했다. 가슴 아프지만, 그 죽음의 땅에 그냥 살기로 한 사람들의 결정도 존중해야 한다. 그 죽음의 땅이 그들에게는 세상에 단 하나뿐인, 차별과 억압을 피할 수 있는 피난처가 되어버린 것이다.

원전 문제는 원전 문제에만 그치는 것이 아니라 모든 억압과 차별과 폭력이 만나는 무시무시한 교차점이다. 『체르노빌의 목소리』를 통해 알렉시예비치는 그 모든 고통과 억압이 여전히 끝나지 않았음을, 그러나 치유와 혁명을 꿈꾸는 사람들은 여전히 존재함을 보여준다. 우리가 어떻게 세상을 바라보고 그 세상 속에서 무엇을 해야 할지 보여주고 가리켜주는 것이다.

_____ 깊은 한숨의
오케스트라

   카프카의 소설을 읽을 때는 독일어를 열심히 공부해야겠다는 생각이 들고, 제인 오스틴의 소설을 읽을 때는 영어 공부, 루쉰의 작품을 읽을 땐 중국어 공부에 대한 열정이 샘솟는다. 번역된 작품을 읽어도 이렇게 감동적인데 원어로 읽으면 얼마나 더 아름다울까 하는 궁금증이 솟아나기 때문이다. 그때마다 잠깐씩 외국어 공부에 열을 올린다. 끈기가 부족해 금세 열기가 식어버리긴 하지만, 그 나라의 훌륭한 문학작품을 원어로 읽는 것보다 더 완벽한 외국어 공부 방법은 흔치 않음을 매번 깨닫는다. 외국어뿐 아니라 그 나라의 문화, 역사는 물론 사람들의 집단적 심리나 개개인의 미세한 감정의 떨림까지도 고스란히 느낄 수 있기 때문이다. 요즘엔 스베틀라나 알렉시예비치가 '이제는 러시아어 공부를 해야 하는 것인가' 하는 행복한 두려움을 느끼게 한다. 러시아어는 워낙 어렵다는 소문이 자자해 아예 시도조차 해볼 엄두를 내지 않았건만, 알렉시예비치의 『체르노빌의 목소리』『아연 소년들』『전쟁은 여자의 얼굴을 하지 않았다』 등을 읽고 있으면 그녀의 절절한 감수성과 따스한 마음씨가 그녀와 나 사이에 가로놓인 모든 시공간의 장벽을 허물어버리는 듯하다.

소설도 시도 희곡도 아닌데 이토록 아름다운 문학작품이 빚어지다니. 스토리텔링이나 장르에 대한 우리의 모든 고정관념을 무너뜨리는 그녀의 폭발적인 글쓰기의 여정을 따라가다보면, 어느새 또 다음 책은 언제 번역이 되나 기다려진다. 그녀의 글을 읽고 있으면 글쓰기는 단지 내 생각을 적극적으로 표현하는 데 그치는 것이 아니라 이 글이 아니면 세상 어디에서도 울리지 않을 숨은 목소리들을 온몸으로 발굴하는 일임을 알 수 있다. 그녀가 귀 기울이는 사람들의 사연은 하나같이 그동안 차마 자신의 이야기를 마음껏 발설하지 못한 사람들의 억눌린 목소리에서 우러나온다. 『전쟁은 여자의 얼굴을 하지 않았다』(문학동네, 2015)에서 러시아를 침공한 독일군에 맞서 용감히 전쟁터로 나간 여성들, 전쟁터에서 단지 간호나 취사만 한 것이 아니라 총을 들고 직접 싸우고 독일군 탱크를 폭파하는 임무까지 해냈던 여성들의 목소리를 듣고 있으면 '우리가 전쟁에 대해 알고 있는 것은 전쟁에서 승리한 남성들의 서사뿐이었구나' 하는 뼈아픈 깨달음에 다다른다. 독일 병사에게 강간을 당해 그의 아기를 임신한 러시아 여성이 차마 적군의 아이를 낳을 수 없어 스스로 목숨을 끊은 이야기, 독일군과의 전투중 전신화상을 입어 불구가 된 후 전쟁이 끝난 뒤에도 가족에게조차 자신이 살아 있다는 것을 알리지 않은 여성의 이야기, 그리고 전쟁중에 러시아 군인과 사랑에 빠졌지만 전쟁이 끝난 뒤 조강지처에게 돌아가버린 그 사람을 평생 그리워하며 그의 딸을 낳고 혼자 살아온 여성…… 그 모든 이야기가 슬픔과 분노와 비애의 멜로디를 연주하며 가슴속에서 깊고 깊은 한숨의 오케스트라를 빚어낸다.

알렉시예비치는 이렇게 쓰라리고 아픈 이야기야말로 승리자의 역사, 남성들의 전쟁, 국가 주도의 기억 만들기 속에서 잊히고 짓밟히는 소수자들의 목소리임을 밝혀낸다. 화려한 문체를 구사하지도 않고 두드러지게 자신만의 목소리를 드러내지도 않는다. 청춘과 행복, 목숨까지 바쳐 싸웠지만 영웅으로 대접받기는커녕 '결혼하기에는 뭔가 꺼림칙한 여성'으로 홀대받으며 평생 죄의식 속에서 살아온 여인들. 그들의 이야기가 그녀의 글 속에서 담담히게 울려퍼질 뿐이다. 알렉시예비치의 독특한 문학세계는 누구도 들어주려 하지 않는 이야기를 끝내 들어주고자 하는 작가의 따스한 마음, 온갖 말줄임표와 침묵과 망설임 속에 숨어 있는 이야기까지도 끝내 세상

밖으로 끌어내고자 하는 강렬한 의지가 만들어낸 눈부신 기적이다. 작가는 오케스트라의 지휘자처럼 그녀들의 목소리를 세상 가득히 울려퍼지게 하고, 옛날이야기를 기다리는 어린 소녀처럼 반짝이는 눈빛으로 그녀들의 넋두리를 들어주기도 한다. 애써 자신을 드러내려하지 않고 자신의 글 속에서 그토록 오랫동안 울음과 절규를 참고 또 참아온 여성들의 목소리가 최대한 날것 그대로 울려퍼지게 내버려둔다. 때로는 입술보다 귀가 더 커다란 언어적 울림을 표현해낸다. 누군가 반드시 들어주어야만 세상 밖으로 흘러넘칠 수 있는 이야기가 있기 때문이다. '말 잘하는 입술'이 아니라 '타인의 말을 잘 들어주는 귀'가 더욱 절실히 그리워지는 요즘이다.

거리의 버스커들은 귀신같이 눈치를 챈다. 지나치는 사람들이 자신의 음악을 귀 기울여 듣는지 아닌지. 음악이 너무 아름다울 때, 나는 살금살금 다가가 동전을 집어넣고 온다. 방해하지 않으려 했는데, 버스커들은 눈을 감고 노래하다가도 누가 다가와 동전을 넣는 소리를 알아듣고 미소 지으며 '땡큐'를 연발한다. 우리의 듣는 귀가 있을 때, 음악은 비로소 빛을 발한다. 듣기는 결코 일방적인 노동이 아니라, 서로를 향한 간절한 울림통이 되어주는 것이다.

우리, 글쓰는 여자들을 위하여

타인의 행복을 질투하지 않는 내 친구 L에게

어린 시절에 라디오를 듣다가 이런 문장을 듣고 깜짝 놀랐어.

"내가 슬플 때 함께 슬퍼하는 친구를 얻는 것은 쉬운 일이에요. 하지만 내가 기뻐할 때 내 행복을 질투하지 않고 진정으로 기뻐해주는 친구를 찾는 것은 너무 어려운 일이지요."

어렸을 때는 그 말에 공감하기 어려웠어. 세상에는 타인의 행복에 함께 기뻐해주는 사람들이 훨씬 더 많다고, 그렇게 환하고 밝은 쪽으로 생각하고 싶었거든. 친구를 사랑하는 마음보다 친구를 질투하는 마음이 더 클 수 있다는 것을 내 머리로는 이해하기 어려웠어. 나도 누군가를 질투한 적은 있지만, 그 사람이 불행하길 바라는 사람은 되고 싶지 않았거든. 그래서 내가 행복할 때, 내가 뭔가를 잘해냈을 때, 나를 곱지 않은 표정으로 바라보는 사람들을 이해하기 어려웠어. 정말 그 라디오 DJ의 말이 맞았던 걸까. 내 행복을 기뻐하는 친구를 찾는 것은 정말 그토록 어려운 것일까.

안타깝게도 어른이 되어 온갖 파란만장한 일들을 겪고 나니 그 말이 사실이라는 것을 알게 되었어. 사실인 줄 알면서도 여전히 믿고 싶지 않은 말이야. 그러면서도 이미 너무 많은 친구를 바로 그런 이유로 잃어버린 나는 점점 친구를 사귀기가 두려워졌단다. 내가 등단할 때, 내가 책을 낼 때, 내 책이 독자들의 좋은 반응을 얻을 때, 그때마다 친구가 하나둘씩 사라졌지.

이상하게도 나에게 좋은 일들이 생길 때마다 옛 사람들은 점점 멀어지곤 했지. 물론 내가 책을 냈을 때 수십 년 전에 연락이 끊긴 친구에게 연락이 오기도 했어. 그런 건 글을 쓴다는 것의 눈부신 축복이지. 하지만 그 라디오 DJ의 말이 현실이라는 것을 깨달을 때마다 나는 여전히 쓸쓸하고 아파. 참으로 어리석고 유치한 마음이라는 것을 알면서도, 나는 어쩌면 나의 행복을 함께 기뻐해줄 친구를 오랫동안 찾고 있었던 것 같아.

그래서 너의 그 말을 들었을 때 하늘짝 놀랐어.

너는 기억하고 있을까.

"여울아, 난 네가 잘돼서 정말 좋아. 세상에는 내가 잘될 때마다 나를 질투하는 사람들, 내가 잘되지 않기를 바라는 사람들이 더 많았거든. 하지만 난 네가 잘되는 것이 좋아. 내 친구들이 잘되는 것이 좋아. 내가 좋아하는 여자들, 특히 글을 쓰는 여자들이 더 많이 행복해졌으면 좋겠고, 더 멋지게 성공했으면 좋겠어."

네가 뛰어난 사람인 건 중학교 시절부터 알고 있었지만, 네가 이렇게 아무런 꾸밈 없이 따뜻하고 순수한 사람이라는 것을 알게 된 지금이 더 좋다. 사실 너는 다가가기 어려운 존재, 너무 대단해서 동갑인 우리들조차도 기죽게 만드는 사람이었잖니. 전교 1등을 밥 먹듯이 하고, 전국의 백일장을 휩쓸었던 너. 그러면서도 전혀 잘난 척하지 않고, 항상 어딘가 외롭고 쓸쓸하고 그래서 더 우아하고 고결해 보였던 너.

그거 아니? 너는 고독과 우울조차도 매력적으로 만드는 재주가 있단다. 너의 고독은 다가갈 수 없는 바벨탑처럼 높아 보였고, 너의 우울은 쉽게 따라 할 수 없는 거장의 명화처럼 아름다웠어. 하지만 너의 글을 읽고 나서야 깨달았지. 내가 그토록 부러워했던 너의 고독도, 내가 조금이라도 모방하고 싶었던 너의 그 아름다운 우울도 어린 소녀가 감당하기에는 너무 크고 깊고 무서운 것이었음을.

네가 '이 세상에서 글쓰는 여자들이 행복했으면 좋겠다'고 했을 때, '여울이 네가 잘돼서 너무 좋다'고 했을 때. 그 시점이 정확하게 네가 글을 그만 쓰기로 결정했을 때라는 점이 아직도 나를 아프고 힘들게 한다. 네가 글을 쓰지 않는 것이 어쩌면 너를 조금이라도 편

타자기를 보면 나는 네가 생각난다. 어디선가 글을 쓰고 있을 것만 같은, 내 친구 L. 네가 더욱 그리워지곤 해.

하게 할 수 있는 길이라 할지라도, 나는 네가 '글을 쓰지 않음으로써 그 고통에서 조금이라도 벗어나기'보다는 '고통스럽더라도 우리 글쓰는 사람의 길 위에 서 있기'를 바랐던 것 같아.

절필하기로 한 너의 결정으로 인해 네가 얼마나 쓰라리고 아픈 대가를 치러냈는지 알고 있으면서도, 나는 '글을 쓰고 있는 내 친구 L'을 여전히 꿈꾼다. 바보 같지. 그리고 괘씸하기도 할 거야. 널 더 많이 이해해야 할 내가 자꾸만 다른 길로 가려는 너의 옷자락을 붙들고 있는 것처럼 보일 테니까. 하지만 그래도 나는 네가 무엇을 하든, 어쩌면 네가 글쓰기보다 더 잘할 수 있는 다른 일을 하더라도, 너만의 글쓰기를 계속했으면 좋겠어. 네가 이름도 바꾸고 성도 바꾸고 나이도 성별도 국적도 바꾸더라도, 나는 너의 글을 계속 읽을 거니까. 아무도 모르게 회심의 미소를 지으며, '그래, 이건 나의 찬란한 벗 L의 글이야'라고 혼자 쾌재를 부르겠지. 그런 날이 온다면 얼마나 좋을까.

어쩌면 그때 우리는 '글쓰는 여자는 행복하지 않다'는 무의식의 괴상한 가설에 사로잡혀 있었는지도 몰라. 우리가 어렸을 땐, 아무도 작가의 길을 두 팔 벌려 환영해주지는 않았으니까. 공부에 집착했던 내 부모님은 딸이 평생 불안정한 미래를 걱정하는 예술가가 되느니 '번듯한 직장'의 직원으로 있는 것이 더 낫다고 생각하셨던 것 같아. 게다가 우리가 사랑했던 여성 작가들이 얼마나 일과 사랑

사이의 딜레마 속에서 힘겨운 줄다리기를 했는지 우린 너무도 생생히 기억하고 있지.

나는 일과 사랑 둘 다 가질 수 있다는 진취적인 생각보다는 일을 선택하고 사랑은 포기해야겠다는 쪽으로 기울어 있었어. 두 가지 다 잘해낼 자신은 없었거든. 그래서 네가 매번 훌륭한 책을 내는 것보다 더 놀라웠던 것은 네가 '좋은 엄마'가 되었다는 사실이었어. 네가 훌륭한 작가가 되는 것은 너무나 당연하게 느껴졌는데, 네가 좋은 엄마가 되었다는 소식은 더욱 놀라웠어. 나도 모르게 '너도 나처럼 한쪽의 행복은 완전히 접어두고 사는 사람, 일중독자'라고 상상했던 것 같아. 그래서 네가 엄마가 된 것이 그렇게 부럽더라.

경이롭기도 했어. 오직 자기 안의 슬픔에 순수하게 집중하는 것처럼 보였던 네가 24시간 365일 단 한순간도 쉴 수 없는 '엄마'라는 역할을 기쁘게 받아들였다는 것이. 그래서 더더욱, 네가 두 가지 행복을 다 누릴 수 있기를 간절히 바랐던 것 같아. 내가 갖지 못한 행복을 너는 갖기를. 넌 이 세상 무엇과도 바꿀 수 없는 찬란한 너의 분신, 아이를 키우는 사람이니까.

그래서 나는 아직도 포기하지 못했단다. 글쓰는 사람들을 향해 너무도 냉담하고 잔혹한 세상을 향해 이제는 글을 쓰지 않겠다고 선언한 너의 마음을 너무 잘 알지만, 너는 글을 쓰지 않기로 결심했

요새는 손편지를 자주 쓰게 된다. 보내지 않더라도, 우선 손으로 먼저 사각사각 무작정 쓰게 된다. 손으로 편지를 쓰다보면 격렬한 감정이 조금씩 '내가 보살필 수 있는 감정'으로 가라앉곤 해. 종이 위로 펜이 지나가는 소리와 촉감이 너무 좋아서, 그것만으로도 그 사람을 만난 것 같은 반가움이 밀려오곤 한단다.

지만, 너무도 철통같이 단호한 네가 그 결심을 무르지 않으리라는 것을 알지만, 나는 여전히 네가 언젠가 다시 글을 써주기를 기다린단다. 나는 네가 쓰지 않은 모든 글마저, 앞으로 절대로 쓰지 않기로 결심한 그 모든 글마저 사랑한단다.

너의 모든 결정을 존중하지만, 그래도 네가 언젠가는 '우리, 글 쓰는 여자들'의 맨 앞자리에 섰으면 좋겠어. 너의 이름이 아닌 다른 이름을 써도 좋으니까, 다른 국적과 다른 이름과 다른 언어를 써도 좋으니까, 네가 언젠가 다시 너만의 글을 썼으면 좋겠어. 너처럼 글을 쓸 수 있는 사람은 이 세상에 결코 없을 테니까. 그건 너를 처음 만났던 열네 살 때부터 지금까지 단 한 번도 변한 적 없는 내 믿음이니까.

가끔 이런 생각이 불쑥 회오리바람처럼 내 머릿속을 훑고 지나가. 내 친구의 마음속에 '생각'으로만 움트고 있던 그 수많은 이야기들이 영원히 출판되지 않는다면 어떻게 하지? 그 아름다운 이야기들은 다 어디로 가는 것일까. 우리가 읽을 수 있었던, 읽으며 분명히 울고 웃고 사랑하며 애틋하게 어루만졌을 그 아름다운 이야기들은 과연 어디로 가는 것일까. 이런 생각을 하면 가슴속에 폭풍우가 지나간 듯 텅 빈 폐허가 떠오르곤 한단다. 나는 그냥 친구이기만 한 것이 아니라 너의 독자이기도 하다는 것을 네가 기억해주었으면.

우리, 글쓰는 여자들을 위하여

나 또한 너의 새로운 이야기를 너무도 간절히 기다리는 보통의 독자라는 것을 네가 잊지 않아주었으면.

네가 어디에 있든 설령 글쓰기보다 더 멋진 일을 찾는다 해도, 네가 글쓰기의 끈만은 놓지 않았으면 해. 네가 속상할까봐 말조차 걸지 못하며 기다리고 있는 독자들이 엄청나게 많다는 것을, 네가 잊지 말았으면. 나의 사랑하는 친구이자 내가 가장 타는 듯한 목마름으로 기다리고 있는 아름다운 작가 L에게. 설령 내 간절함이 너에게 가닿지 못한다 하더라도, 나는 묵묵히 오늘의 기다림을 계속할 거야.

단발머리 여고생 시절, 사실 나는 너를 뛰어넘고 싶은 것이 아니라(그건 지금도 불가능하고, 앞으로도 불가능해.) '그냥 너의 친구가 되고 싶었다'는 것을 이제야 기쁜 마음으로 고백할 수 있는 것처럼, 나의 이 간절한 마음도 언젠가는 너에게 닿아 철통같은 너의 다짐을, 철통같은 너의 순수를 조금이라도 간지럽히고 조금이라도 말랑말랑하게 만들어서 너의 마음을 바꿀 수 있지 않을까, 하고 즐거운 마음으로 상상해본다.

'네가 잘되어서 너무 좋다'는 너의 말보다 더 간절하게 나는 네가 누구보다도 더 행복하기를, 행복 앞에서 두려워 도망치지 않기를, 네가 지금보다 더 잘 지내기를, 네가 더 많은 사랑을 듬뿍 받기를, 누구보다도 더 간절히 바라고 있단다. 나의 기원이 너에게 가닿길.

이런 마음이기에 네가 너무 그리우면서도 너에게 쉽게 연락할 수가 없었어. 만나서 도란도란 수다를 떨어도 좋겠지만, 너에게 한 번이라도 제대로 된 편지를 쓰고 싶었어. 말로 털어놓으면 너무 쑥스러울 이 고백이 글로 쓰니까 참으로 자연스럽기 이를 데 없구나. 있지, 이상하게도 나는 너를 생각할 때마다 아직도 떨린단다.

슈퍼스타에게 수줍은 팬레터를 보내려다가 밤새도록 편지를 써놓고 아침에는 찢어버리는 사춘기 소녀의 심정과도 조금은 비슷한데, 그것만으로는 설명하기 어려운 떨림이야. 그건 내가 너의 마음에 수줍게 노크할 때마다, 내가 한 번도 밟아본 적 없는 새로운 미지의 땅이 열리는 느낌이기 때문이야.

너에게 다가가는 것은 너무 어렵고 떨리는 일이지만, 너에게 한 걸음씩 다가갈 때마다 나는 '친구를 사귀기 두려워하는 예전의 소심한 나'가 아니라, 친구의 아픔마저 사랑하는 좀더 따스한 존재가 되기 때문이야. 하지만 이 떨림을 여전히 설명하기 어렵네. 처음엔 내가 너의 눈치를 보는 건 줄 알았는데, 그게 아니었어. 그저 너를 생각하면 나도 모르게 느끼는 순수한 떨림이었단다.

아마 나는 여전히 너의 더 커다란 행복을, 너의 새로운 글을, 너의 아름다운 삶을 간절히 꿈꾸는, 그렇게 꿈꾸는 것이 전혀 어색하지 않은 진정한 친구가 되고 싶나봐. '우리, 글쓰는 여자들'을 위해, 네가 더 환한 미소로 마치 아무 일도 없었다는 듯이 해맑은 미소로 다시 돌아오기를 오늘도 나는 기다린단다. 시간이 갈수록 점점 더 커가는 그리움으로, 알 수 없는 속도로 더 커가는 떨림으로.

내가 갖지 못했던 충만한 삶을 너는 꼭 가졌으면. 일과 사랑이라는 두 마리 토끼를 꼭 다 잡기를. 엄마와 작가라는 두 가지 양립하기 어려운 미션을 다 잘해내기를. 너는 내 행복을 질투하지 않고 마치 자신의 행복처럼 기뻐해주던 소중한 친구니까. 세상엔 타인의 행복을 질투하지 않고 진정으로 응원해주는 사람이 실제로 존재한다는 것을 처음으로 믿게 해준 친구니까.

너를 그리워하지만 다가가기가 여전히 어려운 친구 여울로부터 고흐의 해바라기를 바라보는 가족. 세상모르고 쿨쿨 잠든 아기가 이 풍경의 못 말리는 다정함을 완성한다. 고흐와 아빠와 엄마와 아기. 네 사람은 이날 더없이 화목한 한때를 보냈을 것이다. 뮌헨에서 만난 이 가족을 부러운 눈빛으로 바라보는데, 나 또한 덩달아 행복해졌다. 불타는 질투가 아닌 해맑은 부러움이 내 마음을 따스하게 밝혀주었다.

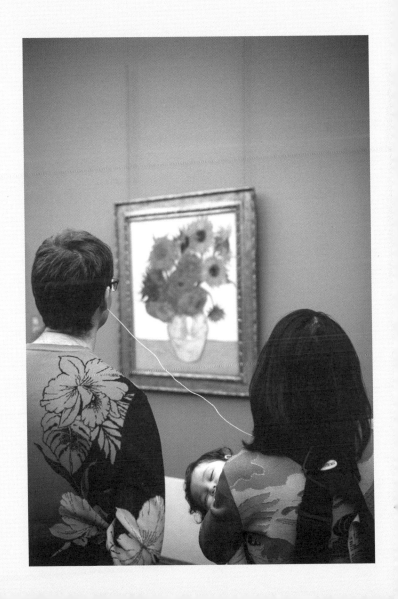

_____ 쉽게 시작하고
          쉽게 끝나는 사랑을 넘어서

누군가를 아끼고 사랑하는 마음에도 과연 유효기간이 있을까. 예전에는 "어떻게 사랑이 변하니"라던 영화 속 순정남처럼 사람들은 그래도 마음 한켠에 '변치 않는 마음'에 대한 애잔한 그리움을 간직하고 있었다. 과거에는 '진지한 관계는 싫다'고 하는 사람들을 이기적인 사람으로 바라보는 풍토가 지배적이었다. 흔히 로맨틱코미디 영화에서 여주인공을 괴롭히는 '나쁜 남자'는 대부분 가벼운 만남, 아무런 책임도 지지 않는 데이트, 동거나 결혼 같은 진지한 선택을 아예 요구받지 않는 상황을 원했다. 〈브리짓 존스의 일기〉에서 휴 그랜트가 맡았던 바로 그런 역할, 즉 겉으로는 화려하고 매력적이지만 지독한 에고이스트인 남자가 전형적인 '나쁜 남자'

캐릭터였다. 유혹의 귀재이지만 책임질 일이 생길까봐 전전긍긍하는 스타일 말이다. 그런데 지금은 '나도 진지한 관계는 싫다' '가벼운 만남이 좋다' '책임지는 관계는 골치 아프다'고 말하는 사람들이 점점 많아진다. 오래 만나고 오래 사랑하고 마침내 평생 함께하는 관계를 꿈꾸는 사람들이 점점 줄어든다.

세계적인 사회학자 에바 일루즈는 『사랑은 왜 끝나나』(돌베개, 2020)에서 바로 이렇게 쉽게 시작되고 쉽게 끝나버리는 현대인의 사랑이 바로 자본주의의 근원적 속성 때문이라고 진단한다. 점점 더 비싸지는 주거비, 생활비, 취직의 어려움, 한계에 다다른 도시화 현상, 이 모든 것이 자본주의의 급속한 성장으로 인해 가속화되었고, '한 사람의 독립한 인격'으로서 성장하고 독립하는 데 더 많은 비용과 시간이 들게 됨으로써 사람들의 관계 속에서 낭만은 점점 사라져가고, 책임지는 관계 또한 어느 정도의 경제적 토대를 필요로 하기 때문이다. 에바 일루즈는 "어떻게 자본주의가 성적 자유를 점령해, 성적 관계와 낭만적 관계를 유동적이고 혼란스럽게 만들었는가"를 해명하면서, 이 책의 제목을 '사랑은 왜 끝나나Warum Liebe endet'라고 지었다. 그런데 바로 이렇게 사랑을 멀리하고 진지한 관계를 포기하면서 사람들은 그 어느 때보다도 더 외로워지고 우울해지며 고독사와 우울증의 비율이 치솟는 각박한 사회 속에 살게 되었다는 점이 더욱 안타까운 현실이다. 단지 전통적인 의미의 낭만적 사랑이 희귀해져서 문제인 것이 아니라, '사랑'이라는 감정을 유지하는 것이 점점 어려워짐에 따라 '내 마음을 기댈 곳이 줄어든 다는 것이 더 큰 문제인 것이다.

1818년에 출간된 제인 오스틴의 소설 『노생거 사원』에서는 남녀의 차이를 이렇게 설명한다. "남성은 자유로운 선택이라는 이점을 누리는 반면, 여성은 오로지 거부의 권리만 가진다." 그때에 비하면 여성 또한 대체로 자유로운 선택의 이점을 누린다는 측면에서 조금은 나아진 것이다. 하지만 여전히 지구상에는 남편이나 남자친구의 폭력과 학대에 시달리는 여성들이 많고 임신과 출산 때문에 경력이 단절되는 여성들이 많다는 점을 생각하면, 아직도 '여성의 자유로운 사랑'이라는 것은 길고 어려운 투쟁의 과정중에 있는 것이 아닐까.

그런데 현대인의 사랑에서 또다른 결정적인 문제는 사랑의 감정이 불붙기도 전에 사랑을 시작하는 것을 두려워하는 인간의 모습이다. 인간이 사랑을 덜 필요로 해서 사랑이 사라져간다면 '왜 현대인의 사랑은 더 빨리, 더 쉽게 끝나는가'의 문제가 이토록 심각하지는 않을 것이다. 하지만 인간은 여전히 사랑을 필요로 하는 존재이고, 어쩌면 전통사회보다 더욱 외로워지고 각박해진 사회에서 인간은 더 간절히 사랑을 필요로 한다. 바로 그렇기 때문에 현대인의 사랑이 이토록 쉽고 빠르게 끝나버린다는 것, 사랑을 시작조차 제대로 해보지 못한 채 끝나는 경우가 많다는 것이 문제가 된다. 기댈 곳이 없어진다는 것은 인간의 마지막 보루, 즉 사랑을 향한 기대 자체가 사라진다는 것이기 때문이다.

결혼이 사랑의 종착지가 아닐지라도, 사람들이 그저 사랑하기 위한 사랑을 멈추지 말았으면 좋겠다. 서로가 서로에게 완전히 기댈 자리를 내어주는 것, 그것이 사랑의 본질이기에. 내가 더 많이 기대도 되는지 네가 더 많이 기대는 건 아닌지를 저울질하지 않고, 오직 그 사람의 안부를 나의 안부보다 더 걱정할 수 있는 조건 없는 따스함, 마음속 당신의 자리가 너무 커져서 '나'와 '너'를 구분하는 경계 자체가 사라지는 것, 그것이 사랑이므로.

베로나에 있는 '줄리엣의
집'에서 발코니에 선 꼬
마 소녀. 그날 소녀는 온
세상의 열렬한 사랑고백
을 받는 듯했다.

진정한 소울메이트를 찾는 법

어렸을 때는 우정에 대한 '오기' 같은 것이 있었습니다. 아무리 친구가 나를 힘들게 해도, 아무리 친구가 빠져나오기 어려운 곤경에 빠져도 친구를 저버리진 말아야지 결심하곤 했지요. 그런데 그런 노력 끝에 '내 친구'라는 이유만으로 모든 아픔을 함께했다고 믿었던 친구가 제 등뒤에서 저를 험담하고 있는 것을 알게 되었습니다. 그것도 제가 하지도 않은 말과 행동을 제멋대로 각색해서 퍼뜨리고 다닌 사람이 바로 제 친구라는 것을 알게 되었지요. 그뒤로도 몇 차례 뼈아픈 배신의 경험을 겪고 나서야 저는 친구에 대한 미련을 버렸습니다. 하지만 아직도 꿈속에서 그 친구를 만나곤 합니다. 친구의 배신은 오랫동안 마음 아팠지만, 그렇게 순수하게 누군가를 좋아하는 마음은 다시 가지기 어려웠기 때문이지요. 사람을 믿기 어려워지는 것은 마치 형벌처럼 모든 인간관계에 먹구름을 드리웠습니다. 그 친구와 영원히 헤어진 뒤, 누군가에게 내 아픔을 말하는 것이 두려워졌지요. 누군가와 내 슬픔을 나누는 것을 꺼리게 되었습니다. 그러다가 도스토옙스키의 『죄와 벌』을 읽었습니다.

많은 사람들은 이 소설을 '뼈아픈 속죄의 이야기'로 기억합니다. 하지만 저에게는 『죄와 벌』이 지상에서 가장 따뜻한 우정의 이야기 중 하나입니다. 더 정확하게 말하면, 이 세상에는 내 친구가 전혀 없다고 생각하던 망가진 영혼이 세상 모두를 다 주어도 바꾸지 못할 진정한 소울메이트를 발견하는 이야기이지요. 소냐가 바로 로자에게 그런 사람입니다. 가난한 청년 로자는 경제적인 궁핍 때문에 오랫동안 비참한 생활을 하다가 자신의 분노를 풀 희생양을 찾게 되고, 안타깝게도 전당포의 노파를 살해하고 맙니다. 노파를 죽인 뒤 돈을 훔칠 작정이었지요. 심지어 그렇게 피도 눈물도 없는 구두쇠 노파를 죽이는 것은 전혀 나쁜 일이 아니고 세상을 위한 일이라는 얼토당토않은 자기합리화까지 해가면서요. 그러다가 노파를 죽인 뒤, 예상치 못한 시간에 나타난 아무 죄 없는 여인 리지베타까지 죽이고 맙니다. 자신이 머릿속으로 상상만 했던 살인이 이토록 처참하고 무서운 일임을 비로소 깨달은 로자는 점점 더 심각한 우울과 절망에 빠집니다.

로자는 한때 세상에서 자신이 가장 불쌍하다고 생각했습니다. 하지만 자기보다 더 불쌍한 가족을 만나게 됩니다. 술주정뱅이 아버지와 불쌍한 동생들을 먹여 살리기 위해 몸까지 팔아야 했던 여인 소냐를 만나고 나서야 로자는 정신이 번쩍 듭니다. 로자는 소냐가 그렇게 험난한 인생을 살면서도 전혀 영혼의 때가 묻지 않았다는 사실에 놀랍니다. 소냐는 자신에게 가난과 절망밖에 물려주지 않은 아버지에 대한 원망 한 자락 없이, 자신을 길거리로 내몬 세상에 대한 분노 한 가닥 없이 하루하루를 성실하게 살아갑니다. 소냐는 오히려 파리한 행색의 로자를 걱정합니다. 로자는 그녀의 해맑음, 그녀의 깨끗함에 놀랍니다. 세상 같은 건 그녀를 더럽힐 수 없었던 것입니다. 로자는 소냐가 걱정스럽지요. 안 그래도 세상 가장 밑바닥에서 힘들게 살고 있는 소냐가 자신 때문에 더 힘들고 괴로울까봐, 처음에는 자신의 마음을 있는 그대로 보여주는 것을 두려워합니다. 하지만 로자는 이 세상 어떤 신부보다도, 어떤 형사보다도 유일하게 자신의 죄를 있는 그대로 고백할 수 있는 사람이 소냐임을 깨닫습니다. 소냐는 로자에 대하여 아무런 편견도 가지고 있지 않다는 것, 자신을 있는 그대로의 존재로 사랑해줄 수 있는 사람은 소냐뿐임을 깨달은 것이지요. 정작 소냐 자신은 전혀 힘들지 않다고 생각합니다. 물론 가난과 비참은 힘들지만, 로자가 자신의 끔찍한 살인죄를 고백하며 소냐에게 완전히 투명한 자신을 내보이는 순간, 소냐는 처음으로 자신이 이 세상에 필요한 존재가 되는 것 같은 구원의 감정을 느낍니다.

소냐는 살인자인 로자를 무서워하지도 않았고, 그가 저지른 살인 때문에 그를 범죄자로 낙인찍지도 않습니다. 소냐는 로자의 그 무시무시한 범죄 뒤에 숨은 로자의 아직 부서지지 않은 영혼, 더럽혀지지 않은 양심을 꿰뚫어봅니다. 그리고 소냐는 로자의 뼈아픈 고해를 처음부터 끝까지 들어줌으로써 자신이 새로운 존재로 거듭나는 것을 느낍니다. 그녀는 이제 단지 가난 때문에 식구들을 먹여살릴 돈을 벌어야 하는 기계적인 존재가 아니라 이 세상 그 누구에게도 자신의 마음을 털어놓을 이 없는 외로운 청년 로자에게 꼭 필요한 친구이자 연인이 되었지요.

소냐는 성당 없는 신부님처럼, 결혼하지 않아도 완벽한 사랑처럼, 어떤 우정의 맹세 없이도 완전한 친구처럼 로자에게 그 모든 것이 되어줍니다. 소냐는 당신과 함께 한없이 이 세상의 가장 비참한 나락으로 추락할 준비가 되어 있었기 때문이지요. 『죄와 벌』은 예전보다 훨씬 많은 문명의 이기들을 누리고 살지만 예전보다 훨씬 외로워져버린 우리 현대인에게 이렇게 질문하고 있는 것은 아닐까요. 당신에게는 소냐 같은 진정한 소울메이트가 있냐고. 당신의 가장 부끄러운 죄를 보여주어도 당신에게 실망하지 않는 사람. 기꺼이 당신과 함께 추락할 준비가 되어 있는 사람, 당신과 함께 현실적으로는 추락할지라도 사실 마음 깊은 곳에서는 항상 하늘 높이 비상하고 있는 사람. 당신과 함께 가장 초라하고 열악한 공간에서 잠들지라도, 그다음날 아침 당신과 함께 가장 환하고 아름다운 미소로 깨어나는 사람. 당신이 곁에 있다는 것만으로도 세상 모든 것을 다 가진 듯 환한 미소를 짓는 그 사람이 바로 당신의 진정한 소울메이트가 아닐까요.

당신이 빛나기 때문에, 당신이 성공했기 때문에 좋아하는 사람들은 진정한 친구가 아니지요. 당신과 함께 기꺼이 추락할 준비가 되어 있는 사람, 당신이 추락하더라도 당신을 세상에서 가장 빛나는 존재로 바라봐주는 사람. 그가 진정한 당신의 소울메이트입니다.

이 머나먼 곳에도 빨강머리 앤과 다이애나가 있었다니. 서로를 바라보는 눈에서 까르르 별들의 미소가 쏟아질 것만 같다. 만나자마자 몇 시간 되지도 않아 영원한 우정을 맹세한 다이애나와 앤처럼, 이 아이들은 이 순간을 영원히 길게 더 길게 늘일 수 있을 것만 같다. 부에노스아이레스에서 만난 꼬마 천사들.

_____ '자기만의 방'을 넘어

우리 모두의 방으로

　　우리 여성들에게는 이제 예전보다 훨씬 많은 '자기만의 방'이 생
겼다. 그런데도 왜 아직 자유가 부족하게 느껴지는 걸까. 왜 우리
는 자기만의 방을 가졌음에도 아직 충분히 행복하지 않을까. 버지
니아 울프의 『자기만의 방』은 여성들이 자기 삶을 개척하기 위해 반
드시 안정적인 생계 수단과 자신만의 공간이 있어야 함을 가르쳐
주었다. 『자기만의 방』이 처음 출간되었던 1929년, 그 시절에 비하
면 여성들은 훨씬 많은 권리와 자유를 쟁취해냈다. 1893년 세계 최
초로 여성에게 참정권이 주어진 뉴질랜드의 모범적 사례도 있지만,
여성들이 힘겨운 투쟁을 통해 가까스로 참정권을 얻어낸 영국의
사례는 〈서프러제트〉라는 영화로 만들어질 정도로 수많은 이야기

를 남겼으며, 2015년에야 여성 참정권이 주어진 사우디아라비아도 있고, 여전히 여성에게 참정권이 없는 나라도 있다.

여성들에게는 예전보다 훨씬 많은 자기만의 방이 생겼지만, 왜 우리의 상상만큼 행복하지는 않은 걸까. 버지니아 울프가 여성이 홀로 자신의 꿈을 이룰 수 있는 자기만의 방을 갖기 위해 연간 500파운드 이상의 고정수입이 있어야만 한다고 선언했던 그 시대에 비하면, 우리는 엄청난 자유와 권리를 얻었다. 하지만 그것이 오직 '자기만의 방'일 때, 우리는 또다른 결핍을 느끼는 것이 아닐까. 많은 사람들은 이제 뭔가 생각하고 꿈을 꿀 수 있는 자기만의 방을 갖긴 했지만, 그 방에서 무엇을 어떻게 해야 할지에 대한 대답을 아직 찾고 있는 것이 아닐까. 자기만의 방을 넘어 자기를 넘어선 방을 꿈꿀 권리, 즉 홀로 고독할 권리를 넘어 연대하고 창조하고 향유할 수 있는 다채로운 축제의 공간으로 확장되는 공간. 나는 그런 공간을 꿈꾸며, 우리보다 더 힘든 상황에서 자유를 찾아 헤맨 전사들의 글을 찾아 읽는다.

시인 에이드리언 리치의 『우리 죽은 자들이 깨어날 때』(바다출판사, 2020)는 바로 그런 질문에 대한 강렬한 힌트를 남겨준다. 에이드리언 리치는 『자기만의 방』을 읽다가 버지니아 울프의 어조에 묻어 있는 어떤 안간힘과 조심스러움, 화난 사람처럼 보이지 않기 위한 집요한 침착함을 읽어낸다. 셰익스피어처럼 위엄 있게 제인 오스틴처럼 냉정하게 말하기 위해 애쓰고 있는 울프의 모습은 '자기만의 목소리'라기보다는 자기를 잃지 않으려는 안간힘처럼 보이기도 한다. '그냥, 울프'라도 충분히 멋질 텐데. 타인의 시선을 의식하지 않고, 그녀의 자유를 짓눌렀던 아버지와 오빠를 비롯한 수많은 남성들의 시선을 의식하지 않고, 그저 버지니아 울프 자신의 목소리로 글을 썼더라면 더 멋있었을 텐데. 그러나 과연 그렇게 완전히 순수한 자유로움이란 과연 가능한 것일까.

버지니아 울프가 슬픔과 우울과 절망 속에서 글을 썼던 것은 너무나 안타깝지만, 만약 그녀가 그 슬픔과 우울과 절망 때문에 정말로 글쓰기를 포기했다면? 그건 상상하기도 싫은 공포가 아닌가. 버지니아 울프, 제인 오스틴, 샬럿 브론테와 에밀리 브론테, 나혜석…… 그 수많은 여성들이 그럼에도 불구하고 글쓰기를, 싸움을, 사랑을 멈추지 않았기에 우리는 그 실패와 성공의 잔해가 무한한 자양분이 된 창조의 토양 위에서 글을 읽고 쓰며 살아가고 있으니까. 그들이 없었더라면, 그들이 싸우지 않았더라면, 그들이 투쟁을 멈추었다면, 상상할 수 없는 침묵과 절망이 지금도 우리 앞을 가로막고 있지 않았을까.

나는 커다란 혼란 속에서도 단 하나의 중심을 찾기 위해 분투한다. 그것은 바로 홀로 생각할 시간. 자유롭게 생각을 조립할 시간, 글을 쓰고 고치고 망치고 또 쓸 수 있는 그런 시간이었다. 나 자신으로서 사는 시간. 우리 여성들에게는 딸이며 아내이며 어머니일 시간을 벗어나 내가 마음먹은 순간에는 언제든 그 모든 것으로부터 벗어나 그냥 나 자신일 수 있는 시간이 필요하다. 아직 우리는 목마르다. 더욱 뜨겁고 더욱 눈부시게, 창공을 향하여 날아오를 자유를 위해, 더 오랜 시간, 더 맑은 정신으로, '나 자신'으로 깨어 있고 싶다. '자기만의 방'을 넘어 '우리 모두의 방들'이 연대할 수 있는 더욱 자유로운 인간들의 공동체를 꿈꾼다. 우리 여성들에게는 딸이며 아내이며 어머니일 시간을 벗어나, 내가 마음먹은 순간에는 언제든 그 모든 것으로부터 벗어나 그냥 나 자신일 수 있는 시간이 필요하다.

그들이 깜빡한 존재들

선생님, 우리가 마지막으로 함께 걸었던 때가 언제일까요. 몇 달 전 제가 선생님 댁 앞의 카페로 찾아갔지요. 그때 선생님은 무척 야위셨지만, 저와 함께 천천히 걸어주셨습니다. 한 걸음 한 걸음 힘겹게 발을 떼는 선생님을 보면서 제 마음은 조마조마했지만, 그날의 햇살과 바람과 거리의 북적거림을 우리가 함께 느낄 수 있다는 것이 좋았습니다. 돌이켜보면 선생님과 함께 걷는 시간이 늘 좋았어요. 함께 차를 마시는 시간, 술 한잔 함께하던 시간, 함께 읽은 책에 대해 시간 가는 줄 모르고 담소를 나누던 시간. 그 모든 시간이 소중했지만, 조금 더 함께하고 싶은 시간이 바로 공연이나 전시를 함께 관람하는 시간이었어요. 런던의 셰익스피어 글로브 극장에서 우리 함께 연극 〈클레오파트라〉를 봤던 것이 마지막 공연이었지요. 야외극장이라 햇빛을 피할 수가 없었지요. 쏟아지는 뙤약볕 속에서, 좀처럼 알아듣기 힘든 영국식 영어 때문에 세 시간 가까이 때아닌 마음고생을 하긴 했지만, 그럼에도 여전히 멋진 시간이었어요. 이 세상에 이미 존재하는 아름다움을 마음껏 감상할 수 있는 시간, 그런 시간이야말로 우리가 충분히 함께하지 못한 안타까운 시간이었어요.

언젠가 선생님이 이런 말씀을 하신 적이 있잖아요. "지금 우리가 함께 있는 시간이 우리 인생에서 가장 젊고 건강하고 행복한 순간이야. 그러니 힘든 일이 있어도 이 순간을 즐기자. 지금 이렇게 우리가 이런 모습으로 함께할 수 있는 시간은 단 한 번뿐이니까." 런던에서 함께 연극을 보던 그때가 그런 순간이었어요. 선생님은 더할 나위 없이 건강하시고, 저는 끝없이 새로운 일을 향한 열정으로 가득차 있었던 순간. 우리가 함께할 수 있는 가장 젊고 눈부시고 아름다운 순간이었지요. 그런 순간이 다시 오기를, 단 한 번만이라도 그런 따스한 햇살 아래서 선생님과 함께 걷고 이야기하고 웃을 수 있는 시간이 오기를 간절히 꿈꿔봅니다.

이제는 혼자 공연을 볼 때가 많습니다. 저와 비슷한 취향을 가진 사람을 만나기가 어렵거든요. 반드시 누구나 고개를 주억거리는 고전명작이 아니더라도, 아직 내용을 전혀 모르는 신작 뮤지컬이라도 저는 도전해봅니다. 작년에는 세종문화회관에서 〈조선삼총사〉라는 창작 뮤지컬을 혼자 관람했습니다. 뮤지컬 리뷰 원고를 의뢰받았고, 마침 '마스크를 쓰고서라도 꼭 공연 한 편 보고 싶다'는 생각이 들던 때였거든요. 이 작품은 1811년(순조 11년)에 일어났던 홍경래의 난을 배경으로 합니다. 대동강 물을 마치 자기 소유물처럼 거리낌 없이 팔아먹은 희대의 사기꾼 김선달과 또하나의 가상인물 조진수(정부관리)를 등장시켜 그 세 사람이 동시대의 절친한 벗이었다는 설정으로 극을 끌어갑니다.

당시 관료들의 횡포를 묘사한 정약용의 글이 남아 있지요. 『여유당전서』 중 '하일대주夏日對酒'에는 '가죽을 벗기고 살을 베는 정치를 어찌하여 품 팔고 구걸하는 무리에게만 시행하냐'며 통치자들의 횡포를 비판하는 정약용의 서슬 퍼런 문장이 빛납니다. 군포를 뜯어가는 관리들의 등쌀에, 백성들은 1년 내내 힘들여 고생해도 제 몸 하나 건사할 수 없는 처지가 된 것이지요. 갓 태어난 어린아이도, 재와 먼지로 돌아간 백골조차도 그 몸 하나하나에 요역이 부과되어 곳곳에서 백성의 통곡소리가 그치지 않았고, 더이상 아이를 낳지 않으리라 결심한 한 농민은 마침내 자신의 양근陽根을 자르는 참사까지 일어났던 것입니다. 양근, 즉 남성의 생식기를 차라리 잘라버릴 정도로 고통스러운 삶, 그것이 바로 백성들의 현실이었던 것입니다.

웅장하면서도 호쾌한 음악으로 시작되는 무대. 1805년 평안도에서 시작된 삼총사(홍경래, 김선달, 조진수)의 우정은 민초들의 고통 속에서 시작됩니다. 삼정문란과 세도정치의 횡포가 극에 달한 시대. 백성들은 걸핏하면 군포를 뜯어가는 관리들의 등쌀에 허리가 휘어지지요. "오늘도 세금, 내일도 세금, 매일매일 세금, 견딜 수 없어, 살 수가 없어. 남김없이 빼앗아가네." 탐관오리들은 당장 먹을 것도 없는 농민들에게 군포를 착취하고 고리대금업자들은 곡식을 빌려준다는 명목으로 엄청난 이자를 뜯어갑니다. "빌려주실 때부터 곡식의 절반이 모래였습니다." 절반이 모래로 섞인 곡식을 눈물과 섞어 먹어야 했던 백성들의 고통이, 지금 팬데믹 사태로 인해서 일자리를 잃고 한계 상황에 몰린 수많은 사람들의 고통과 겹쳐져 가슴이 먹먹해졌습니다.

모범생 조진수는 세금제도를 바꾸어야 한다고 생각합니다. 법과 제도 안에서 뭔가를 바꿀 수 있다고 순진하게 믿는 것입니다. 김선달은 부자들의 재산을 빼앗아 가난한 자들에게 나눠주는 로빈후드식 개혁의 길을 가려 하지요. 홍경래는 민란을 일으켜 백성들을 결집하고, 파죽지세를 올리며 평안북도 사방 곳곳을 점령해나갔으나, 정주성에서 관군에게 패하고 맙니다. 홍경래를 중심으로 결집한 백성들은 정주성에서 목숨을 걸고 항쟁했고, 한겨울에 정주성에 갇혀 굶주림과 공포를 견디며 통치자들의 횡포에 저항했습니다.

그 어떤 회유에도 넘어가지 않은 백성들의 결사항쟁에 지쳐버린 관군은 땅굴을 파들어가 성을 파괴하는 전략으로 마침내 진압작전에 성공합니다. 홍경래와 백성들은 한겨울에 추위에 떨며 정주성에 들어갔고 관군이 그들을 진압한 것이 1812년 4월 19일이었다고 하니, 그들은 겨울과 봄 무려 두 계절에 걸쳐 정주성 속에 그들만의 간절한 유토피아를 세운 것입니다. 이때 무려 2983명이 체포되어 여자와 소년을 제외한 1917명 전원이 일시에 처형되었고, 봉기를 이끈 지도자들은 전투중 죽거나 한성으로 압송되어 참수되었습니다. 무려 3천 명에 가까운 사람들이 체포되어 그중 2천 명에 가까운 이들이 관군에 목숨을 잃다니. 굶주림에 허덕이며 고통을 못 견디다 민란을 일으킨 백성들을 역적으로 내몰아, 제 나라 백성들을 처참하게 죽여야만 유지되는 권력이란 과연 얼마나 대단한 것이었을까요. 역사책에 역적으로 기록된 그 얼마나 많은 사람들이 실은 이처럼 무고하고 비참하고 안타까운 사연을 간직한 채 고통스러운 죽음을 맞이해야 했을까요.

세 친구는 〈조선삼총사〉에서 각기 다른 노선으로 갈등하지만, 결국 가난한 자를 더 가난하게 하고 부자들의 배를 더욱 불리는 당시의 정치 상황이 잘못되어 있음을 처절하게 공감하고 있었습니다. 홍경래의 봉기는 시종일관 용감하고 비장하게 묘사되고, 대동강 물을 100만 냥에 팔아 탐관오리를 농락하는 김선달은 통쾌한 유머로 관객들을 웃기고, 조진수의 현실적이고 이성적인 판단은 제도 안에서 개혁을 한다는 것이 얼마나 어려운지를 보여줍니다. 그런데 뜻밖에 제 눈길을 가장 끄는 것은 〈조선삼총사〉의 주인공들보다도 '자임'이라는 이름을 지닌 김선달의 아내였습니다. 김선달의 아내는 아픈 사람들, 가난한 사람들, 고통받는 사람들을 끊임없이 돕다가 마침내 홍경래의 난에서 죽어가는 사람들과 함께 정주성을 끝까지 사수하는 길을 택합니다. 김선달이 처음으로 사준 옥비녀 하나를 남편에게 받은 생애 첫 선물이라며 기뻐하는 아내의 모습. 세상을 바꾼다며 집 떠나간 남편을 도저히 집에서 기다릴 수만은 없어, 자신이 첩자로 변신하여 탐관오리의 횡포 한가운데로 잠입하는 용감한 여자, 자임. 홍경래의 혁명도, 김선달의 개혁도, 조진수의 진보도 아니지만, 다만 그 모든 고통받는 사람들을 끝없이 돌보고 또 돌보다가 마침내 스스로가 이름 없는 전사로 죽어가는 것. 그것이야말로 홍경래의 난뿐 아니라 전 세계에서 일어났던 수많은 농민봉기나 노동자투쟁에서 가장 많은 투사들이 선택했던 길이 아닐까요. 그리하여 중요한 것은 '혁명이냐 개혁이냐 진보냐'가 아니라 '얼마나 많은 사람을 얼마나 변치 않는 마음으로 돌보고 보살피고 끝까지 곁에 있을 것인가'라는 문제가 아닐까요. "자임아, (비녀를) 더 많이 주워온다 했는데, 어찌 이것 하나 가져가지 않니. 어디로 가는가요. 의연하고 멋진 당신. 이 사람 저 사람 돕다가 저 하늘까지 가는 거요." 뮤지컬 속의 애절한 노래 가사를 들으며 저도 모르게 뜨거운 눈물이 맺혔지요. 나는 과연 사람들을 제대로 돕고 보살피고 그 곁에 있는 사람인가 하는 생각 때문에 며칠째 잠을 못 이루었습니다.

어린 조카들과 이 뮤지컬을 함께 본다면 어떤 토론을 할까, 그런 고민도 해보았습니다. 김선달식의 실용주의 노선도 가능할 것이고, 조진수식 '제도 안의 진보' 노선도 가능하겠지만, 역시 궁지에 몰린 백성들이 꺼낼 수 있는 마지막 카드는 홍경래식의 봉기나 혁명뿐이 아닐까요. 하지만 조카들과 이야기를 나눌 때는 '세 사람의 길 모두 일리가 있다'고 설명해야 하지 않을까 하는 현실주의자의 고민도 해보았습니다. 그들 모두는 자신의 자리에서 무언가를 절실히 꿈꾸었으니까요. 간절히 꿈꾸며 이 세상을 바꾸기 위해 조금이라도 노력한 사람들이라는 점에서 그들은 저마다 소중한 역사의 주인이니까요. 어떤 꿈도 꾸지 않는 게으른 자들의 세상보다는 어떻게든 마지막까지 꿈꾸는 자들의 세상이 훨씬 나으니까요. 그들 모두가 저마다의 간절한 희망으로 세상을 바라보았다는 사실 자체가 중요하다는 생각이 들었지요.

하지만 그 무엇도 여의치 않을 때, 혁명도 진보도 개혁도 불가능할 때, 역시 우리는 극 속에서 가장 안타깝게 스러져가는 여인 자임이처럼 '끝없이 서로를 돌보고 보살피고 아껴주는 삶'을 선택해야 한다는 생각이 들었습니다. 언제나 그랬어요. 저는 언제나 '그들', 대단한 자들이 깜빡한 존재들, 자신이 '완전한 주인공'이라 여기지 않았던 존재들에 매료되었지요. 주인공 삼총사보다는 삼총사 중 한 사람의 아내에게 마음이 끌리다니.

어쩌면 저는 항상 거대한 역사나 걸출한 인물들이 깜빡한 존재들 속에 더 눈부신 희망이 있을 것이라는 직감에 인생을 걸었는지도 모릅니다. 그래서 문학 속의 실패한 주인공들, 역사의 격랑 속에서 결코 제대로 된 교과서 속 한 귀퉁이의 이름도 차지하지 못한 이름 모를 백성들의 삶을 매일 상상하게 됩니다. 문학은 역사가 버린 모든 자들이 저마다 가장 자기다운 숨을 쉴 수 있는 마지막 율도국이자 위대한 패자부활전의 시공간을 만들어내니까요. 선생님이 더이상 제 곁에 계시지 않을 때도, 저는 머리카락에 불이 붙어 연못을 찾는 자의 간절함으로, 그런 사람들, 패배했지만 여전히 눈부신 사람들을 계속 찾으려고 해요. 아름다운 꿈을 꾸었지만 실패한 사람들, 끝까지 꿈을 버리지 않았지만 결코 그 어느 곳에서도 환영받지 못한 사람들의 못다 한 꿈을 부활시키는 자, 그런 글쟁이로 끝까지 살아가겠습니다.

그녀를 본 순간 가슴이 쿵 내려앉았다. 저 무거운 수레를 홀로 밀고 어디로 가는 것일까. 인도를 여행하는 내내 여성을 향한 온갖 차별과 억압의 흔적이 곳곳에서 보였기에 가슴 한쪽이 뻐근했다. 온몸을 내리누르는 생의 부담을 묵묵히 짊어지고 홀로 걸어가는 여인들의 모습이 곳곳에서 내게 말을 걸었다. 당신들은 우리를 깜빡한 것이지요? 우리를 영원히 잊은 것은 아닌가요?

무엇이 당신을 꿈꾸게 하나요

　　마지막으로 설레는 감정을 느껴본 적이 언제인가요. 마지막 설렘의 순간이 오늘 아침이라면 당신은 정말 행복한 사람이겠지요. 하지만 '설렘? 그런 감정은 사치야'라는 생각이 든다면, 마지막으로 설레는 감정을 느낀 순간의 기억조차 가물가물하게 느껴진다면, 당신의 손을 무작정 붙들고 어디론가 떠나보고 싶어집니다. 당신은 귀찮다며 제 손을 뿌리칠지도 모르지만요. 설렘이 사라지는 순간, 우리의 마음은 진짜 늙어가기 시작하거든요. 진성한 노화는 주름살에서 시작되는 것이 아니라 권태로움에서 시작되니까요. 쳇바퀴 굴러가듯 단조로운 일상 속에서도 '그것'만 생각하면 정신이 번쩍 들고 설레며 뭔가 새로운 일을 시작하고 싶어 간질간질해지는 것.

바로 그 일에 당신의 가장 많은 시간을 써보세요.

저는 얼마 전부터 독일 가곡에 설레기 시작했습니다. 그냥 들을
때도 좋았지만, 한 소절씩 따라 부르며 독일어를 공부하는 기쁨에
새삼스레 설레기 시작했거든요. 〈겨울 나그네〉나 〈마왕〉 같은 슈베
르트의 가곡을 듣고, 가곡의 악보를 책으로 구해 보면서 한 문장
한 문장 독일어를 다시 공부하기 시작했습니다. 단어 하나하나에
날개가 달린 듯 내 마음은 두근거리기 시작했습니다. 설렘이란 그
런 것입니다. 흑백 텔레비전처럼 단조롭던 세상이 갑자기 내가 사
랑하는 그 대상의 출현으로 인해 4K 화질의 무시무시한 선명함으
로 다시 태어납니다.

우리는 그렇게 '카르페 디엠'(지금 이 순간에 충실하라)의 시간 속
으로 진입합니다. 그저 24시간 365일로 계산되는 단순한 시간이
아니라 매 순간을 소중한 기쁨과 설렘으로 남김없이 불태우는 시
간이지요.

내가 떠난 것도 아닌데, 타인의 여행을 바라보며 설렌 적이 있나
요?

타인의 여행을 바라보며 설렘을 느끼는 것 또한 실제 여행 못지
않은 감동을 줍니다.

다이앤 레인이 주연을 맡고, 엘리너 코폴라 감독이 메가폰을 잡은 영화 〈파리로 가는 길〉을 보며 저는 여러 번 설렜습니다. 주인공이 새로운 사랑에 빠지기 때문에 설레는 것이 아니었습니다. 주인공이 바로 자기 자신과 새로운 사랑에 빠지기 때문이었습니다.

이 이야기는 이렇게 펼쳐집니다. 성공한 영화 제작자인 남편 마이클과 함께 칸에 온 앤은 남편의 정해진 일정에 따라 자신의 스케줄을 맞추는 사람이었지만, 비행기에서 내린 후 귀 통증이 심해 부다페스트행 비행기를 타지 못하고 다음 출장지인 파리에서 남편을 만나기로 합니다. 마이클의 사업 파트너인 자크가 앤을 걱정하며 자신의 승용차로 파리까지 데려다주기를 자청하면서 뜻밖의 여정이 시작되지요. 앤은 그저 남편과 정해진 시간에 만나기 위해 파리에 가는 것이었지만, 자크는 '프랑스에 대해 당신이 알지 못하는 모든 것'을 가르쳐주기 위해 걸핏하면 운전을 멈추고 아름다운 장소들을 보여줍니다. 자크는 앤을 미슐랭 맛집과 리옹의 가정식 식당에 데려가고, 마네의 그림처럼 풀밭 위의 점심식사를 함께하기도 하며, 심지어 하루를 지체해가며 뜻밖의 호텔에 머물기까지 하면서, 그저 '칸에서 칸으로' 가는 목적지 중심의 여행을 길 위의 모든 장소들을 하나하나 설레는 마음으로 새롭게 발견하는 체험으로 바꿉니다.

영화 〈파리로 가는 길〉의 원제는 'Paris Can Wait(파리는 기다릴 수 있다)'입니다. 파리는 얼마든지 당신을 기다려줄 테니, 굳이 서둘러 올 필요 없다는 듯 여유로운 뉘앙스가 느껴지지요. 앤은 그 뜻밖의 1박 2일 때문에 그동안 설렘을 잃어버린 채 그저 남편의 취향과 일정에 맞춰주며 살아왔던 자신의 삶을 돌아봅니다. 제 눈에는 온갖 계약과 해외 로케이션 관련 일로 바빠서 값비싼 전용기를 타고 다니며 칸 영화제는 물론 여러 국제영화제에 초대받는 남편보다 그 아내 앤이 더 진정한 예술가처럼 보입니다. 그녀는 그저 '유명한 영화제작자의 아내'처럼 보이지만, 알고 보면 매우 아름다운 사진을 매일 찍는 바지런한 아티스트였던 것입니다. 전시회를 하거나 책을 내는 것은 아니지만, 그녀는 사진을 찍는 몸짓 속에서 매일매일 설레니까요. 그 사진은 한없이 느긋하게 인생의 묘미를 즐길 줄 아는 프랑스 남자의 눈을 통해 비로소 예술작품으로 다시 태어납니다. 자크는 앤에게 새로운 세상의 아름다움을 보여주고, 앤은 그 아름다움을 오직 이 순간에만 찰나의 눈부심으로 반짝이는 사진으로 포착합니다. 자꾸만 예측 불가능한 장소에 불쑥 내리고 온갖 낯선 사람을 만나게 하고 가는 곳마다 향기로운 음식을 맛보면서, 앤은 그동안 엄마와 아내의 삶에 갇혀 있던 자신의 잃어버린 시간을 되찾고 싶어집니다. 앤의 입장에서는 그저 귀 통증이 너무 심해서 비행기를 못 타고 육로를 택한 것뿐인데, 이 뜻밖의 여행은 그 모든 '그저 스쳐지나가는 경유지'들을 '저마다 특별한 아우라가 있편지를 쓰는 여울. 오래전 여행을 떠날 때 엽서 백 장을 준비해서 가는 곳마다 한 통씩 사람들에게 보내야겠다는 생각으로 야심찬 준비를 해갔다. 서른 장을 간신히 채웠지만 뿌듯했다. 빈 종이 위에 글씨를 채워가는 것. 그것이야말로 나로 하여금 매일 새로운 꿈을 꾸게 한다. 사랑하는 사람들에게 편지를 쓸 수 있다는 것, 그것만으로도 나는 잃어버린 설렘을 회복했다.

는 장소'로 만들어준 것입니다.

목적지에 빨리 가기 위한 여행이 아니라 우연히 스쳐지나가는 모든 장소들조차 단지 경유지가 아닌 특별한 추억의 장소로 만드는 힘. 그것은 매 순간을 향기로운 추억의 한 페이지로 만들고 싶은 우리 마음속의 설렘이 있어야 가능합니다. 당신은 이 영화 속의 주인공처럼 매 순간을 더욱 찬란한 설렘의 시간으로 즐길 자격이 있습니다. 그러니 부디 그 모든 새로운 도전을 포기하지 말기를. 그 어떤 첫번째 모험도 거부하지 말기를. 당신에게는 아직 더 많은 설렘의 나날들이 기다리고 있으니. 그 모든 싱그러운 첫 출발의 설렘이 아직 당신을 기다리고 있으니.

새벽길을 걸었다. 〈피터 래빗〉 시리즈
의 작가 비아트릭스 포터의 집으로 가
는 길이었다. 차도 막힐 일이 없고, 강
도가 막아설 염려도 없는, 시골의 새벽
길을 걷자 마음속의 모든 수런거림이
잦아들었다. 싱그러운 침묵의 향기를
온몸 가득 충전해두었다.

_____ 희망과 용기를 잃지 않는 사람이
세상을 바꾸니까

최근 들어 부쩍 '작가님, 사는 것이 너무 힘듭니다. 도대체 어떻게 살아야 할까요'라는 질문을 하며 괴로워하는 사람들이 많아졌습니다. 이메일이나 SNS를 통해 독자들의 고민을 듣고 있으면 저 또한 가슴이 먹먹해집니다. 제가 아는 온갖 문학작품과 삶의 경험을 최대한 활용하여 위로의 말들을 전해보지만, 지혜와 위로의 언어는 턱없이 모자랍니다. 아무리 정성스레 낱말과 문장을 매만져 결 고운 편지를 쓰더라도, 보여줄 수 있는 사랑은 너무나 작습니다. 작가의 의무는 단지 글을 쓰는 것만이 아니라 이야기의 힘으로 사람들의 아픔을 치유해주는 것이지요. 독자의 아픔을 경감시켜주는 진통제로서의 이야기뿐 아니라 '내 한 몸의 고통보다 더 중요한 깨달음'을 선물하는 것 또한 작가의 의무입니다. 어떤 깨달음은 너무 아파서 진통제라기보다는 차라리 아픔을 적극적으로 선물하는 느낌이 들지요. 요새 저에게 '내 아픔보다 더 소중한 타인의 아픔'을 깨우쳐준 이야기가 있습니다.

미국 드라마 〈워킹 데드〉의 에피소드 중 '길가에 박힌 돌Rock in the Road'이라는 이야기입니다. 어느 왕국으로 가는 길에 커다란 돌덩어리가 박혀 있습니다. 사람들은 피해 다니기만 합니다. 그 거대한 바위 탓에 사람들은 끊임없이 다치고 마차를 끄는 말의 다리가 부러지기도 했지만 아무도 치우지 않지요. 그저 원래 박혀 있는 돌이라고만 생각했지 치울 수 있는 돌이라고는 생각하지 않았던 것입니다.

한 소녀가 나섭니다. 가난한 소녀의 가족이 정성껏 빚은 맥주를 가득 실은 수레가 바위에 부딪쳐 와르르 쏟아져버린 것입니다. 맥주통은 깨져버렸고, 맥주는 흙에 스며들어버렸습니다. 모두가 굶주리는데 돈은 한푼도 없으니 그 맥주가 마지막 희망이었지요. 소녀는 주저앉아 서럽게 울다가 문득 거대한 바위가 왜 항상 거기 있는지 궁금해집니다. 왜 아무도 치우지 않을까요. 소녀는 무작정 바위를 파내기 시작했습니다. 손가락에서 피가 철철 흘러나올 때까지. 바위를 힘겹게 파냈더니 놀랍게도 그 안에 황금이 잔뜩 든 자루가 보였습니다. 바위는 왕이 도로에 일부러 설치해둔 장애물이었던 것입니다. 바위를 지나치지 않고 어떻게든 파헤치는 사람이 있다면, 그는 왕의 상을 받을 자격이 있었던 것입니다. 모험을 멈추지 않는 자는 더 나은 삶을 살 자격이 있으니까요. 바위는 일종의 수수께끼이자 미션이었고, 황금자루는 왕의 포상이었습니다.

이야기 자체는 훌륭하지만, 저는 황금자루가 위험한 유혹이라는 생각이 들었습니다. 꼭 황금자루가 있어야만, 높은 사람의 포상이 있어야만 힘겨운 노동의 보람이 있을까요. 바윗덩어리를 결코 제거할 수 없는 장애물이라 믿는 자에게는 끝없는 고난이 기다리고 있을 뿐이지만, 바윗덩어리를 치우는 도전을 하는 사람은 세상을 바꾸어냅니다. 그 자체가 황금자루보다 멋진 포상 아닐까요. 희망을 잃지 않고 용기를 잃지 않는 사람이 끝내 세상을 바꾸니까요. 애초에 소녀에겐 꿈도 꾸지 못할 황금자루보다 지금 이 순간 바위를 치우는 일 자체가 중요했을 것입니다. 나는 비록 넘어졌지만 길을 지나는 수많은 사람들이 결코 다치지 않고 집에 돌아가는 것, 그보다 더 멋진 보상이 어디 있을까요.

우리는 황금자루가 없어도 살 수 있습니다. 하지만 바위를 치우려는 마음, 저 바위가 사람들을 자꾸 다치게 하는데 가만히 보고 있으면 안 된다는 최소한의 선의는 반드시 필요합니다. 황금자루라는 보상이 없어도, 세상을 바꿀 수 있는 힘과 지혜가 있는 바로 당신의 용기가 절실한 요즘입니다. 당신의 희망도 사랑도 우정도, 무엇도 결코 포기하지 말았으면.

　길 한가운데 우리를 가로막는 장애물이 있다면, 서로 떠밀지만 말고 함께 치우기 위해 머리를 맞대었으면 좋겠습니다. 우리가 힘을 모아 바윗덩어리를 치우는 것이야말로 황금자루보다, 부동산이나 주식보다도 더 소중합니다. 한 사람에게만 황금자루가 포상으로 주어지는 것보다는 모두가 다치지 않고 죽지 않고 무사히 집으로 돌아가는 것이 가장 중요하니까요. 힘든 일과를 끝내고 무사히 집으로 돌아가 따스한 저녁을 먹는 것이 황금자루의 유혹보다 더 소중하니까요. 어쩌면 우리는 그동안 황금자루의 포상에 한눈파느라 돌부리에 걸려 넘어진 사람들의 고통에 무심했던 것이 아닐까요. 해마다 2천여 명의 노동자들이 산업재해로 목숨을 잃고 있습니다. 우리 아이들이 자라면 편안하게 마실 물과 숨쉴 깨끗한 공기가 희박해져가고 있습니다. 우리가 이 고통에 결코 눈감지 말았으면 좋겠습니다. 이들은 머나먼 타인이 아니라 우리의 가족들이고 친구이고, 바로 우리 자신이니까요.

　문득 타인의 위로가 필요한 그 많은 순간, 당신이 예전처럼 고통을 참기만 하지 말았으면 좋겠습니다. 나의 부당한 고통에도, 우리가 모른 척 익숙해져버린 고통에도 아프다 소리치며 더 나아지는 길을 찾아내면 좋겠습니다. 당신이 적극적으로 세상의 기쁨을 찾고, 마침내 당신이 햇살처럼 환하게 웃었다는 소식이 이토록 멀리 있는 내게도 들려오기를 바랍니다. 내 안의 환한 이야기의 빛이 울고 있는 당신에게 끝내 가닿도록, 오늘도 밤늦도록 내 마음의 창문을 활짝 열어둡니다.

오래전 교토로 떠났던 여행 사진을 정리하다가 나도 모르게 이런 찬사가 터져나왔다. "여기도 이야기장수가 있었네!" 소중한 이야기가 가득 담긴 책들을 쌓아놓고, 자나깨나 이 아름다운 책들의 새 주인이 나타나기를 기다리는 책방지기야말로 우리들의 정 거운 이야기장수였다. 작가, 편집자, 책방지기, 독자는 아름다운 인연의 네트워크로 연결되어 있다.

거울과 봄이 바통 터치를 하는 순간은 언제나 경이롭다. 세상에서 가장 차가운 물체도
기어이 따사롭게 녹여낼 것만 같은 봄빛은 겨울의 황량함을 기어코 몰아낸다.

내 작업실 옥상에서 바라본 서울의 저녁노을. 이렇게 타오르는 저녁노을만 있으면 다 괜찮아질 것 같은 그런 충만함에 가슴이 벅차오른다. 우리는 매일매일, 이런 아름다움을 놓치며 살아가고 있는 것은 아닌지. 자꾸만 놓쳐버려서, 노을은 언제나 안타깝도록 짧고 아련하다.

거대한 비행기보다 한 마리 새가 훨씬 커 보이는 순간이 있다. 비행기가 날아간 궤적보다 한 마리 새가 날아간 자취가 더욱 빛나는 순간. 육중한 동력장치가 없어도, 오직 제 안의 힘으로 홀로 날아오르는 새의 날갯짓을 닮고 싶다.

그 순간, 이 드넓은 거리는 온전히 그녀의 것이었다. 조용히, 아무렇지도 않게,
무심한 듯 툭, 그 커다란 무대의 주인공이 되는 사람.

"제 동생 좀 보세요. 예쁘죠?"
소녀들과 나는 말이 통하지 않
았지만, 우리는 그 순간 완전히
소통했다. 몸짓만으로 알 수 있
었다. 이렇게 사랑스러운 동생만
있으면, 괜찮아요, 모든 날이,
끝내 괜찮답니다.

산 위에서 또다른 산을 바라본다는 것. 산을 넘고 또 넘어도 또다른 산이 보인다는 것.
그것이 삶이지만, 이 산은 참으로 눈부셨다. 스위스 체르마트의 어느 벤치에서 .

그녀는 모른다. 내가 따스한 눈빛으로 그녀를 바라보고 있음을. 멋진 책을 발견하는 것도 기쁘지만, 책을 사랑하는 사람을 발견하는 것은 더욱 기쁜 일.

"나도 저렇게 나이들고 싶어. 아름답게. 평화롭게."
짝꿍에게 이렇게 말하며 팔짱을 끼었다. "됏어, 저
리 가! 사진 찍어야 해!" 그 퉁명스러움은 다행히 사
진에 찍히지 않았다. 아름다움과 평화로움과 다정함
만이 살아남았다.

팬데믹의 기나긴 터널을 헤쳐온 당신에게, 이 아름다운 기도의 온기를 보내드리고 싶습니다. 세상 모든 기도의 간절함을 담아, 당신이 잘 있기를, 당신의 오늘이 어제보다 찬란하기를.

가장 좋은 것을 너에게 줄게

ⓒ정여울 이승원 2022

1판 1쇄 2022년 7월 14일
1판 3쇄 2022년 11월 22일

지은이 정여울 사진 이승원
편집인 이연실

책임편집 이연실 편집 염현숙 디자인 윤종윤 이정민
마케팅 정민호 이숙재 김도윤 한민아 이민경 정진아 정유선 김수인
브랜딩 함유지 함근아 김희숙 고보미 박민재 박진희 정승민
제작 강신은 김동욱 임현식 제작처 영신사

펴낸곳 (주)문학동네 펴낸이 김소영
출판등록 1993년 10월 22일 제2003-000045호
임프린트 이야기장수

주소 10881 경기도 파주시 회동길 210
문의전화 031) 955-2696(마케팅) 031) 955-2651(편집)
팩스 031) 955-8855
전자우편 pro@munhak.com
문학동네카페 http://cafe.naver.com/mhdn
북클럽문학동네 http://bookclubmunhak.com
문학동네 인스타그램 트위터 @munhakdongne
이야기장수 인스타그램 트위터 @promunhak

ISBN 978-89-546-8757-7 03810

www.munhak.com

보행자가 언제든지 '기다림' 버튼을 선택해서 누를
수 있는 것이 좋았다. 삶에서도 이렇게 '기다려요'
버튼을 누르고 싶을 때가 있다. 세상이 너무 빠르게
흘러갈 때. 우리 잠깐 숨 좀 돌리자고, 꼭 이렇게 모
든 게 변해버려야만 하냐고, 우리가 원래 가지고 있
는 것들이 훨씬 더 좋지 않냐고, 항변하며 '기다림'
버튼을 누르고 싶을 때가 있다.

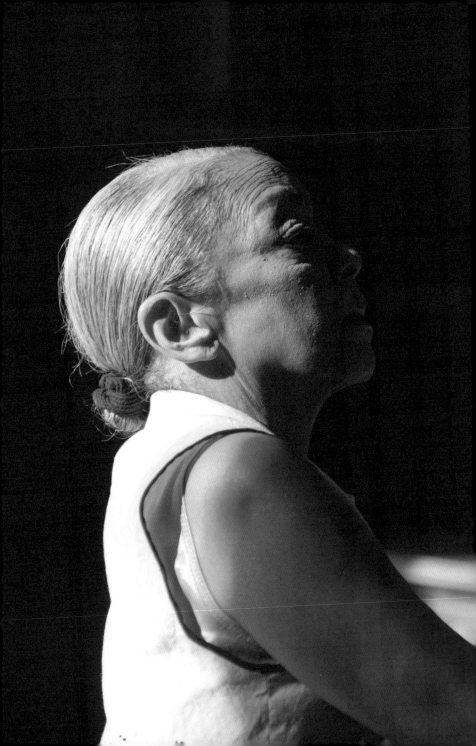